AGATHA CHRISTIE COMPLETE COLLECTION

A CARIBBEAN MYSTERY

AGATHA CHRISTIE COMPLETE COLLECTION

CARIBBEAN MYSTERY

카리브 해의 미스터리 애거서 크리스티 장편 소설 | 송경아 옮김

황금가지

A CARIBBEAN MYSTERY

by Agatha Christie

정식 한국어 판 출간에 부쳐

　나는 한국에서 우리 할머니의 작품을 정식으로 출간한다는 소식
을 듣고 무척 기뻤다. 할머니가 1920년부터 1970년 무렵까지 오랜
세월에 걸쳐 집필한 작품들은 21세기인 지금 읽어도 신선하고 재미
있다. 등장 인물들이 워낙 자연스러워서 요즘 사람들과 다를 바 없
고 이들이 등장하는 상황과 장소가 전 세계 사람들의 애정과 향수
를 자극하기 때문이다. 한국 독자들은 이번에 새로 나온 정식 한국
어 판을 통해 그 동안 접하지 못했던 애거서 크리스티의 일부 작품
들을 읽을 수 있을 것이다. 덕분에 한국에 새로운 세대의 애거서 크
리스티 팬들이 탄생할지도 모르겠다는 생각을 하면 가슴이 벅차다.
　애거서 크리스티는 대표적인 두 명의 주인공으로 기억되는 작가
이다. 14권의 작품에 등장하는 마플 양은 영국의 작은 시골 마을에
서 평온한 나날을 보내며 뜨개질과 수다로 소일하는 미혼의 할머니

이지만, 놀라운 기억력과 날카로운 두뇌 회전으로 주변에서 벌어진 살인 사건을 해결한다.

그리고 마플 양과 상반되는 성격을 지닌 에르퀼 푸아로는 자신만만하고 콧수염을 포함한 자신의 외모와 벨기에라는 국적에 대한 자부심이 상당하다. 그는 이집트와 이라크를 비롯한 세계 각지에서 수수께끼를 해결하며 『오리엔트 특급 살인 *Murder On The Orient Express*』, 『나일 강의 죽음 *Death On The Nile*』, 『애크로이드 살인 사건 *The Murder Of Roger Ackroyd*』 등 애거서 크리스티의 여러 대표작에 모습을 드러낸다.

황금가지의 대담하고 참신한 표지와 전반적인 디자인 덕분에 작품의 성격이 잘 살아난 것 같아 기쁘다. 또한 한국 독자들이 할머니의 원작이 지닌 참된 묘미를 느낄 수 있도록 충실한 번역을 위해 애써 준 점도 높이 사고 싶다.

할머니의 작품이 20세기의 그 어떤 작가들보다 많이 팔리고 있는 이유는 나이와 국적에 상관없이 읽을 수 있는 재미와 감동을 갖추었기 때문이다. 모쪼록 한국 독자들도 황금가지에서 선보이는 애거서 크리스티 작품들을 즐겁게 감상하기를 바란다.

매튜 프리처드

애거서 크리스티의 손자

ACL 이사장

서인도 제도를 방문했던 즐거운 기억을 떠올리며

내 오랜 친구 존 크룩섕크 로즈에게

차례

팔그레이브 소령이 이야기를 하다

"케냐 이야기를 한번 해 볼까요? 모두들 그곳에 대해서 아무것도 모르면서 마치 그곳을 다 아는 것처럼 지껄여 댄다니까요! 하지만 나는 거기서 14년을 살았다 이 말입니다. 내 평생 가장 좋은 시절이기도 했지만⋯⋯."

팔그레이브 소령이 말했다.

마플 양은 고개를 기울였다. 예의상 하는 점잖은 몸짓이었다. 팔그레이브 소령이 재미없는 회고담을 늘어놓는 동안 마플 양은 조용히 자기 생각을 좇아 가고 있었다. 그녀는 그런 일에 익숙했다. 이야기의 배경은 여러 가지로 바뀌었다. 옛날에는 주로 인도였다. 소령, 대령, 중장 그리고 여러 가지 낯익은 단어들이 등장했다. 시믈라(인도 북부 펀자브 주의 도시 — 옮긴이), 인도 하인, 호랑이, 초타 하즈리(인도의 아침 식사 — 옮긴이), 티핀(인도의 점심 식사 — 옮긴이), 킷마 가스(테이블 시종 — 옮긴이) 등. 팔그레이브 소령이 쓰는 용어는 약간 달랐다. 사파리, 키쿠유(케냐 서부의 한 지방 — 옮긴이), 코끼리, 스와힐리 어 등. 그러나 본질적인 패턴은 같았다. 나이 든 남자에게는 행복했던 시절을 다시 한 번 돌이킬 수 있도록 추억담을 들어 주는 사람이 필요한 것이다. 등이 똑바르고 시력이 예리하며 청력도 예민하던 그 시절을……. 그런 이야기를 하는 사람들 중에는 잘생긴 노병처럼 보이는 사람도 있었고, 안된 마음이 들 정도로 매력이 없는 사람도 있었다. 자줏빛 얼굴과 유리 의안 덕분에 전반적으로 박제 개구리처럼 보이는 팔그레이브 소령은 후자 쪽에 속했다.

마플 양은 그들 모두를 똑같이 상냥하고 자애롭게 대했다. 그녀는 귀를 기울이며 듣다가 때때로 점잖게 동의하듯이 고개를 끄덕였다. 그러나 실제로는 자기만의 생각에 빠져 그 안에서 즐거운 것들을 찾았다. 이번에는 카리브 해의 쪽빛 바다가 그런 생각거리였다.

레이먼드는 정말로 착하고 친절하기도 하지. 그녀는 고맙게 생각했다. 정말 친절해. 늙은 이모에게 이렇게 큰 배려를 해 주다니. 알다가도 모를 일이다. 아마 책임감 때문이겠지. 아니면 가족애? 아니면 진짜로 그녀를 좋아하기 때문일지도…….

그녀는 레이먼드가 대체적으로 자신을 좋아한다고 생각했다. 언제나 그랬지……. 사람을 얕잡아보는 듯한 태도에는 화가 나지만! 레이먼드는 언제나 그녀를 시대에 뒤떨어진 사람 취급을 하며 끌어올리려고 애를 쓴다. 때로는 읽을 책을 보내기도 한다. 최근 소설들인데, 아주 어렵고…… 전부 불쾌한 사람들의 이야기뿐이다. 주인공들은 자신들조차도 즐거워하지 않는 아주 이상한 일들을 한다. 마플 양의 젊은 시절에는 '섹스'라는 단어를 입 밖에 내지 않았다. 하지만 입에 자주 올리지는 않았어도 그런 일은 많았고…… 요즘보다 훨씬 더 즐거웠다. 최소한 그녀에게는 그렇게 보였다. 그때는 보통 죄라는 꼬리표가 붙기는 했지만 일종의 의무처럼 강요되는 요즘보다는 그때가 오히려 더 바람직하다고 느꼈다.

그녀의 시선이 잠시 무릎 위에 놓인 책으로 향했다. 23페이지에 펼쳐진 채 더 넘어가지 않고 있었는데, 그녀는 거기까지밖에 읽을 수가 없었다(사실 그 이상 읽고 싶지도 않았다!).

"전혀 섹스 경험이 없다는 거야?"

젊은이는 믿을 수 없다는 듯이 따져 물었다.

"열아홉 살인데? 하지만 꼭 경험해 봐야 해. 정말 필요한 일이라고."

소녀는 불행한 듯이 머리를 숙였다. 곧고 매끄러운 머리칼이 얼굴 앞쪽으로 흘러내렸다.

"알아, 알아."

그녀가 중얼거렸다.

그는 그녀를 바라보았다. 얼룩 묻은 낡은 저지 옷, 맨발, 더러운 발가락, 역겨운 기름 냄새……. 그런데도 그는 왜 그렇게 미친 듯이 그녀가 매력적으로 느껴지는지 의아했다.

마플 양도 의아했다! 정말이지 섹스 경험을 무슨 철분 강장제를 먹는 것처럼 몰아치다니! 가엾은 젊은 것들…….

"제인 이모님, 왜 귀여운 타조처럼 머리를 모래 속에 파묻은 채 숨으려고만 하세요? 모두가 이모님의 이 목가적인 시골 생활 때문이에요. 진정한 삶…… 문제는 바로 그거예요."

레이먼드는 매우 부끄럽다는 듯이 말했고, 그의 제인 이모도 무안한 나머지 '그래.'라고 대답했다. 그녀는 자기가 구식으로 보일까 봐 은근히 걱정이 되었던 것이다.

하지만 진짜 시골 생활은 전혀 목가적이지 않다. 레이먼드 같은 사람들은 아무것도 모른다. 시골 교구에서 봉사하면서 제인 마플은 실제로 시골 생활이 어떤지 꽤 많이 알게 되었다. 그러나 그녀는 그런 지식에 대해 이야기하고 싶은 마음도 없었고, 글로 쓸 마음은 더더욱 없었다. 어쨌든 그녀는 그런 일들을 잘 알고 있었다. 그런 일들 중에는 섹스도 많았다. 자연스러운 것도 있었고 부자연스러운 것도 있었다. 강간, 근친상간, 온갖 종류의 도착증(그중 어떤 것은 옥스퍼드를 졸업한 영리한 젊은이들이 쓴 책에서도 보지 못한 것이었다.).

마플 양은 카리브 해로 다시 돌아와 팔그레이브 소령이 하는 말의 가닥을 잡으려고 애썼다.

"아주 이상한 경험이군요. 정말 흥미로워요."

그녀가 격려하듯이 말했다.

"이런 이야기는 아주 무궁무진하답니다. 물론 어떤 것들은 숙녀분들에게는 맞지 않는 이야기지만……."

오랜 훈련으로 마플 양은 쉽사리 눈꺼풀을 파르르 떨며 내리깔았다. 그러자 팔그레이브 소령은 숙녀에게 맞지 않는 불온한 부분을 삭제하고 아프리카 부족의 풍습 이야기를 계속했다. 그동안 마플 양은 자기의 상냥한 조카 생각으로 되돌아갔다.

레이먼드 웨스트는 큰 성공을 거둔 소설가로 수입이 많았기 때문에, 나이 든 이모가 편하게 살도록 친절하고 성실하게도 온갖 수고를 아끼지 않았다. 지난 겨울 그녀는 심한 폐렴을 앓았고, 의사들은 휴양을 떠나 따뜻한 햇볕을 쬐기를 권했다. 레이먼드는 하사품을 내리는 근엄한 영주처럼 서인도 제도로 여행을 가는 것이 어떠냐고 했다. 마플 양은 난색을 표했다. 비용이나 거리뿐만 아니라 여행에 대한 부담감, 세인트 메리 미드에 있는 집을 내버려 두고 가는 것, 무엇 하나 내키지 않았다. 하지만 레이먼드는 모든 것을 잘 처리해 주었다. 우선 책을 쓰고 있는 친구가 조용히 지낼 시골 집을 원한다고 했다.

"그 친구가 집을 잘 돌보아 줄 거예요. 집 꾸미기를 아주 좋아하는 사람이거든요. 그 친구는 동성애자예요. 그러니까……."

그는 당황해서 얼른 말을 멈추었다. 하지만 늙은 제인 이모라 해도 동성애자에 대해서는 들어 보았겠지.

그는 계속해서 다른 문제로 넘어갔다. 요즘에는 여행은 아무것도 아니다. 항공편으로 가면 된다. 다이애너 호록스라는 친구가 트리니다드까지 제인 이모를 마중 나올 것이다. 생 오노레에서는 샌더슨 부부가 운영하는 골든 팜 호텔에 머물게 될 것이다. 세상에서 가장 친절한 부부이며, 그들이 이모를 잘 돌보아 줄 것이다. 그들에게 곧

장 편지를 쓰겠다.

공교롭게도 샌더슨 부부는 영국으로 되돌아와 있었다. 그러나 그들의 뒤를 이은 켄들 부부는 아주 친절하고 다정했으며 이모님에 대해서는 전혀 염려하지 않아도 된다고 레이먼드를 안심시켰다. 섬에는 비상사태를 대비해 아주 훌륭한 의사가 상주하고 있고, 그들 부부도 그녀가 편안하게 지내도록 잘 보살펴 줄 것이다.

그들은 그 말대로 훌륭한 사람들이었다. 몰리 켄들은 스무 살을 갓 넘은 재치 있는 금발 아가씨로, 언제나 활기에 차 있었다. 그녀는 마플 양을 따뜻하게 환영했고 편안하게 지내도록 최선을 다했다. 그녀의 남편인 팀 켄들은 마르고 까무잡잡한 피부를 가진 30대 남자였는데, 역시 친절함 그 자체였다.

마플 양은 그렇게 해서 자신이 여기에 와 있다는 사실을 다시금 떠올렸다. 혹독하고 스산한 영국의 기후에서 벗어나 훌륭한 방갈로를 혼자 쓰는 데다, 서인도 제도의 아가씨들이 친절하게 미소 지으며 시중을 들어 준다. 식당에 가면 팀 켄들이 그날의 메뉴에 대해 조언하거나 농담을 하고, 그녀의 방갈로에서 바다 쪽으로 쉽게 갈 수 있는 길과 편안한 버들가지 의자에 앉아 다른 사람들이 해수욕 하는 것을 구경할 수 있는 해수욕장에 대해서도 알려 주었다. 같이 어울릴 만한 나이 지긋한 손님들도 있었다. 늙은 라피엘 씨, 그레이엄 의사, 성당 참사회원인 프레스콧 신부와 그의 여동생, 그리고 현재 마플 양의 기사 노릇을 하고 있는 팔그레이브 소령까지.

나이 든 숙녀가 더 이상 무엇을 바랄 수 있겠는가?

그러나 매우 유감스럽게도 마플 양은 이 상황이 그다지 만족스럽지 못했다. 그 점에 대해서는 죄책감까지 들었다.

즐겁고 따뜻한 곳이었다. 그렇다. 류머티즘에도 아주 좋았다. 경치도 아름다웠다. 하지만 좀…… 단조롭다고 해야 할까? 야자나무가 너무 많았고 매일 모든 것이 똑같았다. 아무 일도 일어나지 않았다. 언제나 무슨 일이 일어나는 세인트 메리 미드와는 달랐다. 조카 레이먼드는 세인트 메리 미드의 생활을 연못 위에 떠 있는 찌꺼기와 비교한 적이 있었다. 그때 그녀는 벌컥 화를 내며 슬라이드에 물을 한 방울 떨어뜨린 다음 현미경으로 보면 무수한 생명체를 관찰할 수 있다고 지적했다. 그렇다. 정말 세인트 메리 미드에서는 언제나 무슨 일이 일어나고 있었다. 사건과 사건이 꼬리를 이으며 마플 양의 머릿속에 불빛처럼 스치고 지나갔다. 리넷 노부인의 기침약이 잘못 조제된 일, 젊은 폴게이트의 아주 이상한 행동, 조지 우드의 어머니가 그를 보러 온 일(하지만 그 여자가 과연 조지의 어머니였을까?), 조 아든 부부가 싸움을 벌인 진짜 이유……. 흥미로운 인간사들은 생각에 잠겨 즐거운 시간을 보낼 끝없는 원천이 되어 주었다. 여기에서도 무엇인가 일어난다면 얼마나 좋을까……. 그녀가…… 열중할 만한 일이…….

그녀는 팔그레이브 소령이 케냐 이야기를 그만두고 북서부 전선 이야기를 시작해서 소위 때 겪은 경험을 이야기하고 있다는 것을 뒤늦게 알고 깜짝 놀랐다. 불행히도 그는 그녀에게 아주 진지하게 묻고 있었다.

"그렇게 생각하지 않으세요?"

마플 양은 전에도 자주 겪은 터라 이 사태를 노련하게 헤쳐 나갈 수 있었다.

"죄송하지만 저는 그런 일을 판단할 만큼 경험을 충분히 쌓지 못한 것 같군요. 저는 비교적 여러 모로 보호를 받는 안전한 삶을 살았거든요."

"그러셔야지요, 부인. 그러셔야지요!"

팔그레이브 소령이 정중하게 외쳤다. 마플 양은 다른 데 정신을 팔며 즐겁게 보낸 시간을 보상하려고 말을 덧붙였다.

"소령님은 정말 다양한 생활을 해 오셨네요."

"나쁘지는 않았죠. 절대 나쁘지는 않았어요."

팔그레이브 소령이 흡족한 듯이 말했다. 그는 감식가의 눈빛으로 주위를 돌아보았다.

"이곳도 참 아름다운 곳이지요."

"정말 그래요."

마플 양은 다음 말을 억누를 수가 없었다.

"여기서도 무슨 사건이 일어날까요? 매우 궁금해요."

팔그레이브 소령은 그녀를 잠시 바라보았다.

"오, 그럼요. 스캔들이 많죠. 음, 그런 것을 말씀하시는 거죠? 나도 몇 가지 알고 있지만……."

그러나 마플 양이 정말 바라는 것은 스캔들이 아니었다. 요즘 시대에는 열중할 만한 스캔들이 전혀 없었다. 그저 남자와 여자가 파

트너를 바꾸면서 사람들의 눈길을 끌려고 하는 것뿐이었다. 그런 일은 점잖게 쉬쉬하거나 마땅히 부끄러워해야 하는데도 말이다.

"2년 전에는 살인 사건도 있었답니다. 해리 웨스턴이라는 남자였죠. 신문에 커다랗게 실렸으니 아마 기억하실 거예요."

마플 양은 별 감흥을 느끼지 못하고 고개를 끄덕였다. 그것은 그녀가 좋아하는 부류의 살인이 아니었다. 그 사건이 크게 알려진 진짜 이유는 그에 관련된 사람들이 전부 부유했기 때문이었다. 해리 웨스턴이 아내의 정부인 드 페라리 백작을 총으로 쏘았는데, 그가 가진 교묘한 알리바이가 알고 보니 모두 돈으로 산 것이었다. 사건에 관계된 사람들은 전부 취해 있었고, 마약 중독자도 섞여 있었다.

'구경거리로는 확실히 볼만은 했지만 정말 재미있는 사람들은 아니었어.'

그녀의 구미에 당기는 반찬은 아니었다.

"그리고 이건 내 생각이지만, 그 당시 살인 사건이 그것 하나만 있었던 것은 아니랍니다."

그는 고개를 끄덕이며 한쪽 눈을 깜박였다.

"내가 의심하는 건…… 오, 저런!"

마플 양이 털실 공을 떨어뜨리는 바람에 소령은 얼른 몸을 구부려 공을 주워 주었다.

"살인 이야기를 하고 있었지요? 한번은 아주 이상한 사건과 마주친 적도 있답니다……. 정확히 말해서 직접 겪은 일은 아니지만요."

마플 양은 용기를 북돋워 주듯이 미소를 지었다.

"어느 날 클럽에서 여럿이 이야기를 하고 있었는데, 그중 한 사람이 이야기를 들려주었어요. 의료계에 종사하는 사람이었지요. 그가 겪은 사건 중 하나예요. 어느 날 젊은 사내가 와서 한밤중에 그를 깨우더랍니다. 아내가 목을 매달았대요. 그 집에는 전화가 없었기 때문에 그 사내가 끈을 잘라 아내를 끌어내리고 할 수 있는 대로 응급 처치를 한 다음에, 차를 끌고 의사를 찾아 달려온 겁니다. 음, 그 아내는 아주 중태였어요. 결국 살아나긴 했지요. 젊은이는 아내에게 헌신적인 것처럼 보였습니다. 아이처럼 울부짖었다나요? 그는 그녀가 얼마 동안 이상한 행동을 보였다는 걸 눈치 채고 있었대요. 우울증 발작 같은 게 있었나 봐요. 자, 그것으로 끝났습니다. 다 진정된 것 같았습니다. 그러나 결국 한 달 뒤에 그 아내는 수면제 과다 복용으로 죽었습니다. 정말 슬픈 사건이죠."

팔그레이브 소령은 말을 멈추고 머리를 몇 번 끄덕였다. 마플 양은 분명히 더 나올 이야기가 있겠거니 하고 기다렸다.

"그걸로 끝이라고 말할 수 있을 겁니다. 이상한 일은 아무것도 없었지요. 신경 쇠약에 걸린 여자가 그런 일을 저지르는 건 흔하니까요. 하지만 일 년쯤 뒤에 이 의사가 동료 의사와 이야기를 나누던 중에 물에 빠져 죽으려던 어떤 여자 이야기를 들었답니다. 그녀의 남편이 그녀를 건져 올리고, 의사를 데려와 살렸는데…… 몇 주 후에 그 여자가 가스를 마시고 자살을 한 겁니다. 자, 정말 엄청난 우연의 일치지요? 그렇죠? 같은 종류의 이야기입니다. 내가 아는 그의사가 동료에게 이렇게 말했습니다. '나도 그런 사건을 겪었는데,

존스라는 이름이었지(이름이야 뭐 상관없지만). 자네가 아는 그 남자 이름은 뭔가?' '기억이 잘 안 나는데, 로빈슨이었던 것 같아. 존스는 아니야.' 두 의사는 서로를 바라보며 아주 이상한 일이라고 말했습니다. 그다음 내가 아는 의사가 스냅 사진을 꺼내서 동료 의사한테 보여 주었습니다. '이게 그 남자야. 다음 날 별일 없는지 살피려고 같이 그 집에 갔거든. 그런데 정문 바로 옆에 멋진 히비스커스 꽃이 피어 있지 뭔가. 그 지방에서는 본 적이 없는 변종이었지. 그래서 차에서 사진기를 가져와서 사진을 찍었어. 셔터를 막 누르는데 남편이 정문에서 나오는 바람에 남편도 같이 찍혔어. 그가 그것을 알아챈 것 같지는 않아. 히비스커스에 대해서도 물어보았는데 이름도 모르더군.' 그런데 동료 의사가 그 스냅 사진을 보고 말하더래요. '좀 초점이 흐리긴 한데, 맹세해도 좋아. 확실해. 이건 같은 사람이야.' 그들이 그 일을 계속 추적했는지는 알 수 없어요. 하지만 그랬다고 해도 별 소득은 없었을 겁니다. 존스 씨나 로빈슨 씨는 자기 흔적을 아주 잘 덮어 없앴을 테니까요. 하지만 이상한 이야기입니다, 그렇죠? 그런 일이 일어날 수 있다고 생각할 수나 있겠어요?"

"아, 왜요? 저는 그럴 수 있다고 생각해요. 실제로 그런 일은 매일같이 일어나고 있어요."

마플 양은 차분히 말했다.

"오, 저런, 저런! 그건 지나친 공상 같은데요."

"어떤 사람이 효과적인 살인 공식을 손에 넣는다면…… 멈추지 않을 거예요. 계속하게 되지요."

"욕조 속의 신부들처럼 말인가요?"

"그렇죠. 그런 종류의 일들이지요."

"그 의사가 내게 신기한 일이라며 자기가 찍은 스냅 사진을 주었어요…….."

팔그레이브 소령은 이것저것 잔뜩 들어 있는 지갑 속을 뒤적이며 혼잣말로 중얼거렸다.

"여기는 물건이 너무 많단 말이야……. 왜 이런 것들을 모두 여기다 집어넣었는지…….."

마플 양은 그 이유를 알고 있었다. 그 물건들은 소령의 장사 밑천이었다. 그것들은 그의 이야기를 더욱 생생하게 만들어 주는 것이었다. 그가 방금 말한 이야기도 원래 그런 이야기는 아니었을 것이다. 소령이 계속 되풀이하면서 많이 각색되었을 수 있다.

소령은 여전히 지갑 속을 뒤지며 중얼거렸다.

"이 사건은 잊어버리고 있었네. 참 예쁜 여자였지. 절대로 의심하지 않았을 거야……. 자, 어디…… 아…… 이것 때문에 옛날 생각을……. 웬 상아람! 이것도 보여 드려야…….."

그는 말을 멈추고 작은 사진을 꺼내 내려다보았다.

"살인자의 사진을 한번 보시겠습니까?"

사진을 그녀에게 넘겨주려던 찰나, 그의 움직임이 갑자기 우뚝 멈추었다. 팔그레이브 소령은 다른 날보다 더 박제 개구리 같은 모습으로 그녀의 오른쪽 어깨 너머를 뚫어지게 바라보았다. 뒤쪽에서 다가오는 발소리와 목소리가 들렸다.

"이런 젠장……. 아니, 내 말은……."

그는 꺼내던 것을 도로 지갑 속에 쑤셔 넣더니 지갑을 주머니에 밀어 넣었다. 그의 자줏빛 얼굴 색조가 더욱 붉고 짙어졌다. 그는 어색하게 과장된 목소리로 크게 외쳤다.

"내가 말씀드렸죠. 이 코끼리 상아를 정말 보여 드리고 싶었답니다. 내가 쏘아 잡은 코끼리 중에서 가장 큰 놈이었죠……. 아, 안녕하신가요!"

약간 겉치레가 섞였지만 스스럼없는 목소리였다.

"이게 누굽니까? 동식물계의 그 위대한 네 사람이 아닌가요. 그래, 오늘은 어떤 행운을 만났죠, 응?"

발소리를 내며 다가온 사람들은 마플 양도 이미 알고 있는 호텔 손님들이었다. 그들은 결혼한 두 쌍의 부부였다. 마플 양은 아직 그들의 성은 알지 못했지만, 꼿꼿하고 덤불처럼 숱 많은 회색 머리칼을 가진 키 큰 남자는 그레그고, 아내인 금발 여인은 럭키라는 것은 알고 있었다. 또 한 쌍의 부부는 거무스름하고 마른 남자와 햇빛에 약간 그을린 미녀였는데, 이름은 에드워드와 이블린이었다. 그들은 식물학자인데다 새에도 관심을 갖고 있다고 했다.

"행운 같은 건 전혀 없었어요. 최소한 우리가 찾는 걸 얻을 수 있는 행운 말이에요."

그레그가 대답했다.

"여러분, 마플 양을 아십니까? 이쪽은 힐링던 대령과 부인, 이쪽은 그레그와 럭키 다이슨입니다."

그들은 그녀에게 유쾌하게 인사했고, 럭키는 즉시 뭔가 마시지 않으면 목이 말라 죽을 지경이라고 소리 내어 말했다.

그레그는 팀 켄들에게 인사했다. 팀 켄들은 사람들과 조금 떨어진 곳에서 아내와 함께 회계 장부를 열심히 들여다보고 있었다.

"이봐요, 팀. 마실 것 좀 갖다 줘요."

그레그는 다른 사람들에게도 물어보았다.

"플랜터스 펀치(럼, 레몬 주스, 설탕 등을 섞은 음료 — 옮긴이)로 마시겠습니까?"

다른 사람들은 모두 동의했다.

"마플 양도 같은 걸로 드시겠습니까?"

마플 양은 고맙지만 자기는 신선한 라임 쪽이 좋다고 말했다.

"그러면 신선한 라임 주스 한 잔과 플랜터스 펀치 다섯 잔을 갖다 드리지요."

팀 켄들이 말했다.

"같이 마시겠습니까, 팀?"

"그러면 좋겠지만 회계 장부를 정리해야 해요. 몰리 혼자 다 하도록 놔둘 수는 없잖습니까. 참, 오늘 밤은 스틸 밴드(트리니다드 섬 주민 특유의 타악기 밴드 — 옮긴이)가 연주합니다."

"좋군요."

럭키가 큰 소리로 외치다가 갑자기 몸을 움찔했다.

"아야! 상처투성이가 되었어요. 에드워드가 일부러 나를 가시덤불로 밀어 넣었어요."

"분홍빛 꽃들이 사랑스럽기만 하던걸."

힐링던이 말했다.

"긴 가시도 사랑스러웠어? 당신은 가학적인 짐승이야, 에드워드."

"나하고는 다르군. 나로 말한 것 같으면 인간미와 친절이 넘쳐나는 사람이니까."

그레그가 씩 웃으며 말했다.

이블린 힐링던은 마플 양의 옆에 앉아서 편안하고 유쾌한 태도로 수다를 떨었다.

마플 양은 뜨개질거리를 무릎 위에 내려놓고, 목의 류머티즘 때문에 조금 힘들어하며 느릿느릿 오른쪽 어깨 너머를 돌아보았다. 좀 떨어진 곳에는 부유한 라피엘 씨가 묵고 있는 커다란 방갈로가 있었다. 그러나 그곳에는 사람이 있는 것 같지 않았다.

그녀는 이블린의 말에 적당히 대답했다. 정말이지, 참 친절하게 대해 주는 사람들이야! 그러나 그녀의 눈은 생각에 잠긴 채 두 남자를 훑어보았다.

에드워드 힐링던은 좋은 사람으로 보였다. 조용하지만 매력적이고……. 그리고 그레그는 몸집이 크고, 떠들썩하고, 느긋해 보였다. '그레그와 럭키는 캐나다 인 아니면 미국인일 거야.'

그녀는 팔그레이브 소령을 쳐다보았다. 그는 여전히 쾌활한 사람처럼 행동하고 있었다.

재미있군…….

마플 양이 사람들을 비교하다

　그날 저녁 골든 팜 호텔은 매우 즐거웠다.

　마플 양은 작은 구석 테이블에 앉아 흥미를 가지고 주위를 둘러보았다. 식당은 삼면이 트인 커다란 방이었는데, 서인도 제도의 부드럽고 따뜻하고 향기 어린 바람이 흘러 들어왔다. 부드러운 색으로 칠해진 작은 테이블 램프들도 놓여 있었다. 여자들은 대부분 이브닝 드레스를 입고 있었다. 가벼운 사라사 천으로 만든 드레스였는데, 구릿빛 어깨와 팔들을 드러내고 있었다. 마플 양의 조카며느리인 조안도 가능한 한 아주 상냥한 태도로 '약간의 수표'를 넣어 주며 말했다.

　"제인 이모님, 그곳은 아주 덥잖아요. 하지만 이모님의 옷 중에는 얇은 옷이 없는 것 같아서요."

　제인 마플은 고맙게 여기며 그 수표를 받았다. 그녀는 노인이 젊은이를 재정적으로 부양하고 후원할 뿐 아니라, 중년의 사람들이 노인들을 돌보는 것을 자연스럽게 받아들이는 시대의 사람이었다. 그러나 억지로 얇은 옷을 살 수는 없었다! 그 나이에는 무더운 날씨도 기분 좋게 따뜻하다고 느낄 정도였고, 생 오노레의 기온도 '열대의 열기'라고 말할 만한 것은 아니었다. 그래서 그날 저녁 그녀는 영국 지방 귀부인이 입는 전통적인 복장인 회색 레이스 옷을 입고 있었다.

참석한 사람 가운데 나이 든 사람은 그녀만이 아니었다. 그 방에는 모든 연령대의 대표들이 다 모여 있었다. 세 번째 혹은 네 번째의 젊은 부인과 함께 온 초로의 실업계 거물들도 있었고, 영국 북부에서 온 중년 부부들도 있었다. 카라카스에서 아이들을 데리고 온 명랑한 부부도 있었다. 남아메리카의 여러 나라에서도 골고루 사람들이 왔는데, 모두 스페인 어나 포르투갈 어로 크게 떠들고 있었다. 영국에서 온 성직자 두 명과 의사 한 명, 은퇴한 판사 한 명도 자리를 잡고 있었다. 심지어 중국에서 온 가족까지 있었다. 식당 서비스는 주로 빳빳한 흰색 옷을 입은 키 큰 흑인 여자들이 맡아 식당을 누비고 다녔다. 그러나 노련한 이탈리아 인 수석 웨이터가 전체 책임을 맡았고, 프랑스 인 웨이터가 와인 서비스를 전담했으며, 팀 켄들의 세심한 눈이 모든 곳을 지켜보고 있었다. 그는 테이블에 있는 사람들과 사교적인 대화를 나누기 위해 여기저기에서 멈추어 서곤 했다. 그의 아내는 그를 훌륭하게 내조하고 있었다. 그녀는 미녀였다. 머리카락은 타고난 금발이었고 커다랗고 진한 입술은 웃음을 머금고 있었다. 몰리 켄들이 화내는 일은 거의 없었다. 직원들은 열심히 일해 주었고, 그녀는 손님들에게 맞추어 사려 깊게 태도를 바꾸었다. 나이 든 남자들에게는 웃으며 농담을 건넸고, 젊은 여자들에게는 옷에 대한 찬사를 보냈다.

"오, 오늘 밤에는 멋진 드레스를 입으셨네요, 다이슨 부인. 너무 부러워서 빼앗아 입고 싶을 정도인데요."

그러나 그녀도 매우 잘 어울리는 드레스를 입고 있었다. 최소한 마플 양은 그렇게 생각했다. 그녀는 흰 시스(몸에 딱 달라붙는 여성용 드레스 — 옮긴이)를 입었고, 수를 놓은 옅은 녹색 실크 숄을 어깨에 걸치고 있었다. 럭키는 그 숄을 만져 보고 있었다.

"색깔이 멋져요! 나도 이런 숄을 좋아해요."

"여기 가게에서 사실 수 있어요."

몰리는 그렇게 말하고 그녀를 지나쳤다. 그녀는 마플 양의 테이블에는 멈추지 않았다. 노부인들은 남편에게 넘겼기 때문이었다. 그녀는 "노부인들은 남자들이 말상대해 주는 것을 훨씬 더 좋아하는 걸요."라고 말하곤 했다.

팀 켄들이 와서 마플 양에게 허리를 굽히며 물었다.

"따로 원하시는 음식이 있습니까? 말씀만 하시면 특별히 요리해 드리겠습니다. 호텔 요리가 반쯤은 열대식 요리라 집에서 드시던 음식처럼 입에 맞지는 않지요?"

마플 양은 미소를 지으며 그런 것이 해외에 나오는 즐거움 중 하나라고 말했다.

"그러시다면 다행이고요. 하지만 만약 뭔가 따로 드시고 싶은 게 있다면……."

"예를 들어 어떤 것 말씀이시죠?"

"음…… 빵이나 버터 푸딩은 어떠세요?"

팀 켄들은 약간 망설이다가 찍어 보았다.

마플 양은 미소를 지으며 자기는 당분간 빵과 버터 푸딩 없이도 잘 지낼 수 있다고 말했다. 그녀는 스푼을 집어 들고 패션 프루트를 얹은 아이스크림을 즐겁게 맛을 보며 먹기 시작했다.

그때 스틸 밴드가 연주를 시작했다. 스틸 밴드는 섬에서 인기 있는 주요 명물 중 하나였다. 사실을 말하자면, 마플 양은 스틸 밴드가 없으면 훨씬 더 잘 지낼 수 있을 것 같았다. 그녀는 스틸 밴드가 쓸데없이 끔찍한 소리를 크게 낸다고 생각했다. 그러나 다른 사람들은 모두들 즐거워하는 것이 분명했다. 아직 젊은이 같은 정신을 가지고 있는 마플 양은 스스로 스틸 밴드를 좋아하도록 노력해 봐야겠다고 결심했다. 팀 켄들에게 '푸른 다뉴브 강'을 조용히 연주하게 해 달라고 부탁할 수는 없지 않은가(왈츠는 참 우아한데!). 가장 특이한 것은 요즘 사람들이 마구 날뛰고 몸을 비틀며 춤을 추는 모습이었다. 젊은 사람들이야 확실히 즐겁겠지……. 그녀의 생각은 거기서 멈추었다. 그들 중에 젊은 사람들은 거의 없다는 데 생각이 미쳤기 때문이었다. 춤, 조명, 밴드의 음악(그것이 스틸 밴드라고 해도), 이런 모든 것은 확실히 젊은이들을 위한 것이었다. 그런데 젊은이들이 어디 있나? 아마 대학에서 공부를 하거나 일 년에 고작 2주일쯤

휴가를 주는 직장에 다니고 있을 것이다. 이런 장소는 너무 멀고 비싸다. 즐겁고 근심 없는 이런 생활은 전부 삼십 대나 사십 대, 아니면 젊은 아내들을 즐겁게 해 주려는 늙은 남자들을 위한 것이었다. 참으로 유감스러운 일이다.

마플 양은 젊은이들 생각에 한숨을 쉬었다. 물론 켄들 부인도 젊은이에 속한다. 스물두세 살은 넘지 않았을 것이고 자기 생활을 즐기는 것 같기는 했지만…… 그래도 그녀에게는 이 일이 직업인 셈이 아닌가.

근처 테이블에는 성당 참사회원인 프레스콧 신부와 그의 여동생이 앉아 있었다. 마플 양에게 함께 커피를 마시자고 손짓을 하기에 마플 양은 그쪽으로 다가갔다. 프레스콧 양은 마르고 엄격해 보이는 여자인 반면, 신부는 둥글둥글한 체형에 혈색이 좋고 싹싹한 사람이었다.

커피가 나오자 모두 의자를 테이블에서 약간씩 뺐다. 프레스콧 양은 일감을 넣어 온 가방을 열고 가장자리를 감치고 있는 테이블보를 꺼냈는데, 솔직히 끔찍한 물건이었다. 그녀는 마플 양에게 그날의 일과를 전부 말해 주었다. 아침에는 새로 생긴 여학교를 방문했고, 오후에는 휴식을 취한 다음 사탕수수 농장을 걸어서 친구 몇 명이 머물고 있는 펜션에서 차를 마셨다고 했다.

프레스콧 남매는 마플 양보다 골든 팜 호텔에 더 오래 머물고 있었기 때문에 그곳에 묵고 있는 손님들에 대해 이것저것 정보를 주었다.

저 나이 많은 남자는 라피엘 씨인데, 매년 이곳을 찾아오고 꿈속에서나 나올 법한 큰 부자다! 영국 북부에 대형 슈퍼마켓 체인점을 가지고 있다. 함께 있는 젊은 여자는 비서인 에스터 월터스인데 미망인이다(물론 아주 건전한 관계다. 부적절한 관계는 전혀 아니다. 어쨌건 남자 쪽이 팔십에 가까우니까!).

마플 양은 이해한다는 듯이 고개를 끄덕이며 그들의 관계가 건전하다는 사실을 받아들였다.

"아주 훌륭한 여자예요. 내가 알기로는 어머니도 미망인인데 치체스터에 살고 있대요. 라피엘 씨는 시종도 데리고 왔지요. 아니, 시중드는 간병인이라고 해야 하나? 자격증까지 가진 안마사랍니다. 이름은 잭슨이에요. 가엾게도 라피엘 씨는 몸이 더 이상 말을 듣지 않아요. 참 슬픈 일이죠. 그 돈을 갖고도……. 그래서인지 남한테 후하고 기분 좋게 돈을 쓰지요."

프레스콧 신부가 호감 어린 목소리로 말했다.

사람들이 여기저기서 다시 모여 앉았다. 어떤 사람들은 스틸 밴드에서 멀리 떨어져 앉았고, 어떤 사람들은 그쪽으로 더 가까이 모여들었다. 팔그레이브 소령은 힐링던 부부와 다이슨 부부가 있는 곳에 합석했다.

"그리고 저 사람들은……."

프레스콧 양은 목소리를 낮추며 말했지만 그럴 필요는 전혀 없었다. 어차피 스틸 밴드 때문에 목소리가 잘 들리지 않았기 때문이다.

"그렇지 않아도 저 사람들 이야기를 물어보려고 했어요."

"저 사람들은 작년에도 여기에 왔어요. 매년 석 달씩 서인도 제도의 여러 섬을 돌면서 지낸답니다. 저기 키 크고 마른 남자는 힐링던 대령이고, 가무잡잡한 여자 쪽이 부인이에요. 그들은 식물학자랍니다. 다른 둘은 다이슨 부부인데 미국인이에요. 다이슨 씨는 나비에 대한 글을 쓰고 있대요. 또 네 사람이 모두 새에 흥미가 있다고 하더군요."

"야외를 돌아다니는 취미를 갖는다는 건 참 좋은 일이죠."

프레스콧 신부가 쾌활하게 말했다.

"오라버니, 저 사람들은 그걸 취미라고 부르면 좋아하지 않을걸요. 저 사람들은 《내셔널 지오그래픽》이나 《왕립 원예학 저널》에도 글을 싣는다고요. 자기들은 아주 진지해요."

프레스콧 양이 말했다.

그들이 지켜보던 테이블에서 커다란 웃음이 터져 나왔다. 웃음소리가 너무 커서 스틸 밴드 소리를 누를 정도였다. 그레고리 다이슨은 의자에 등을 댄 채 테이블을 쾅쾅 두들겼고, 그의 아내는 뭐라고 항의를 하고 있었다. 팔그레이브 소령은 잔을 비우고 박수를 치는 것 같았다.

그 순간만큼은 별로 진지한 사람들 같지 않았다.

"팔그레이브 소령님은 저렇게 마시면 안 될 텐데…… 고혈압이 있거든요."

프레스콧 양이 신랄하게 말했다. 그러나 그때 그 테이블에 플랜터스 펀치가 새로 날라져 왔다.

"사람들에 대해 정리가 되니 참 좋군요. 오늘 오후 저분들을 만났을 때는 누가 누구와 결혼했는지도 잘 몰랐답니다."

마플 양이 말했다.

침묵이 살짝 흘렀다. 프레스콧 양이 작은 소리로 마른기침을 한 다음 말했다.

"음…… 그 문제 말인데요……."

"조안, 더 이상 말하지 않는 게 좋을 것 같구나."

프레스콧 신부가 경고하는 듯한 목소리로 말했다.

"참, 오라버니도! 아무 말도 안 해요. 작년에 이런저런 이유로…… 정말 왜 그랬는지 모르겠지만…… 우리가 다이슨 부인을 힐링던 부인이라고 생각했다는 것만 말하려고 했어요. 누군가가 그런 게 아니라고 말해 줄 때까지 그렇게 생각했죠."

"사람의 인상이란 게 참 이상하니까요, 그렇죠?"

마플 양이 순진한 태도로 말했다. 그녀의 눈과 프레스콧 양의 눈이 잠깐 마주쳤다. 그 사이에서 여성끼리만 통하는 이해가 순간적으로 번뜩였다. 프레스콧 신부가 조금 더 예민한 남자였다면 자기가 방해물 노릇을 하고 있다는 것을 알아차렸을 것이다. 또 한 번 여성들끼리 신호가 오갔다. 그 신호는 말로 하는 것만큼이나 분명하게 '언젠가 다른 기회에…….'라고 말하고 있었다.

"다이슨 씨는 자기 아내를 '럭키'라고 부르더군요. 그게 진짜 이름인가요, 별명인가요?"

마플 양이 물었다.

"진짜 이름일 리가 없죠."

"내가 어쩌다가 물어보았는데, 아내가 자기에게는 행운을 상징하기 때문에 럭키라고 부른다는군요. 아내를 잃으면 자기 운도 없어질 거라고 말하더라고요. 멋진 말 아닙니까?"

프레스콧 신부가 말했다.

"그 사람은 농담을 좋아하는 사람 같아요."

프레스콧 양이 말하자, 신부는 미덥지 않다는 듯 누이동생을 바라보았다.

스틸 밴드 소리는 더 커졌다. 불협화음이 거칠게 터져 나오면서 무용수들이 무대로 나와 춤을 추었다.

마플 양과 다른 사람들은 의자를 돌리고 그들을 바라보았다. 마플 양은 음악보다 그 춤이 더 좋았다. 교묘하게 발을 끄는 모습이나 리듬을 타고 흔들리는 동작이 보기 좋았다.

'진짜 괜찮아 보이는걸. 표현을 억제하는 데서 나오는 힘 같은 것이 느껴져.'

오늘 밤 이 낯선 환경에서 그녀는 처음으로 편안함을 느끼기 시작했다……. 지금까지는 이전에 개인적으로 알고 있는 여러 사람들과 새로 만나는 사람들 간의 닮은 점을 발견하지 못해 아쉬워하고 있었다. 아마 화려한 옷과 이국적인 색채 때문에 눈이 어릿어릿했던 모양이었다. 그러나 곧 그녀는 재미있는 비교를 할 수 있었다.

예를 들어 몰리 켄들은 이름이 기억나지 않는 마켓 베이징 버스의 친절한 여자 차장을 닮았다. 그녀는 손님이 다 탈 때까지 도와주고, 자리에 모두 앉은 것을 확인한 다음에야 운행해도 좋다며 버스 벨을 울렸다. 팀 켄들은 메드체스터의 로열 조지 호텔 수석 웨이터와 좀 비슷했다. 자신만만하면서도 어딘지 걱정거리가 있는 것 같았다(그녀는 그 웨이터가 궤양을 앓고 있었다는 것을 생각해 냈다.). 팔그레이브 소령은 르로이 장군, 플레밍 대령, 위클로 제독이나 리처드슨 중령 등과 흡사했다. 마플 양은 좀 더 재미있는 사람들 쪽을 살펴보았다. 예를 들어 그레고리는 어떤가? 그레고리는 미국인이라서 조금 어려웠다. 언제나 민방위 모임에서 농담만 해 대는 조지 트롤로프 경의 허세 어린 모습이나 푸줏간 주인 머독 씨와 비슷할까. 머독 씨는 평판이 나빴지만, 어떤 사람들은 그것이 그냥 소문일 뿐인 데다 머독 씨 스스로 그 소문을 부추기고 좋아한다고 했다! 럭키는 어떤가? 럭키는 쉬웠다. 스리 크라운 여관의 말린과 똑같이 생겼다. 이블린 힐링던은? 그녀는 정확히 어디에 꿰어 맞추기가 어려웠다. 외모만 보아서는 여러 가지 역할에 어울렸다. 햇볕에 탄 키 크고 마른 영국 여자들은 어디에나 있으니까. 피터 울프의 첫 아내이자 자살한 캐롤라인 울프와 비교해 볼까? 아니면 레슬리 제임스도 있다. 자기 속내를 남에게 보이는 일이 거의 없었으며 아무에게도 온다 간다 말 없이 집을 팔고 떠나 버린 조용한 여자였다. 힐링던 대령은? 즉각 떠오르는 특징은 없었다. 그에 대해서는 조금 더 알아야 할 것 같았다. 그는 매너가 좋고 조용한 남자였다. 그런 사람들은 무엇을 생각하고 있는지 절대로 알 수가 없다. 때로는 그런 사람들이 사람을 더 놀라게 한다.

'하퍼 소령은 어느 날 조용히 자기 목을 그었지. 하지만 아무도 그 이유를 몰랐어.'

마플 양은 자기는 그 이유를 안다고 생각했지만, 확실한 것은 아니었다…….

그녀의 눈이 무의식적으로 라피엘 씨의 테이블로 움직였다. 라피엘 씨에 대해서 알고 있는 것은 그가 믿을 수 없을 정도로 부자라는 것, 서인도 제도에 매년 온다는 것, 몸이 반쯤 마비된 데다가 늙고 주름진 맹금처럼 보인다는 것 정도였다. 그는 시든 몸 위에 헐렁하게 옷을 걸치고 있었다. 아마 칠십이나 팔십, 아니면 구십일 것이다. 눈이 날카롭고 무례한 태도를 보이는 때가 많았지만 그에 대해 사람들이 성을 내는 경우는 별로 없었다. 반쯤은 그가 아주 부유했기 때문이고, 반쯤은 사람을 압도하는 힘 때문일 것이다. 라피엘 씨와 함께 있으면 왠지 그가 마음대로 무례하게 행동하게 내버려 둬야 될 것 같았다.

함께 있는 사람은 비서인 월터스 부인이었다. 그녀는 담황색 머리에 쾌활한 얼굴을 하고 있었다. 라피엘 씨는 종종 그녀에게 아주 무례하게 굴었으나, 그녀는 거기에 전혀 신경 쓰는 것 같지 않았다. 비굴해서가 아니라 잘 잊어버리는 성격 때문이었다. 그녀는 잘 훈련 받은 병원 간호사처럼 행동했다.

'아마 간호사 출신이겠지.'

하얀 재킷을 입은 키가 크고 잘생긴 젊은 남자가 라피엘 씨의 의자 옆에 와서 섰다. 노인은 그를 바라보고 고개를 끄덕이더니 의자에 앉으라고 손짓했다. 젊은 남자는 노인이 하라는 대로 의자에 앉았다.

'시중드는 간병인이라는 잭슨 씨일 거야.'

마플 양은 속으로 생각했다. 그녀는 잭슨을 꼼꼼히 뜯어보았다.

바에서는 몰리 켄들이 뒤로 몸을 쭉 뻗으며 하이힐을 슬쩍 벗었다. 팀은 테라스에서 들어와 그녀가 있는 곳으로 왔다. 그 순간 바에는 그들밖에 없었다.

"지쳤어, 여보?"

그가 물었다.

"약간. 오늘은 좀 자신이 붙는 것 같아."

"당신한테 너무 무리한 건 아니지, 응? 이런 일들 전부가 말이야. 힘든 일이란 것은 알고 있어."

그가 불안한 듯이 그녀를 바라보자 그녀가 웃으며 말했다.

"오, 팀. 웃기지 마. 난 여기를 사랑해. 멋진 곳이야. 내 오랜 꿈이 실현되었는걸."

"그래, 좋은 곳이지…… . 가끔 들르는 손님이라면 말이야. 하지만 이곳을 경영한다는 건…… 그건 일이잖아."

"뭐든지 공짜로 얻을 수는 없잖아. 안 그래?"

몰리 켄들이 이성적으로 말했다. 팀 켄들은 얼굴을 찌푸렸다.

"잘될 것 같아? 성공할 것 같냐는 말이야. 우리가 잘 해내고 있는 걸까?"

"물론이지."

"사람들이 샌더슨 씨가 이곳을 경영할 때 같지는 않다고 말하진 않을까?"

"물론 누군가는 그렇게 말하겠지. 언제나 그렇잖아! 하지만 그렇게 말하는 건 시대에 뒤떨어진 늙은이 몇 명뿐이야. 우리는 샌더슨 씨보다 이 일을 훨씬 더 잘하고 있어. 우리가 더 매력적이잖아. 당신은 나이 든 부인들을 매혹하고, 자포자기한 사십 대와 오십 대 여자들에게 설레는 사랑을 안겨 줄 수 있어. 나는 노신사들에게 추파를 던져서 그들을 매혹하지. 아니면 감상적인 노인들이 갖고 싶어 하는 상냥한 어린 딸 역할도 괜찮지. 우리는 그런 체제를 완벽하게 파악하고 있어."

팀의 얼굴에서 찌푸린 표정이 사라졌다.

"당신이 그렇게 생각한다면야 문제없지. 나는 겁이 나. 우리는 이 일에 모든 것을 걸었잖아. 나는 직업을 포기했고……."

"그건 정말 잘한 일이야. 그 일은 못 견딜 정도로 단조로운 일이었잖아."

몰리가 재빨리 말했다. 팀은 웃으며 그녀의 코끝에 키스했다. 그녀는 아까 했던 말을 되풀이했다.

"우리는 이 일의 체제를 완벽하게 파악하고 있다니까. 왜 당신은 언제나 걱정만 하지?"

"잘될 거야. 나도 그렇게 생각해. 하지만 나는 언제나…… 무엇인가가 잘못될 것만 같아."

"어떤 것이?"

"오, 나도 몰라. 누군가가 물에 빠져 죽을 수도 있고."

"그런 일은 없어. 여기는 세계에서 가장 안전한 해변 중 하나야. 게다가 우리는 경비원으로 그 스웨덴 출신의 덩치를 언제나 세워 놓고 있잖아."

"내가 바보처럼 구는 거야."

팀 켄들이 말했다. 그는 잠시 주저한 뒤에 말했다.

"당신…… 이제는 그 꿈을 꾸지 않지, 그렇지?"

"그건 비밀이야."

몰리는 그렇게 말하며 웃음을 터뜨렸다.

호텔에서의 사망 사건

　마플 양은 보통 때처럼 아침 식사를 침대로 가져오도록 시켰다. 차와 삶은 계란, 파파야 한 조각이 전부였다.

　'이 섬 과일은 좀 실망스러워. 늘 파파야만 올라오니 말이야. 맛있는 사과라도 한 알 먹을 수 있으면 좋을 텐데…….'

　그러나 사과는 이곳에 이름도 알려져 있지 않은 것 같았다.

　일주일째 이곳에 머물자 날씨가 어떤지 묻고 싶은 충동은 사라졌다. 날씨는 언제나 똑같았고 재미있는 변화라고는 전혀 없었다.

　"찬란한 영국의 날씨여!"

　마플 양은 혼자 중얼거리고 그것이 어디서 인용한 말인지, 아니면 자기가 만들어 낸 말인지 궁금해했다.

　물론 그곳에도 가끔 태풍이 불어닥친다고 들었다. 그러나 마플 양이 느끼기에는 태풍은 날씨가 아니었다. 오히려 신이 하시는 일에 가까웠다. 5분간 퍼붓다가 갑자기 멈추는 짧고 강렬한 소나기도 있었다. 모든 것이 흠뻑 젖지만 비가 그치고 5분만 지나면 다시 바짝 말랐다.

서인도 제도의 흑인 아가씨가 마플 양의 무릎 위에 쟁반을 올려놓고는 미소를 지으며 아침 인사를 했다. 사랑스러우리만치 예쁘고 하얀 이빨이었고, 아주 행복한 미소였다. 이곳 아가씨들은 모두 훌륭한 천성을 타고났음에도 불구하고 결혼하는 것을 싫어한다니 유감스러운 일이었다. 프레스콧 신부도 그 일 때문에 우려를 표했다. 그는 '세례는 많이 받았지요.' 하고 스스로를 위안하듯 말하면서도 결혼식은 없다고 했다.

마플 양은 아침을 먹고 하루를 어떻게 보낼지 계획을 짰다. 사실 오래 고민할 필요는 없었다. 여유 있게 일어나서 천천히 돌아다니면 된다. 날은 아주 덥고 손가락도 예전처럼 움직이지 않으니까. 그 뒤에는 10분 정도 쉬었다가 뜨개질감을 들고 천천히 호텔로 걸어가서 어디에 앉을지 결정하면 된다. 바다를 내려다보는 테라스에 앉을까? 아니면 해수욕하는 사람들과 아이들을 보러 해수욕장에 갈까? 보통은 후자 쪽을 택했다. 오후에는 조금 쉬고 난 뒤에 드라이브를 할 수도 있다. 아무래도 좋았다.

'오늘도 다른 날과 비슷하겠지.'

그러나 그렇게 되지는 않았다.

마플 양은 계획대로 일정을 진행했다. 그녀는 천천히 호텔로 가는 길을 따라 걷다가 몰리 켄들을 만났다. 늘 쾌활한 그녀였지만 그

낱은 미소를 짓고 있지 않았다. 우울한 분위기가 너무나 몰리답지 않아서 마플 양은 곧바로 물었다.

"켄들 부인, 뭐가 잘못되었나요?"

몰리는 고개를 끄덕였다. 그녀는 조금 머뭇거리더니 말했다.

"음, 어차피 아셔야 하니…… 모든 사람이 알아야 할 거예요. 팔그레이브 소령님 때문이에요. 돌아가셨어요."

"돌아가셨다고요?"

"네. 간밤에 돌아가셨어요."

"오, 세상에! 정말 안됐군요."

"네. 이곳에서 사망 사건이 일어나다니 끔찍해요. 이런 일이 생기면 모두 우울해진답니다…… 물론 아주 나이 드신 분이지만요."

"어제만 해도 아주 건강하고 명랑해 보였는데……."

마플 양은 나이 든 사람이라면 언제라도 죽을 수 있다는 이 냉정한 전제가 약간 괘씸했다. 그녀는 다시 한 번 되풀이해서 말했다.

"아주 건강해 보이셨잖아요."

"고혈압이 있으셨어요."

몰리가 말했다.

"하지만 요즘에는 그럴 때 먹는 약이 있잖아요……. 알약 같은 것들요. 의학이 그만큼 발달했지요."

"아, 그래요. 하지만 아마 약을 먹는 걸 잊어버리셨거나, 아니면 너무 많이 드셨나 봐요. 인슐린처럼요."

마플 양은 당뇨와 고혈압은 전혀 다른 종류의 병이라고 생각했다. 그녀가 물었다.

"의사는 뭐라고 하나요?"

"오, 호텔에 머물고 있는 그레이엄이라는 의사 선생님이 소령님을 살펴보셨어요. 그레이엄 선생님은 지금은 거의 은퇴를 하셨지만요. 물론 이 지방 공무원들도 와서 사망 증명서를 발부했어요. 하지만 모든 것이 분명해 보였어요. 이런 종류의 사건은 고혈압 환자에게 일어나기 쉬운 일이에요. 특히 술을 지나치게 마시면 안 되는데, 팔그레이브 소령님은 그런 면에서는 자제를 안 하셨죠. 예를 들어 지난밤에도 그랬고요."

"그래요, 나도 봤어요."

"아마 약 먹는 걸 잊어버리셨나 봐요. 그분에게는 정말 안된 일이지요……. 하지만 사람이 언제까지나 살 수는 없으니까요. 그렇지 않아요? 하지만 아주 걱정되는 일이에요……. 저와 팀에게는요. 음식이 잘못돼서 그렇다고 사람들이 생각할 수도 있으니까요."

"하지만 식중독과 고혈압은 완전히 다르지 않아요?"

"그렇죠. 하지만 사람들은 아주 쉽게 말들을 만드니까요. 그리고 만약 사람들이 음식이 나쁘다고 생각하고…… 떠나거나 친구들에게 그렇게 말하면……."

"그런 건 걱정할 필요 없어요. 당신 말마따나 팔그레이브 소령님처럼 나이가 지긋한 사람은(아마 칠십이 넘으셨을 거예요.) 언제 돌아가실지 모르니까요. 대부분의 사람들은 그냥 흔히 있는 일로 볼 거예요……. 슬프긴 하지만 전혀 이상하지 않은 일로요."

마플 양은 다정하게 말했다.

"이렇게 갑작스럽게 일어난 일만 아니라면 그렇겠지요."

몰리가 처량하게 말했다.

'그래, 참 갑작스러운 일이지.'

마플 양은 몰리와 헤어져 천천히 계속 걸어가면서 생각했다. 소령은 지난밤만 해도 힐링던 부부와 다이슨 부부 사이에서 활기차게 웃고 이야기하고 있었다.

힐링던 부부와 다이슨 부부……. 마플 양은 좀 더 천천히 걷다가…… 갑자기 걸음을 멈추었다. 해수욕장에 가는 대신 그녀는 테라스의 그늘진 구석에 앉아 뜨개질감을 꺼냈다. 바늘은 생각의 속도를 따라가려는 듯이 재빨리 움직였다. 그녀는 이 사건이 마음에 들지 않았다……. 아니, 정말로 마음에 들지 않았다. 너무나 딱 들어맞게 일어난 일이었다.

그녀는 마음속으로 전날 일어난 일을 훑어보았다.

팔그레이브 소령과 그가 한 이야기들…… 모두가 흔하고 자세히 들을 필요가 없는 그저 그런 이야기들이었다. 하지만 더 자세히 들었으면 좋았을 텐데…….

케냐…… 그는 케냐 이야기를 하고 그다음에는 인도 이야기를 했다. 북서쪽 전선…… 그리고 그다음에는…… 무슨 이유에서인지 살인 이야기로 흘렀다. 그런데 그녀는 그때도 귀담아듣고 있지 않았다. 이곳에서 일어난 어떤 유명한 사건…… 신문에 난 사건이라고 했다.

그다음이었다. 그녀의 털실 공을 집었을 때 소령은 스냅 사진에 대해 이야기하기 시작했다⋯⋯. 살인자의 스냅 사진⋯⋯ 그는 분명히 그렇게 말했다.

마플 양은 눈을 감고 그 이야기가 정확히 어떤 것이었는지 기억해 내려고 애썼다.

조금 정신없는 이야기였다. 소령이 다니던 클럽에서 들은 이야기⋯⋯ 아니면 누구 다른 사람의 클럽이었던가? 의사가 그에게 이야기해 주었다⋯⋯. 그 이야기를 또 다른 의사에게 들었다지⋯⋯. 어떤 의사가 정문으로 나오는 사람의 사진을 찍었다⋯⋯. 그가 살인자였는데⋯⋯.

그래, 그거였다⋯⋯. 여러 가지 세세한 내용이 이제 다시 기억나고 있었다⋯⋯.

그리고 그는 그 스냅 사진을 보여 주겠다고 했다⋯⋯. 그는 지갑을 꺼내 그 안에 든 물건들을 훑기 시작했다⋯⋯. 그동안에도 내내 이야기를 하면서⋯⋯.

여전히 이야기를 하면서 그는 무언가를 쳐다보았다⋯⋯. 아니, 보았다⋯⋯. 그녀가 아니라⋯⋯ 그녀 뒤에 있던 무엇인가를⋯⋯ 정확히 말하면 오른쪽 어깨 뒤에 있던 것을⋯⋯. 그러더니 그는 말을 멈추었고 얼굴이 자줏빛으로 변했다⋯⋯. 그리고 약간 손을 떨며 모든 것을 도로 지갑 속에 쑤셔 넣기 시작했다. 그러더니 커다랗고 부자연스러운 목소리로 코끼리 상아 이야기를 하기 시작했다!

잠시 후에 힐링던 부부와 다이슨 부부가 그곳으로 왔다⋯⋯.

그때 그녀는 오른쪽 어깨 너머로 고개를 돌려 보았다. 그러나 그 곳에는 아무것도, 아무도 없었다. 왼쪽으로는 호텔 쪽으로 약간 떨어진 곳에 팀 켄들과 그의 아내가 있었고, 그들 너머로는 베네수엘라에서 온 가족이 있었다. 그러나 팔그레이브 소령은 그쪽을 보지 않았다⋯⋯.

마플 양은 점심때까지 생각에 잠겨 있었다.

점심을 먹은 후 그녀는 드라이브를 가지 않았다. 대신 몸이 썩 좋지 못하니 와서 진찰을 해 줄 수 없느냐는 전갈을 그레이엄 의사에게 보냈다.

마플 양이 치료를 요청하다

그레이엄 의사는 65세 정도 된 친절한 노인이었다. 그는 서인도 제도에서 오랫동안 진료를 해 왔으나 이제는 거의 은퇴했고, 대부분의 일은 서인도 제도 사람인 동업자 의사들에게 맡겼다고 했다. 그는 마플 양에게 유쾌하게 인사한 다음 어디가 아프냐고 물었다. 다행히도 마플 양의 나이가 되면 언제라도 환자 편에서 조금 과장해서 이야기할 수 있는 병이 있는 법이다. 마플 양은 '어깨'와 '무릎' 사이에서 망설였으나, 결국은 '무릎'으로 정했다. 마플 양이라면 '무릎은 언제나 내 편이거든.' 하고 스스로에게 말했을 것이다.

그레이엄 의사는 굉장히 친절한 사람이었지만 그녀의 나이면 그 정도 증세는 당연히 있을 법하다는 사실을 입 밖에 내지 않으려고 꾹 눌러 참아야 했다. 그는 의사의 처방전에서 가장 기본적이고 쓸모 있는 작은 알약 종류 하나를 처방했다. 그는 생 오노레에 오면

외로움을 타는 노인들이 많다는 것을 경험상 알고 있었기 때문에 잠시 동안 점잖게 잡담을 하며 남아 있었다.

'아주 훌륭한 분이네. 거짓말을 해야만 하는 것이 부끄러울 정도야. 하지만 다른 수가 없어.'

마플 양은 속으로 생각했다.

마플 양은 늘 진실에 합당한 경의를 보여야 한다는 교육을 받으며 성장했고, 사실 천성상 아주 정직한 사람이기도 했다. 그러나 거짓말을 해야 하는 것이 의무라고 생각할 경우에는 놀라울 정도로 진실된 표정으로 거짓말을 할 수도 있었다.

그녀는 헛기침을 하고 사과의 말을 중얼거린 다음, 노부인답게 약간 목소리를 높여 말했다.

"그레이엄 선생님, 여쭙고 싶은 일이 있어요. 정말 그 이야기는 하고 싶지 않은데…… 다른 수가 없네요. 물론 정말 전혀 중요하지 않은 일이지만 저에게는 중요하답니다. 그래서 선생님이 이해해 주시고, 제가 부탁드리는 것을 귀찮게 여기지 말아 주세요. 그리고 가능하면 거절하지 말아 주셨으면 해요."

이런 거창한 서두에 그레이엄 의사는 친절하게 대답했다.

"무엇을 걱정하고 계십니까? 제가 도와드리지요."

"팔그레이브 소령님 일이에요. 소령님이 돌아가신 건 참 슬픈 일이죠. 오늘 아침에 듣고 매우 충격을 받았답니다."

"그래요. 정말 갑작스러웠죠. 유감입니다. 어제만 해도 아주 원기왕성해 보였는데 말이지요."

그레이엄 의사는 친절하지만 의례적인 투로 말했다. 그에게는 팔그레이브 소령의 죽음이 전혀 특별한 일이 아닌 것이 분명했다. 마플 양은 자기가 진짜로 아무것도 아닌 것을 침소봉대하고 있지 않나 생각했다. 무턱대고 의심하는 습관이 생긴 것일까? 이제는 내 판단도 믿을 수 없게 될지 몰라. 이 경우는 판단이 아니라 그저 의심일 뿐이지만. 하여간 이제는 어쩔 도리가 없으니 밀고 나가야 했다.

"그분과 저는 어제 오후에 함께 앉아서 이야기하고 있었어요. 그분은 여러 가지 흥미로운 생활을 이야기해 주셨지요. 세상의 온갖 낯선 곳을 다 돌아다녔더라고요."

"네, 그렇지요."

소령의 회고담 때문에 여러 번 지루해한 경험을 떠올리며 그레이엄 의사가 대답했다.

"그다음에는 가족 이야기를 했어요. 아니, 소년 시절 이야기라고 해야 할까요. 그래서 제 조카와 조카딸 이야기를 조금 했더니 아주 공감하며 들어 주시더라고요. 그래서 제가 갖고 다니는 조카의 스냅 사진을 한 장 보여 주었어요. 아주 사랑스러운 아이죠……. 정확히 말하면 지금은 아이가 아니지만, 제게는 언제나 아이랍니다. 이해하시죠?"

"이해하고말고요."

그레이엄 의사는 노부인이 요점에 들어가기 전까지 서설이 얼마나 길어질까 생각하며 말했다.

"제가 그 사진을 소령님에게 건네 드리고 그걸 살펴보고 있는데,

그 사람들이 갑자기…… 그…… 아주 좋은 분들인데……야생화와 나비를 수집하고, 이름이 힐링던 대령이었던 것 같은데…….”

“아, 힐링던 씨와 다이슨 씨 부부로군요.”

“예, 맞아요. 그 사람들이 갑자기 웃고 이야기를 하면서 우리 쪽으로 왔지요. 그 사람들은 앉아서 마실 것을 시켰고, 우리는 모두 함께 이야기를 나눴답니다. 아주 즐거웠어요. 하지만 팔그레이브 소령님이 자기도 모르게 제 스냅 사진을 자기 지갑에 넣어 주머니에 집어넣은 것 같아요. 그때는 저도 별 생각이 없었는데, 나중에 기억해 내고 혼잣말로 ‘소령님께 덴질의 사진을 돌려달라고 말하는 걸 잊어버리면 안 돼.’ 하고 되뇌었지요. 간밤에 춤과 밴드 공연을 하고 있는데 그 생각이 나더라고요. 하지만 그때는 그분이 아주 즐겁게 시간을 보내고 있었기 때문에 방해하고 싶지 않았어요. 그래서 ‘잊지 말고 내일 아침에 돌려달라고 하자.’ 하고 생각했죠. 바로 오늘 아침에 이야기할 참이었는데…….”

마플 양은 말을 멈추고 숨을 가쁘게 몰아쉬었다.

“그래요, 그래요. 잘 알겠습니다. 그래서 부인은…… 음, 그러니까 당연히 그 사진을 돌려받고 싶으신 거지요? 그런 말씀이지요?”

마플 양은 동의하듯 열성적으로 고개를 크게 끄덕였다.

“예, 그거예요. 아시겠지만 제게는 그 사진 하나밖에 없는데다 원판도 갖고 있지 않아요. 저는 그 스냅 사진을 절대로 잃어버리고 싶지 않아요. 가엾은 덴질은 몇 년 전에 죽은 데다가 제가 가장 좋아하는 조카였거든요. 그 사진은 그애를 기억할 수 있는 기념품으로 제가 갖고 있던 단 한 장의 사진이랍니다. 죄송하지만…… 부탁드리고 싶은 건…… 귀찮으시겠지만 그 사진을 제게 가져다주실 수 없나요? 부탁할 만한 다른 분이 없어요. 팔그레이브 소령님의 소지품 같은 것들을 누가 살펴보는지도 모르거든요. 제게는 어려운 일이에요. 사람들은 저를 귀찮아할 게 분명해요. 아시겠지만 사람들은 이런 일은 이해를 못 하잖아요. 그 스냅 사진이 제게 얼마나 큰 의미인지 아무도 이해하지 못해요."

"물론이죠, 물론이고말고요. 저는 잘 이해합니다. 부인께서는 아주 자연스러운 감정이지요. 사실 곧 지방 당국 사람들을 만나기로 되어 있답니다. 장례식이 내일이니까, 행정 사무국에서 사람이 나와 그의 서류와 물품을 살펴본 다음 친족에게 전할 겁니다. 스냅 사진이 어떤 사진인지 말씀을 해 주시면……."

"그냥 집 앞을 찍은 사진이에요. 그리고 누가…… 그러니까 덴질이 막 집 현관에서 나오고 있어요. 그 사진은 꽃 전시회에 아주 관심이 많은 다른 조카가 찍은 건데, 히비스커스인가 안티파스토라하는 백합인가를 찍고 있었어요. 덴질은 어쩌다가 그 순간 현관으로 나왔나 봐요. 그애를 아주 잘 찍은 사진은 아니었어요. 약간 흔들렸지요……. 하지만 저는 그 사진을 좋아해서 언제나 갖고 다녔답니다."

마플 양이 설명했다.

"네, 그 말씀으로 충분히 알 것 같습니다. 사진을 되찾아 드리는 일이 별로 어렵지는 않을 것 같습니다."

그레이엄 의사는 의자에서 일어났다. 마플 양은 그를 쳐다보며 미소를 지었다.

"정말 친절하시네요, 그레이엄 선생님. 제 마음 이해하시지요, 그렇죠?"

"물론이죠. 물론 이해하고말고요. 이제 걱정 마세요. 매일 살살 무릎 운동을 하셔야 하지만 너무 많이 하시면 안 됩니다. 그리고 약을 보내 드릴 테니 하루 세 번 한 알씩 드세요."

그레이엄 의사는 그녀와 따뜻하게 악수를 나누며 말했다.

마플 양이 결심을 하다

죽은 팔그레이브 소령의 장례식은 다음 날로 정해졌다. 마플 양은 프레스콧 양과 함께 장례식에 참석했다. 프레스콧 신부가 장례식을 집전했다……. 그 뒤의 시간은 평상시와 같이 다시 흘러갔다.

팔그레이브 소령의 죽음은 이미 약간 불쾌하지만 곧 잊혀질 하나의 사고일 뿐이었다. 이곳의 생활은 햇빛, 바다, 사교의 즐거움으로 가득했다. 우울한 방문객 하나가 이런 생활에 끼어들어 잠깐 동안 어두운 그림자를 드리웠지만, 그 그림자는 이제 사라졌다. 어쨌건 아무도 고인과는 썩 친하지 않았다. 그는 사람들을 지루하게 하는 말 많은 노인네 타입이었고, 언제나 사람들이 특별히 듣고 싶어 하지도 않는 개인적인 추억담만을 이야기했다. 그는 세계의 어떤 장소에도 정착하지 못했다. 그의 아내는 오래전에 죽었다. 그는 외롭게 살았고 외로운 죽음을 맞았다. 그러나 그의 외로움은 사람들 사이에서 불쾌하지 않은 방식으로 그럭저럭 시간을 보내면서 때울 수 있는 것이었다. 팔그레이브 소령은 외로운 사람이었지만 아주 쾌활한 사람이기도 했다. 그는 자기 나름대로의 방식으로 생활을 즐겼다. 그리고 이제 그가 죽어 땅속에 묻혔지만 그다지 신경 쓰는 사람도 없었고, 다음 한 주가 지나면 아무도 그를 잠깐이라도 기억하거나 떠올리지 않을 것이다.

그나마 그를 그리워한다고 말할 수 있는 사람은 마플 양뿐이었다. 그에게 개인적인 애정이 있어서가 아니라, 그녀가 알고 있는 삶의 한 방식을 그가 대표하고 있기 때문이었다.

'사람이 늙어 가면 점점 더 남의 말에 귀를 기울이는 습관이 드는 법이야.'

그녀는 그렇게 생각했다. 별 흥미 없이 듣긴 했지만, 그녀와 소령 사이에는 노인끼리 오가는 남다른 느낌이 있었다. 그것은 밝고 인간적인 것이었다. 그녀는 팔그레이브 소령을 크게 애도하지는 않았지만 조금은 그리워했다.

장례식날 오후 그녀가 가장 좋아하는 자리에 앉아 뜨개질을 하고 있을 때 그레이엄 의사가 다가왔다. 그녀는 바늘을 내려놓고 그에게 인사를 했다. 그는 미안해하며 말을 꺼냈다.

"매우 실망스러운 소식을 갖고 왔습니다, 마플 양."

"정말요? 아마 제……."

"예, 부인의 그 귀한 스냅 사진을 찾지 못했습니다. 부인이 실망하실 것 같아 유감입니다."

"네, 그렇기는 해요. 하지만 물론 큰 문제는 아니지요. 그냥 감상적인 기분일 뿐이니까요. 이제야 알겠어요. 팔그레이브 소령님 지갑에 사진이 없었던 모양이죠?"

"없었습니다. 다른 물건들 속에도 없었어요. 편지 몇 통과 신문 스크랩 같은 시시한 물건들은 있었지만, 부인께서 언급하신 스냅사진은 찾을 수가 없었습니다."

"저런! 뭐 어쩔 수 없지요……. 그렇게 수고를 해 주시다니 정말 고맙습니다, 그레이엄 선생님."

"오, 수고라니요. 가족과 관련된 사소한 것들이 개개인에게는 얼마나 큰 의미가 되는지 제 경험상 잘 알고 있을 뿐이랍니다. 특히 사람이 늙어 갈 때는 더더욱 말이지요."

그레이엄 의사는 말하면서도 이렇게 생각했다.

'나이 든 분이 잘 받아들이시는군.'

그는 팔그레이브 소령이 뭔가 지갑에서 꺼내다가 그 스냅 사진을 발견하고는 그것이 어떻게 지갑 속에 들어갔는지 기억하지 못하고 별로 중요하지 않은 물건인 줄 알고 찢어 버렸을 것이라고 짐작했다. 그러나 그것은 이 노부인에게는 아주 중요한 물건이었다. 그렇지만 그녀는 이 사건을 아주 명랑하고 철학적으로 받아들이는 것처럼 보였다.

하지만 마플 양의 마음속은 명랑하지도 철학적이지도 않았다. 그녀는 이 사태를 생각할 시간이 좀 필요했다. 그렇지만 그녀는 자기가 현재 갖고 있는 이 기회를 최대한 활용해야겠다고 판단했다.

그녀는 숨김없이 그레이엄 의사와 열심히 대화를 나누었다. 친절한 의사는 그녀가 쏟아 내는 말들을 노부인이 느끼는 자연스러운 외로움 때문이라고 생각했다. 그래서 그녀로 하여금 잃어버린 스냅사진을 생각하지 않게 하려고 생 오노레의 생활과 마플 양이 가 보고 싶어 할 흥미로운 장소들에 대해 편안하고 유쾌하게 이야기했다. 그러는 동안 그는 어쩌다가 그들의 대화가 다시 팔그레이브 소령의 병 이야기로 흘러왔는지 깨닫지 못했다.

"너무 슬픈 일이에요. 이렇게 고향에서 멀리 떨어진 곳에서 죽다니요. 소령님이 전에 말한 것을 생각해 보면 직계 가족은 없이 런던에서 혼자 살았나 봐요."

"정말 엄청나게 여행을 많이 한 분이었어요. 겨울에는 더더욱 그랬지요. 소령님은 영국의 겨울을 좋아하지 않았으니까요. 그럴 수 있지요."

그레이엄 의사가 말했다.

"맞아요, 정말 그래요. 아마 폐가 약하다든지 해서 해외에서 겨울을 꼭 지내야 하는 특별한 이유가 있었겠죠?"

"아, 아뇨. 그런 것 같지는 않습니다."

"하지만 고혈압이라고 들었어요. 참 서글픈 일이죠. 요즘은 그런 이야기를 너무 많이 듣게 되니까요."

"소령님이 그런 이야기를 부인께 직접 하셨나요?"

"오, 아뇨. 아니에요. 그런 이야기는 한 번도 하지 않았어요. 제게 그 말을 해 준 건 다른 사람이었답니다."

"아, 그렇군요."

"상황이 그러니 돌아가실 만하다고 어느 정도 예상은 하고 있지 않았나요?"

"꼭 그런 것만은 아니죠. 최근에는 혈압을 조절하는 약이 있으니까요."

"소령님의 죽음이 아주 갑작스러워 보이는데…… 별로 놀라시지는 않은 것 같군요."

"뭐, 그 나이 분들은 그럴 가능성이 크니까 특별히 놀라지는 않았어요. 하지만 예상 밖인 것은 사실입니다. 솔직히 언제 봐도 건강이 아주 좋은 분 같았거든요. 진료를 해 본 적은 없습니다. 혈압을 직접 재 본 적이 한 번도 없어요."

"척 보면…… 그러니까 제 말은 의사 선생님들은 어떤 사람에게 고혈압이 있는지 알 수 있나요?"

마플 양은 짐짓 순진한 표정으로 물었다.

"보는 것만으로는 안 되고 검사를 약간 해 봐야죠."

의사가 미소를 지으며 말했다.

"오, 알아요. 고무 밴드를 팔에 감고 바람을 넣어서 팽팽하게 하는 그 끔찍한 일 말이죠. 저는 그걸 아주 싫어한답니다. 하지만 제 주치의는 제 혈압이 나이에 비해서 아주 양호하다고 했어요."

"그거 아주 다행이로군요."

"물론 소령님이 플랜터스 펀치를 좋아하긴 하셨죠."

마플 양이 곰곰이 생각하며 말했다.

"그래요. 혈압에 썩 좋지는 않지요…… 알코올이요."

"혈압 환자들은 약을 먹지요, 그렇죠? 그렇게 들었어요."

"그렇습니다. 시판되는 것이 몇 가지 있지요. 소령님의 방에도 그런 약이 한 병 있었습니다…… 세레니테라고."

"요즘 의학은 정말 대단해요. 의사 선생님들이 치료할 수 있는 병이 굉장히 많아졌지요?"

"아시다시피 우리 의사들에게는 위대한 적수가 하나 있지요. 바로 자연입니다. 그래서 옛날에 쓰던 훌륭한 민간요법들도 적용하면 큰 효과를 보일 때가 많지요."

"칼로 벤 자리에 거미줄을 붙이는 것 같은 일 말이죠? 제가 어릴 때는 늘 그렇게 했지요."

"아주 현명한 일이죠."

"그리고 심한 기침이 날 때는 가슴에 아마인 습포제를 붙이고 장뇌유를 문지르지요."

"다 아시는군요!"

그레이엄 의사가 웃으면서 자리에서 일어섰다.

"무릎은 어떻습니까? 아주 괴롭지는 않으시지요?"

"네, 정말 많이 나은 것 같아요."

"뭐, 자연 때문인지 제가 처방한 약 때문인지는 모를 일이죠. 별로 도움이 못 되어서 죄송합니다."

그레이엄 의사가 말했다.

"아니에요. 제게 아주 친절하게 해 주셨는걸요. 시간을 빼앗아서 정말 죄송해요……. 소령님 지갑 속에 사진 같은 건 전혀 없었다고 하셨나요?"

"아, 사진은 있었어요……. 소령님이 아주 젊었을 때 폴로 경기용 조랑말을 타고 찍은 오래된 사진 한 장, 그리고 죽은 호랑이 사진 한 장……. 소령님이 그 위에 발을 걸치고 서 있었죠. 뭐 그런 스냅 사진들이었어요. 젊은 시절의 추억들이죠. 하지만 주의를 기울여서 하나하나 자세히 살펴보았습니다. 정말이에요. 그런데 말씀하신 조카 분 사진은 확실히 그중에 없었습니다……."

"오, 확실히 주의 깊게 보셨을 거예요. 그런 뜻은 아니었어요……. 저는 그냥 흥미를 느꼈을 뿐이랍니다. 모두들 그렇게 이상한 것들을 갖고 있게 마련이잖아요."

"과거의 보물들이죠."

의사는 미소를 지으며 말하고는 작별을 고하고 떠났다.

마플 양은 남아서 생각에 잠긴 채 야자나무와 바다를 오랫동안 바라보았다. 몇 분 동안 뜨개질감을 다시 집어 들지도 않았다. 이제 그녀는 한 가지 사실을 분명히 알았다. 그러니 그 사실에 대해, 그리고 그것이 무엇을 의미하는지에 대해 생각해야 했다. 소령이 지갑에서 꺼냈다가 그렇게 서둘러서 집어넣은 그 사진은 그가 죽은 다음 그곳에서 발견되지 않았다. 그것은 소령이 버릴 만한 물건은 아니었다. 소령이 사진을 도로 지갑에 집어넣었으니 죽은 다음에도 그의 지갑 속에 있어야 했다. 누군가가 지갑에서 돈을 훔쳐 갈 수는 있겠지만, 스냅 사진을 훔쳐 갈 사람은 아무도 없다. 그러니까 훔쳐

야만 할 특별한 다른 이유가 없다면 말이다…….

마플 양의 얼굴은 엄숙했다. 그녀는 결단을 내려야 했다. 팔그레이브 소령이 무덤 속에서 조용히 쉬도록 해야 할 것인가, 말 것인가? 그냥 그렇게 묻어 두는 편이 더 낫지 않을까? 그녀는 소리 죽여 셰익스피어를 인용했다.

"던컨은 죽었다. 삶이라는 변덕스러운 열병이 끝나고 그는 이제 깊이 잠들어 있다!"

이제 아무것도 팔그레이브 소령을 해치지는 못할 것이다. 그는 위험이 건드릴 수 없는 곳으로 갔다. 하지만 그가 바로 그날 밤에 죽었다는 것이 그저 우연의 일치일까? 우연의 일치가 아닐 수도 있다. 의사들은 노인의 죽음을 너무나 쉽게 받아들인다. 특히 죽은 사람의 방에 고혈압 환자들이 일생 동안 먹어야 하는 약병이 있는 경우라면 더욱 그렇다. 그러나 만약 누군가가 몰래 소령의 지갑에서 그 스냅 사진을 가져가면서 약병을 소령의 방에 놓았을 수도 있다. 그녀는 소령이 알약을 먹는 것을 한 번도 본 적이 없었다. 그는 그녀에게 혈압 문제에 대해서 이야기한 적이 없었다. 그가 자신의 건강에 대해 말한 것은 딱 한 번, '그야 예전처럼 젊지는 않지요.' 하고 인정하는 말뿐이었다. 때때로 숨이 가빴고 약간 천식 증세가 있었지만 다른 문제는 없었다. 하지만 누군가가 팔그레이브 소령이 고혈압을 앓았다고 말한 적이 있었다……. 몰리? 프레스콧 양? 정확히 기억할 수 없었다.

마플 양은 한숨을 쉰 다음 큰 소리는 아니었지만 입 밖으로 소리를 내어 자신을 꾸짖었다.

"제인, 지금 무슨 생각을 하고 있는 거지? 지금 이 일 전체를 꾸며 내고 있는 것 아냐? 이런 생각을 할 근거라도 있어?"

그녀는 살인과 살인자라는 주제에 대해 소령과 나누던 대화를 될 수 있는 대로 정확하게 한 걸음씩 되짚어 보았다.

"오, 세상에! 만약 그렇다 해도…… 실제로 내가 무슨 일을 할 수 있겠어……."

그러나 그녀는 자기가 곧 무슨 일이든 시도해 볼 작정이라는 것을 잘 알고 있었다.

　마플 양은 일찍 일어났다. 노인들이 대체로 그렇듯이 그녀는 깊이 잠들지 않았고 주기적으로 깨어나곤 했다. 그녀는 다음 날이나 그다음 날 해야 할 일을 계획하면서 그 시간을 보냈다. 물론 보통 때라면 이런 계획은 완전히 개인적인 것이거나 집안일에 대한 것이었고, 그녀를 제외한 아무에게도 흥미롭지 않은 일이었다. 그러나 이날 아침 마플 양은 자리에 누워 살인이라는 주제와 의심이 옳을 경우 자신이 할 수 있는 일에 대해 진지하고 적극적으로 생각하고 있었다. 쉬운 일은 아닐 것이다. 그녀는 오직 하나의 무기만 가졌을 뿐이다. 그 무기란 바로 대화였다.

　노부인들은 두서없이 대화를 많이 하는 경향이 있다. 사람들은 이것 때문에 지루해하지만, 그렇다고 노부인들에게 다른 동기가 있을 것이라고는 의심하지 않는다. 단도직입적으로 질문을 할 수는 없을 것이다(사실 어떤 질문을 해야 할지도 막막했다!). 몇몇 사람들에 대해 조금 더 알아낼 수 있는 질문을 해야 했다. 그녀는 머릿속으로 그 몇몇 사람들을 되새겨 보았다.

확실히 팔그레이브 소령에 대해서는 조금 더 알아낼 수 있겠지만, 그것이 도움이 될지는 의심스러웠다. 팔그레이브 소령이 살해당했다면 그것은 그가 가진 개인적인 비밀이나 유산 상속이나 복수 때문은 아닐 것이다. 사실 팔그레이브 소령은 이 사건의 희생자였지만, 드물게도 이 사건은 희생자에 대해서 더 많이 안다고 해서 도움이 되거나 어떤 식으로든 살인범을 알아내는 데 보탬이 되는 것은 아니었다. 그녀가 보기에 유일한 요점은 팔그레이브 소령이 너무 많이 이야기했다는 것이다!

그녀는 그레이엄 의사에게서 재미있는 사실 하나를 알게 되었다. 소령은 지갑에 여러 가지 사진을 갖고 다녔다. 폴로 경기 조랑말을 탄 자신의 사진 한 장과 죽은 호랑이 사진 한 장, 또 비슷한 다른 한 두 장의 사진들. 팔그레이브 소령은 왜 그 사진들을 갖고 다녔을까?

'물론 사람들에게 자신의 회고담을 들려주는 것을 즐겼기 때문이겠지.'

마플 양은 늙은 해군 대장과 준장, 소령들을 겪어 본 오랜 경험으로 그렇게 생각했다. "내가 인도에 호랑이 사냥을 나갔을 때 이상한 일이 일어났는데⋯⋯."로 시작하거나 폴로 경기용 조랑말에 얽힌 추억담을 늘어놓았을 것이다. 따라서 살인 용의자에 대한 그 이야기도 적당한 때에 지갑에서 스냅 사진을 꺼내 보여 주며 이야기했을 것이다.

그녀와 대화를 할 때 그는 그 패턴을 따르고 있었다. 살인이라는 주제가 나오자 자기 이야기에 흥미의 초점을 맞추기 위해 그는 분명히 평상시 하던 대로 했다. 스냅 사진을 꺼내며 '이 녀석이 살인범이라고 보이지는 않지요, 그렇죠?' 같은 말을 하려 했을 것이다.

문제는 그것이 그의 '습관'이었다는 점이다. 이 살인자 이야기는 그가 정기적으로 꺼내는 화제 목록에 있었다. 살인에 대한 이야기가 나오기만 하면 소령은 전속력으로 그 이야기로 달려갔다.

'그렇다면 이미 그 이야기를 여기 있는 다른 누군가에게도 했을지 몰라.'

마플 양은 생각했다. 혹은 한 사람에게만 그런 이야기를 한 것이 아닐지도 모른다. 만약 그렇다면 마플 양도 더 자세한 내용을 다른 사람에게 들을 수 있을지도 모른다. 어쩌면 스냅 사진에 찍힌 사람이 어떻게 생겼는지까지 알 수 있을 것이다.

그녀는 만족스러운 듯 고개를 끄덕였다……. 시작은 그렇게 하자.

그녀는 마음속으로 '네 명의 용의자'로 찍은 사람들이 있었다. 하지만 실제로는 팔그레이브 소령이 남자에 대해 이야기하고 있었으므로 용의자는 둘뿐이었다. 바로 힐링던 대령과 다이슨 씨였다. 그들은 전혀 살인범처럼 보이지 않았지만, 사실 살인범들이 전혀 그럴 것 같지 않은 뜻밖의 사람들인 경우는 흔했다. 누구 다른 사람이 있었을까? 마플 양은 고개를 돌렸을 때 아무도 보지 못했다. 물론 라피엘 씨의 방갈로가 있었다. 고개를 돌리기 전에 누군가가 방갈로에서 나왔다가 다시 들어갈 수 있었을까? 그렇다면 시중을 드는 간병인밖에 생각할 수가 없다. 그의 이름이 뭐였더라? 아, 그래, 잭슨. 문에서 나온 사람이 잭슨이었을까? 그 장면은 스냅 사진과 똑같은 구도였을 것이다. 문에서 나오는 남자. 그래서 갑자기 알아보았을지도 모른다. 그때까지 팔그레이브 소령은 간병인인 아서 잭슨을 흥미롭게 바라보지 않았다. 호기심에 차서 이리저리 움직이는 소령의 눈은 본질적으로 속물적인 눈이었다……. 아서 잭슨은 지위 높은 나리가 아니었으므로 팔그레이브 소령은 그를 두 번 이상 눈여겨보지 않았을 것이다.

손에 스냅 사진을 든 채 마플 양의 오른쪽 어깨 너머 문에서 나오는 남자를 볼 때까지는 말이다.

마플 양은 베개 위에서 돌아누웠다……. 내일 할, 혹은 오늘 할 일은 힐링던 부부와 다이슨 부부와 간병인 아서 잭슨에 대해 더 조사해 보는 것이었다.

그레이엄 의사도 일찍 깨어났다. 다른 때 같으면 보통 뒤척이다가 다시 잤다. 그러나 오늘은 마음이 불편해서 잠이 오지 않았다. 이렇게 다시 잠들지 못할 정도로 심한 불안감은 오랫동안 겪지 않았던 것이다. 무엇 때문에 이렇게 불안한 것일까? 정말이지 알 수가 없었다. 그는 계속 그 이유를 생각하며 자리에 누워 있었다. 무엇인가…… 무엇인가…… 그래, 팔그레이브 소령과 관계가 있는 것이다. 그의 죽음 때문에? 하지만 그 일에 그가 마음 불편할 이유가 무엇인지 알 수 없었다. 재잘거리기를 좋아하는 노부인이 말한 것 때문일까? 그녀의 스냅 사진이 없어진 것은 안된 일이었다. 그러나 그녀는 현명하게 받아들였다. 하지만 대체 그녀가 한 어떤 말이, 그녀가 우연히 던진 어떤 말이 이렇게 그를 불편하게 만드는 것인지 모를 일이었다. 어쨌건 아무것도 이상한 점이 없었다. 전혀! 최소한 그는 그렇게 생각했다.

소령의 건강 상태를 보면 더욱 분명했다……. 생각의 흐름에 희미한 틈새가 생겼다. 내가 팔그레이브 소령의 건강 상태에 대해 제대로 알고 있었나? 모든 사람이 그가 고혈압을 앓고 있었다고 말했다. 그러나 직접 소령과 그 문제에 대해 말해 본 적은 없었다. 따지고 보면 팔그레이브 소령과 별로 이야기를 해 본 적도 없었다. 팔그레이브는 늙고 따분한 사람이었고, 그는 늙고 따분한 사람을 피했기 때문이다. 도대체 왜 뭔가 잘못되었을지도 모른다고 생각하고 있는 것인지 이해할 수가 없었다. 그 노부인 때문일까? 하지만 그녀가 뭐라고 말한 것도 없었다. 하여간 그것은 그의 소관이 아니었다. 지역 당국은 아주 당연하게 받아들였다. 세레니테 알약 병이 그곳에 있었고, 소령은 평소 사람들에게 자기의 고혈압에 대해 거리낌 없이 말한 것 같았다.

그레이엄 의사는 침대에서 돌아누워 곧 다시 잠들었다.

호텔 바깥에 있는 작은 시내 옆에 줄지어 선 판자 오두막집 중 한 채에서 빅토리아 존슨이라는 젊은 아가씨가 뒤척이다 침대에서 일어나 앉았다. 생 오노레의 이 젊은 여인은 조각가가 좋아할 법한 검은 대리석 같은 몸체를 가진 멋진 피조물이었다. 그녀는 탄력 있게 웨이브 진 검은 머리카락을 손가락으로 훑었다. 그러더니 옆에서 같이 자고 있던 남자의 갈비뼈를 발로 쿡쿡 찔렀다.

"일어나 봐, 여보."

남자는 툴툴거리며 돌아누웠다.

"뭐 때문에 그래? 아침도 아니잖아."

"일어나, 여보. 말하고 싶은 게 있어."

남자는 일어나서 기지개를 켜고, 커다란 입과 고른 이를 보였다.

"뭐 때문에 걱정하고 있어, 여보?"

"그 죽은 소령 말이야. 마음에 안 드는 게 있어. 뭔가 잘못된 게 있다고."

"뭐? 왜 그것 때문에 걱정이지? 그는 늙었잖아. 죽었고."

"들어 봐, 여보. 그 알약 말이야, 의사 선생님이 나한테 물어봤던 그 알약."

"응. 그게 뭐? 아마 약을 너무 많이 먹은 게지."

"아니, 그게 아니야. 들어 봐."

그녀는 그에게 몸을 기울이고 열심히 이야기했다. 그는 하품을 하더니 다시 누웠다.

"아무것도 아니잖아. 무슨 이야기를 하고 있는 거야?"

"그래도 아침에 켄들 부인에게 그 이야기를 해야겠어. 뭔가 잘못된 게 있어."

"귀찮은 짓 하지 마."

결혼식을 치러 다른 사람들의 축복을 받지는 않았지만 그녀가 현재의 남편으로 간주하고 있는 남자는 그렇게 말했다.

"말썽거리를 만들지 말자고."

그는 그렇게 말하더니 하품을 하며 반대쪽으로 돌아누워 버렸다.

해변의 아침

오전이 반쯤 지났을 무렵, 호텔 아래쪽 바닷가에서였다.

이블린 힐링던은 물에서 나와 따뜻한 금빛 모래 위에 앉더니, 수영 모자를 벗고 검은 머리를 활기차게 흔들었다. 이곳은 그다지 넓은 해변은 아니었다. 사람들은 아침에 이곳에서 모이곤 했기 때문에 11시 30분쯤에는 언제나 사교 회합이 이루어졌다. 이블린의 왼쪽에 있는 이국적인 분위기의 현대적 버들가지 의자에는 베네수엘라 출신의 미녀인 드 카스페아로 부인이 누워 있었다. 그녀 옆에는 골든 팜 호텔의 원로인 라파엘 씨가 엄청난 부를 가진 노인 환자만이 보일 수 있는 위엄을 떨며 앉아 있었다. 에스터 월터스가 그의 시중을 들고 있었다. 라파엘 씨가 사업상 당장 부쳐야 하는 급한 전보를 떠올릴 때를 대비하여 그녀는 보통 때도 속기 노트와 연필을 갖고 다녔다. 해변에 어울리는 짧은 옷차림을 한 라파엘 씨는 너무 말라서 뼈에 마른 가죽만 걸쳐 놓은 것 같았고, 몹시 무기력해 보였다. 그는 당장 숨이 넘어갈 사람처럼 보였지만, 적어도 지난 8년 동안 시종일관 같은 모습이었다……. 섬 사람들이 대부분 그렇게 말했다. 주름진 볼 살 위에서는 날카로운 파란 눈이 빛나고 있었는데, 그의 인생의 큰 낙이라면 무엇이든 다른 사람이 한 말을 난폭하게 부인하는 것이었다.

마플 양도 있었다. 그녀는 보통 때처럼 뜨개질을 하며 무슨 이야기가 오가는지 듣고 있다가 아주 드물게 대화에 끼어들었다. 사람들은 보통 그녀가 그곳에 있다는 것을 잊고 있었기 때문에 그녀가 대화에 끼어들면 모두 놀랐다! 이블린 힐링던은 그녀를 너그럽게 바라보며 괜찮은 노부인 같다고 생각했다.

드 카스페아로 부인은 길고 아름다운 다리에 오일을 더 바르면서 혼자 콧노래를 불렀다. 그녀는 말이 많지 않은 여자였다. 조금 뒤 그녀는 불만스러운 듯 오일 병을 바라보았다.

"이건 프란지파니오만큼 좋지 않군요. 여기서는 그걸 구할 수 없어서 속상해요."

그녀는 처량하게 말하더니 눈꺼풀을 다시 내리깔았다.

"이제 잠깐 물에 들어가실까요, 라피엘 씨?"

에스터 월터스가 물었다.

"마음 내킬 때 들어가지."

라피엘 씨가 무뚝뚝하게 말했다.

"11시 30분인데요."

"그게 뭐? 내가 시간에 얽매이는 사람인가? 이건 이 시간에 해라, 이건 20분 후에 해라, 이건 20분 전에…… 흥!"

라피엘 씨가 말했다.

월터스 부인은 라피엘 씨를 오래 시중들었기 때문에 그를 다루는 나름대로의 방법을 갖고 있었다. 그녀는 그가 해수욕을 한 다음 몸을 회복할 시간을 넉넉하게 갖는 것을 좋아한다는 사실을 알고 있었다. 그래서 그에게 시간을 일깨워 준 뒤 그가 그 제안을 거절했다가 안 그런 척 다시 받아들일 시간을 10분 정도 주었다.

"나는 이 에스파드리유(발목에 끈을 묶어 신는 신발 — 옮긴이)가 마음에 안 들어."

라피엘 씨는 한 발을 들어 올리며 말했다.

"그 멍청이 잭슨에게 그렇게 말했는데, 그 녀석은 내가 하는 말에 하나도 신경을 안 쓴단 말이야."

"다른 것으로 갖다 드릴까요, 라피엘 씨?"

"아니, 그러지 마. 여기 조용히 앉아 있어. 나는 사람들이 꼬꼬댁거리는 암탉들처럼 뛰어다니는 게 싫어."

이블린 힐링던은 따뜻한 모래사장에서 몸을 뒤척이며 앉더니 팔을 쭉 폈다.

뜨개질에 열심이던(적어도 그렇게 보이던) 마플 양은 한쪽 발을 펴다가 서둘러 사과했다.

"미안해요, 정말 미안해요, 힐링던 부인. 당신을 찼나 봐요."

"오, 아무 상관없어요. 해변이 좀 붐비네요."

이블린이 말했다.

"아니, 움직이지 마세요. 내가 의자를 약간 뒤로 옮기면 그럴 일이 없을 거예요."

다시 자리를 잡은 다음 마플 양은 어린애같이 수다스럽게 계속 이야기했다.

"그래도 여기는 아주 멋져요! 전에는 서인도 제도에 한 번도 와 본 적이 없거든요. 이런 곳에는 절대로 올 일이 없다고 생각했는데 여기 이렇게 와 있잖아요. 모두 내 사랑하는 조카가 친절을 베풀어 준 덕분이죠. 이 지역은 아주 잘 알고 계시죠, 힐링던 부인?"

"전에 한두 번 이 섬에 와 본 적이 있어요. 물론 다른 섬에도 대부분 가 보았지요."

"오, 그렇군요. 나비와 야생화 때문이죠? 당신과 그…… 친구분들…… 아니면 친척인가요?"

"친구들이에요. 친척은 아니에요."

"그럼 취미가 같으니까 함께 다닌 적도 많겠네요?"

"네, 몇 년 동안 함께 여행했어요."

"신나는 모험을 한 적도 있나요?"

"그렇지는 않아요. 모험은 언제나 다른 사람들 몫인가 봐요."

이블린이 대답했다. 그녀의 목소리에는 아무런 억양이 없었고, 좀 지루한 듯했다. 그녀는 하품을 했다.

"뱀이나 야생 동물 또는 포악한 원주민과 만난 일은 없나요?"

마플 양은 그 말을 하면서도 '내가 얼마나 바보 같아 보일까?' 하고 생각했다.

"벌레가 문 것 말고 더 큰 일은 없었어요."

이블린이 말했다.

"가엾은 팔그레이브 소령님은 뱀에게 물린 적이 있었대요."

마플 양은 새빨간 거짓말을 지어 냈다.

"그래요?"

"그 이야기를 한 번도 안 하시던가요?"

"아마도요. 기억이 안 나요."

"당신은 그분을 아주 잘 아는 줄 알았는데, 아닌가 보죠?"

"팔그레이브 소령님을요? 아뇨, 전혀 몰라요."

"그분은 언제나 재미있는 이야깃거리를 아주 많이 갖고 다녔죠."

"끔찍하게 지루한 늙은이였지. 어리석기도 했고. 자기나 제대로
보살폈으면 안 죽었을걸."

라피엘 씨가 껴들며 말했다.

"오, 그런 말씀 마세요, 라피엘 씨."

월터스 부인이 말했다.

"내 말이 틀렸나? 자기 몸을 알아서 잘 돌보면 어디 있든 괜찮다
고. 날 봐. 의사들은 나를 오래전에 포기했어. 나는 '좋아, 나한테는
건강에 대한 내 나름대로의 규칙이 있으니 그걸 지켜 보겠어.' 하고
다짐했지. 그리고 지금의 나를 보라고."

그는 자랑스럽게 주위를 둘러보았다.

하지만 그가 그곳에 있는 것은 마치 신의 실수처럼 여겨질 뿐이

었다.

"가엾은 팔그레이브 소령님은 고혈압을 앓고 있었잖아요."

월터스 부인이 말했다.

"헛소리!"

라파엘 씨가 말했다.

"오, 하지만 정말 고혈압을 앓고 있었는걸요."

이블린 힐링던이 말했다. 그녀의 말에는 뜻밖에도 강한 위엄 같
은 것이 있었다.

"누가 그래? 그 사람이 당신에게 그러던가?"

라피엘 씨가 말했다.

"누군가가 그렇게 말했어요."

"얼굴도 많이 붉어 보이던걸요."

마플 양이 거들었다.

"그걸로 판단할 수는 없어. 하여간 그에게는 고혈압이 없었다고.
그가 내게 그렇게 말했거든."

라피엘 씨가 말했다.

"무슨 말씀이세요, 소령님이 선생님께 그렇게 말했다니? 그러니
까 제 말은 보통 사람들은 다른 사람에게 자기가 병이 없다고 굳이
먼저 말하지는 않잖아요."

월터스 부인이 말했다.

"왜 안 해? 한번은 소령이 그놈의 플랜터스 펀치를 마시면서 과
식하는 걸 보고 내가 그에게 이렇게 말한 적이 있어. '식사와 술에

신경을 좀 쓰라고. 당신 나이에는 혈압을 조심해야지.' 그랬더니 그
가 자기는 그런 쪽으로는 신경 쓸 게 없다고 하더군. 자기 나이 치
고는 혈압 상태가 아주 좋다면서 말이야."

"하지만 혈압 약을 갖고 있었는걸요. 어떤 물건이더라…… 이름
이…… 세레니테던가?"

마플 양이 다시 한 번 대화에 끼어들었다.

"저는 그분이 자기에게 문제가 있거나 병이 있다는 것을 인정하
고 싶지 않았다고 생각해요. 그분은 병을 두려워하기 때문에 자기
한테는 아무 문제가 없다고 부인하는 사람들 부류예요."

이블린 힐링던이 말했다. 그녀로서는 꽤 길게 말한 셈이었다. 마
플 양은 생각에 잠겨 그녀의 검은 머리 꼭대기를 내려다보았다. 라
피엘 씨가 오만하게 말했다.

"모두 다른 사람들의 병에 대해 알려고 혈안이 되어 있으니 문제
지. 사람들은 쉰 살이 넘은 사람은 모두 고혈압이나 관상동맥 혈전
증이나 그런 것으로 죽을 거라고 생각해. 웃기는 소리! 어떤 사람이
자기한테 큰 문제가 없다고 말하면 없는 거야. 자기의 건강은 자기
가 가장 잘 알고 있으니까. 시간이 몇 시지? 11시 45분? 진작 해수
욕을 했어야 했는데……. 왜 그 말을 해 주지 않았지, 에스터?"

월터스 부인은 아무 항변도 하지 않았다. 그녀는 일어서서 익숙
한 솜씨로 라피엘 씨가 일어나는 것을 도와주었다. 그녀는 그를 조
심스럽게 부축하면서 함께 해변으로 내려가 바다로 들어갔다.

드 카스페아로 부인이 눈을 뜨더니 중얼거렸다.

"노인들은 참 추해! 정말 얼마나 추한지! 모두 마흔 살만 돼도 사형에 처해야 해. 아니면 서른다섯 살이 더 나을지도 모르겠네. 그렇지 않아요?"

에드워드 힐링던과 그레고리 다이슨이 해변을 저벅저벅 밟으며 내려오고 있었다.

"물은 어때, 이블린?"

"늘 똑같지 뭐."

"변화라는 것이 없다 이건가? 럭키는 어디 있어?"

"몰라."

이블린이 말했다. 마플 양은 다시 한 번 생각에 잠긴 채 그 검은 머리를 내려다보았다.

"음, 그럼 나는 돌고래 흉내라도 좀 내 볼까."

그레고리는 화려한 무늬의 버뮤다 셔츠를 벗어던지더니 해변으로 내려가 바다 속으로 빠르게 돌진했다. 그러고는 훅훅 숨을 헐떡이면서 새우처럼 등을 구부렸다 펴며 헤엄을 쳤다. 에드워드 힐링던은 아내 옆에 앉았다. 곧 그가 물었다.

"다시 물에 들어갈까?"

이블린은 미소를 지으며 모자를 썼다……. 그리고 그들은 훨씬 덜 요란스럽게 해변을 걸어 내려갔다.

드 카스페아로 부인은 다시 눈을 떴다.

"나는 처음에 저 둘이 신혼여행 온 줄 알았어요. 남편이 아내에게 아주 다정하니까요. 하지만 그들은 결혼한 지 8년, 아니 9년이나 되었대요. 믿어지지 않아요. 안 그래요?"

"다이슨 부인은 어디 있는지 궁금하네요."

마플 양이 말했다.

"그 럭키인가 하는 여자? 그 여자는 다른 남자하고 같이 있을 거예요."

"당신은…… 정말 그렇게 생각하나요?"

"확실해요. 그 여자는 그런 타입이에요. 이제는 그렇게 젊지도 않으면서……. 남편은…… 이미 다른 데 눈을 돌리고 있고……. 그는 여기저기 언제나 수작을 걸지요. 난 알아요."

드 카스페아로 부인이 말했다.

"그래요. 부인은 그런 일을 잘 알고 있을 거예요."

드 카스페아로 부인은 놀란 눈초리로 그녀를 바라보았다. 마플 양에게서 그런 말을 들으리라고는 상상하지 못했기 때문이다. 그러나 마플 양은 언제 그랬냐는 듯이 점잖게 파도를 바라보고 있었다.

"말씀 좀 드려도 될까요, 켄들 부인?"

"그럼요, 물론이죠."

몰리가 말했다. 몰리는 사무실 책상에 앉아 있었다.

빳빳한 흰 유니폼을 입은 키 크고 경쾌한 빅토리아 존슨이 안으로 들어와 수수께끼 같은 표정으로 문을 닫았다.

"말씀드리고 싶은 게 있어요, 켄들 부인."

"그래요. 무슨 말이죠? 뭐가 잘못됐어요?"

"잘 모르겠어요. 확실하지는 않아요. 그 죽은 노신사분에 대한 일인데요. 소령님요. 자다가 돌아가신 분 말이에요."

"그래요, 그래. 그게 뭐 어쨌다는 거죠?"

"그분 방에 약병이 하나 있었어요. 의사 선생님이 제게 그 병에 대해 물어봤어요."

"그래서요?"

"의사 선생님이…… '여기 화장실 선반에 그가 무슨 물건을 두었나 봅시다.' 하고 말하더니 그곳을 둘러보셨지요. 그곳에는 치약과 소화제와 아스피린과 카스카라(갈매나무의 일종 — 옮긴이) 알약이 있었어요. 그리고 세레니테라는 알약도 병에 들어 있었어요."

"그래서요?"

몰리가 되풀이해서 물었다.

"의사 선생님도 그걸 보더니 아주 만족한 듯이 고개를 끄덕였어요. 하지만 나중에 생각난 건데 그 약은 전에는 분명 그곳에 없었어요. 전에는 소령님 욕실에서 그것을 본 적이 없어요. 다른 것들은 있었지만요. 치약 가루와 아스피린과 애프터쉐이브 로션과 같은 것들은요. 하지만 그 알약은, 그 세레니테라는 알약은 전에는 한 번도 보지 못했어요."

"그럼 당신 생각은……."

몰리는 어리둥절한 표정으로 물었다.

"저는 어떻게 생각해야 할지 모르겠어요. 그냥 이상해서 부인께는 그 이야기를 해야 할 것 같았어요. 아마 부인이 의사 선생님께 말씀하시겠죠? 그 일에는 어쩌면 다른 무슨 이유가 있을 거예요. 누군가가 그 약을 그곳에 갖다 놓아서 소령님이 그것을 먹고 죽었을 수도 있잖아요."

"오, 절대로 그랬을 거라고는 생각하지 않아요."

몰리가 말했다. 빅토리아는 검은 머리를 흔들었다.

"부인은 모르세요. 나쁜 사람들이 얼마나 많은데요."

몰리는 창밖을 흘끗 바라보았다. 그곳은 지상 천국 같았다. 햇빛, 바다, 산호초, 음악, 춤으로 가득 찬 그곳은 그야말로 에덴동산이었다. 그러나 에덴동산에조차 그림자는 있었다……. 뱀의 그림자…… 나쁜 일들…… 이런 말을 듣는 것은 정말 거북하고 싫었다.

"내가 조사를 해 볼게요, 빅토리아. 걱정 말아요. 무엇보다도 바보 같은 소문은 내면 안 돼요."

그녀가 날카롭게 말했다.

빅토리아가 좀 마뜩찮은 태도로 그곳을 떠나는 참에 팀 켄들이 들어왔다.

"뭐 잘못됐어, 몰리?"

그녀는 머뭇거렸다. 그러나 빅토리아가 그에게 가서 말할지도 모른다……. 그녀는 그에게 빅토리아의 말을 전했다.

"그런 시시한 이야기가 있나? 도통 모르겠군……. 하여간 그 약이 어쨌다는 거지?"

"음, 사실은 나도 몰라, 팀. 로버트슨 의사 선생님 말씀으로는 그 약은 혈압에 관계된 것이라던데……."

"뭐, 그러면 괜찮겠지. 안 그래? 그러니까 그 사람은 고혈압이 있었으니 고혈압을 다스리는 약을 먹었을 거야. 많이들 그러잖아. 난 그런 일을 자주 봤어."

"맞아."

몰리는 망설이다가 말했다.

"하지만 빅토리아는 소령님이 그 약을 먹고 돌아가셨다고 생각하는 것 같아."

"오, 여보, 그건 너무 멜로드라마 같잖아! 누군가가 소령님의 혈압 약을 다른 것으로 바꾸었고, 그래서 소령님이 그것을 먹고 죽었다는 거야?"

"당신이 그렇게 말하니까 말도 안 되는 소리로 들리지만, 빅토리아는 확실히 그렇게 생각하는 것 같아!"

몰리가 겸연쩍은 듯이 말했다.

"바보 같은 여자 같으니라고! 그레이엄 의사 선생님한테 가서 물어볼 수도 있어. 그분이라면 알 거야. 하지만 너무 말도 안 되는 소리라서 그럴 할 가치도 없어. 그분을 귀찮게만 할 거야."

"나도 그렇게 생각해."

"도대체 그 여자는 왜 누군가가 알약을 바꿔 놓았을 거라고 생각하는 거지? 그러니까 그 약병에 다른 알약을 몰래 넣었을 거라는 얘기지?"

"나도 확실히는 모르겠어. 빅토리아는 세레니테 병이 거기 있는 것을 처음 봤다고 생각하는 것 같아."

몰리는 어쩔 줄 몰라 하며 말했다.

"오, 하지만 그건 말도 안 돼. 소령님은 혈압을 낮추기 위해서 그 약을 내내 먹어야 했다고."

팀 켄들이 말했다. 그다음 그는 호텔 지배인인 페르난도와 뭔가 의논을 하기 위해 성큼성큼 방을 나가 버렸다.

그러나 몰리는 그 일을 그렇게 가볍게 내칠 수가 없었다. 바쁜 점심시간이 지나간 후 그녀는 남편에게 말했다.

"팀, 생각을 해 봤는데…… 빅토리아가 그 일을 떠들고 돌아다니기 전에 우리도 누군가에게 그 일에 대해 물어봐야 하지 않을까?"

"여보, 로버트슨 의사 선생님이나 다른 사람들이 모두 와서 전부 보고 궁금한 질문도 다 했잖아."

"맞아. 하지만 사람들이 어떤 식으로 이야기를 지어 내는지 잘 알잖아. 그런 여자들은……."

"오, 좋아! 그럼 그러자고……. 가서 그레이엄 의사 선생님에게 물어보자고……. 그분이라면 알겠지."

그레이엄 의사는 로지아(한쪽 벽이 트인 방이나 홀 — 옮긴이)에서 책을 들고 앉아 있었다. 젊은 부부는 그곳에 들어갔고, 몰리가 재빨리 설명을 시작했다. 하지만 몰리의 설명은 두서가 없어서 팀이 대신 말했다. 그는 미안하다는 듯이 말했다.

"좀 바보 같은 소리지만 제가 들은 바로는 그 여자는 누군가가 어떤 독약을 그…… 그 물건 이름이 뭐더라…… 세라…… 무슨 병에 넣었다고 생각하는 것 같습니다."

"하지만 그 아가씨가 왜 그런 생각을 하게 되었을까요? 무엇을 듣거나 보았다고 하던가요? 그러니까 그녀가 왜 그렇게 생각하게 되었냐는 거지요."

그레이엄 의사가 묻자 팀은 어쩔 줄 몰라 하며 대답했다.

"모르겠는데요. 어쩌면 다른 병이었을지도 모르지요. 어때, 몰리?"

"아뇨. 빅토리아가 말한 것은 세븐…… 아니, 세렌…… 어쩌고 저쩌고 하는 꼬리표가 붙어 있던 병이었던 것 같아요."

몰리가 말했다.

"세레니테. 확실합니다. 잘 알려진 처방이지요. 그는 그 약을 정기적으로 먹고 있었습니다."

의사가 말했다.

"빅토리아는 전에는 한 번도 그 방에서 그 약을 본 적이 없다고 했어요."

"전에는 한 번도 그 방에서 그 약을 보지 못했다? 무슨 뜻이지요?"

그레이엄 의사가 날카롭게 물었다.

"음, 그 아가씨 말로는 욕실 벽장에는 온갖 종류의 물건들이 있었대요. 치약 가루, 아스피린, 애프터쉐이브 로션……. 오…… 거침없이 빠르게 외워 대더군요. 언제나 그곳 청소를 하기 때문에 전부 잘 외우고 있나 봐요. 하지만 그 세레니테라는 건…… 전에는 보지 못했대요. 소령님이 돌아가신 다음 날까지는요."

"그거 참 이상하군요. 확실하답니까?"

그레이엄 의사가 다시 날카롭게 물었다.

평소 같지 않은 날카로운 어조에 켄들 부부는 둘 다 그를 쳐다보았다. 그들은 그레이엄 의사가 그런 태도를 취하리라고는 전혀 생각지 못했다.

"아마 다른 사람들을 놀라게 하고 싶었던 게 아닐까요?"

팀이 넌지시 말했다.

"아마 그렇겠죠. 내가 그 아가씨와 몇 마디 직접 나눠 보는 게 좋겠군요."

그레이엄 의사가 말했다.

빅토리아는 자기 이야기를 맘껏 할 수 있게 되자 분명히 기뻐하는 기색이었다.

"저는 말썽에 얽히고 싶지 않아요. 제가 그 병을 그곳에 놓은 것도 아니고 누가 놓았는지도 몰라요."

"하지만 아가씨는 누가 그 병을 그곳에 일부러 갖다 놓았다고 생각하는 거죠?"

그레이엄 의사가 물었다.

"네, 그래요, 선생님. 전에 그 병이 거기 없었다면 누군가가 그곳에 갖다 놓은 게 분명하죠."

"팔그레이브 소령님이 그 병을 서랍에 넣어 두었을 수도 있지……. 아니면 문갑 같은 곳이나."

빅토리아는 재빨리 머리를 흔들었다.

"그분이 그 약을 매일 복용하고 있었다면 그러지 않았을 거예요."

그레이엄 의사는 마지못해 대답했다.

"그렇군. 그래요, 그 약은 하루에 몇 번씩 먹어야 하는 물건이니까. 아가씨는 소령이 그 약이나 그런 종류의 약을 먹는 것을 한 번도 본 적이 없다고 했죠?"

"소령님은 전에는 그 약을 그곳에 두시지 않았거든요. 저는 그냥…… 그 물건이 소령님의 죽음과 무슨 관계가 있다는 얘기를 들었거든요……. 피에 독을 퍼뜨렸거나 그런 거겠죠. 그래서 저는 아마 소령님께 적이 있었고, 그가 소령님을 죽이려고 그 약을 거기에 놓았을 거라고 생각했어요."

"말도 안 돼요, 아가씨. 정말 말도 안 되는 소리야."

의사가 단호하게 말했다.

빅토리아는 동요하는 것 같았다.

"그럼 그 약이 좋은 약이라는 말씀인가요?"

그녀가 의심쩍다는 듯이 물었다.

"좋은 약이고 꼭 필요한 약이죠. 그러니 걱정할 필요 없어요, 아가씨. 그 약에는 하나도 잘못된 것이 없다고 장담할 수 있어요. 소령 같은 병을 앓고 있는 사람에게 꼭 필요한 약이었어요."

"확실히 마음의 부담이 덜어지네요."

빅토리아가 말했다. 그녀는 흰 이가 드러나도록 쾌활한 미소를 지어 보였다. 그러나 그레이엄 의사의 마음의 짐은 덜어지지 않았다. 막연했던 불안은 이제 손으로 만질 수 있을 정도로 분명하게 드러나고 있었다.

"여기도 예전 같지 않아. 한 걸음만 걸어도 암탉들과 마주친단 말이야. 노부인들이 왜 서인도 제도에 오고 싶어 할까?"

라피엘 씨는 자기와 비서가 함께 앉아 있는 곳으로 마플 양이 다가오는 것을 보더니 짜증을 내며 말했다.

"그럼 어디로 가야 한다고 생각하세요?"

에스터 월터스가 물었다.

"첼튼엄도 좋지."

라피엘 씨가 재빨리 대답했다.

"아니면 본머스나 토키나 랜드린도드 웰스도 좋아. 고를 곳이야 많지. 노부인들은 그런 곳을 좋아하잖아……. 아주 행복해하지."

"아마 서인도 제도에 올 만한 여유가 없어서 그렇겠죠. 누구나 어르신처럼 운이 좋은 건 아니니까요."

"그래, 더 계속해 봐. 여기 있는 나는 온갖 곳이 다 아프고 관절염 투성이인데, 그걸 덜어 줄 생각은 하지 않고! 게다가 자네는 아무 일도 안 하지……. 그 편지들은 왜 아직까지 타이핑을 안 했나?"

"시간이 없었어요."

"흥, 그래도 해야지, 안 그래? 자네를 여기까지 데려온 것은 일을 하라는 거야. 일광욕하면서 몸매 자랑이나 하라는 게 아니라."

다른 사람들은 라피엘 씨의 그런 말을 들으면 정말 참을 수 없을 것이다. 그러나 에스터 월터스는 그를 위해 몇 년이나 일해 왔기 때문에 라피엘 씨가 실제 생각한 것보다 말을 훨씬 더 험악하게 한다는 것을 잘 알고 있었다. 그는 끊임없이 아픈 사람이었고, 불쾌한 말은 그가 울분을 토하는 방식이었다. 그가 무슨 말을 하든 그녀는 아주 태연했다.

"정말 아름다운 저녁이죠, 그렇죠?"

마플 양이 그들 옆에 멈추어 서서 말했다.

"왜 안 그렇겠소? 바로 그것 때문에 우리가 여기로 온 거잖소, 안 그렇소?"

라피엘 씨가 퉁명스럽게 말했다. 마플 양은 방울이 구르는 듯한 작은 웃음소리를 냈다.

"무례하시네요……. 날씨는 아주 영국적인 대화 주제가 아닌가 요? 그러니 잊어버릴 수도 있죠……. 어머, 세상에…… 이 털실 색깔이 틀렸네."

그녀는 정원 테이블에 뜨개질 가방을 내려놓고 종종걸음으로 방갈로 쪽으로 돌아갔다.

"잭슨!"

라피엘 씨가 소리치자 잭슨이 나타났다.

"나를 도로 안으로 데려가게. 저 수다쟁이 암탉이 돌아오기 전에 마사지를 받아야겠어. 그다지 썩 괜찮은 마사지 같지는 않지만."

라피엘 씨는 그렇게 말하더니, 잭슨의 능숙한 도움을 받아 자리에서 일어났다. 그리고 자기의 방갈로로 들어가 버렸다.

에스터 월터스는 그들의 뒤를 바라보다가 고개를 돌렸다. 마플 양이 둥글게 말린 털실을 갖고 돌아와 옆에 앉았다.

"방해가 되는 건 아니겠지요?"

마플 양이 말했다.

"물론 아니지요. 들어가서 타이핑을 좀 해야 하지만, 일단은 10분 정도 황혼을 더 즐길 거예요."

에스터 월터스가 말했다.

마플 양은 자리에 앉아 점잖은 목소리로 이야기를 시작했다. 이야기를 나누면서 그녀는 에스터 월터스를 이렇게 요약했다. 전혀 매력적이지는 않지만 마음만 먹으면 매력적으로 보일 수 있는 여자. 마플 양은 그녀가 왜 그런 마음을 먹지 않는지 궁금했다. 물론 라피엘 씨가 좋아하지 않아서 그럴 수도 있다. 하지만 마플 양은 라피엘 씨가 그런 것은 전혀 신경 쓰지 않을 거라고 생각했다. 그는 자기 생각만 하기 때문에 자기를 돌보는 것을 소홀히 하지만 않는다면 그의 비서는 아무 반대 없이 천국의 미녀만큼 멋을 낼 수

도 있을 것이다. 게다가 그는 보통 일찍 자러 가니까 스틸 밴드와
무용 공연을 하는 저녁 시간에 에스터 월터스는 쉽게……. 마플 양
은 잠시 생각을 멈추고 마음속에서 적당한 단어를 골랐다. 동시에
입으로는 제임스타운에 들렀던 경험을 쾌활하게 이야기하고 있었
다……. 아, 그래. '꽃필' 수 있었다. 에스터 월터스는 저녁 시간에
충분히 꽃필 수 있었다.

그녀는 자연스럽게 잭슨 쪽으로 대화를 이끌었다. 화제가 잭슨
쪽으로 가자 에스터 월터스의 태도는 모호해졌다.

"그는 아주 유능해요. 훈련을 잘 받은 마사지사예요."

"라피엘 씨 밑에서 오래 있었나요?"

"오, 아뇨……. 제가 알기로는 아홉 달 정도예요……."

"결혼은 했나요?"

마플 양은 모험을 해 보았다. 에스터는 약간 놀란 것 같았다.

"결혼요? 아닐 거예요. 그런 이야기는 전혀 하지 않았지만요. 만
약 그랬다면…… 아니에요. 확실히 결혼은 안 했어요."

그녀가 덧붙였다. 그녀는 재미있어하는 것 같았다.

마플 양은 뒤에 따라올 말을 마음속으로 덧붙여서 그 말을 해석
했다. '하여간 그는 유부남처럼 행동하지는 않잖아요.'

하지만 결혼하지 않은 것처럼 행세하는 유부남도 얼마나 많은가!
마플 양은 앉은 자리에서 당장 십여 사람의 이름을 생각해 낼 수도
있었다!

"그는 정말 잘생겼어요."

마플 양은 생각에 잠겨 말했다.

"네…… 그런 것 같아요."

에스터는 흥미를 보이지 않고 말했다.

마플 양은 곰곰이 그녀를 살펴보았다. 남자에게 관심이 없는 것일까? 아마도 한 남자에게만 관심을 갖는 여자겠지……. 그녀가 미망인이라고 들은 적이 있었다.

"라피엘 씨 밑에서 오래 일했나요?"

"사오 년 정도요. 남편이 죽은 다음 다시 직업을 가져야 했거든요. 학교에 다니는 딸이 있는데, 남편이 죽었을 때 저는 몹시 형편이 어려웠어요."

"라피엘 씨는 돌보기 어려운 분이지요?"

마플 양은 과감하게 물어보았다.

"사실은 그렇지 않아요. 익숙해지면요. 갑작스럽게 화를 내고 아주 까다롭게 굴기는 하지요. 하지만 진짜 문제는 그분이 사람에게 잘 질린다는 거예요. 2년 동안 시중드는 수행원을 다섯 명이나 갈아치웠답니다. 새로 들어온 사람을 괴롭히는 것을 좋아하거든요. 하지만 저하고는 아주 잘 지내요."

"잭슨 씨는 아주 예의 바른 젊은이 같아 보여요."

"아주 빈틈없고 수완 좋은 사람이죠. 물론 때로는 약간……."

에스터는 갑자기 말을 끊었다. 마플 양은 곰곰이 생각했다.

"약간 어려운 입장에 처한다고요?"

마플 양이 말을 거들어 보았다.

"네. 일이 이쪽도 저쪽도 아니니까요. 하지만 잘해 나가고 있다고 생각해요……."

그녀는 미소를 지었다.

마플 양은 그 일에 대해 좀 더 생각해 보았지만 별 도움이 되지 않았다. 그녀는 빠르게 계속 수다를 떨었고, 곧 자연을 사랑하는 다이슨 부부와 힐링던 부부에 대한 여러 가지 이야기를 듣게 되었다.

"힐링던 부부는 최소한 삼사 년 전부터 여기 있었어요. 하지만 그레고리 다이슨은 그보다 더 오래 있었죠. 그는 서인도 제도를 아주 잘 알아요. 원래는 첫 번째 아내와 함께 여기로 왔대요. 그녀는 몸이 약해서 겨울에는 해외나 어디 따뜻한 곳으로 가서 지내야 했거든요."

"그러면 그 부인은 죽었나요? 아니면 이혼했나요?"

"아뇨, 죽었어요. 여기서 죽었대요. 이 섬이 아니라 서인도 제도의 섬 중 하나에서요. 어떤 말썽이 조금 있었나 봐요. 스캔들 같은 거요. 그는 절대 전처에 대한 이야기는 하지 않아요. 다른 사람이 이야기해 줬어요. 두 사람이 서로 썩 잘 지내지는 못했던 것 같아요."

"그다음에 지금 부인과 결혼했군요. 럭키 말이에요."

마플 양은 마치 '정말이지 대단한 이름이야!' 하고 말하는 듯이 희미하게 불만이 섞인 어조로 말했다.

"그 여자는 전처의 친척이었대요."

"그 사람들이 힐링던 부부를 오래전부터 알았나요?"

"음, 힐링던 부부가 여기 온 다음부터 사귄 것 같아요. 삼사 년 정도? 그보다 오래되지는 않았어요.”

“힐링던 부부는 아주 인상이 좋더군요. 조용한 사람들이긴 하지만요.”

“그래요. 둘 다 조용한 사람들이죠.”

“사람들이 그들은 서로에게 푹 빠져 있다고 하던데요.”

마플 양이 말했다. 그녀의 어조는 무심한 듯 했으나 에스터 월터스는 그녀를 날카롭게 바라보았다.

“하지만 그렇다고 생각하지 않으시는군요?”

“당신도 사실은 그렇게 생각하지 않지요, 그렇죠?”

“음, 때때로 이상하다고 생각한 적은 있어요…….”

“힐링던 대령처럼 조용한 남자는 화려한 타입에 마음이 끌리는 편이지요.”

마플 양은 이렇게 말하고는 의미심장하게 침묵을 유지한 다음 덧붙여 말했다.

“럭키라니…… 정말 호기심을 끄는 이름이에요. 다이슨 씨가 알고 있는 것 같은가요…… 두 사람 일에 대해서?”

‘늙은 험담꾼 같으니. 정말이지, 할망구들이란!’

에스터 월터스는 그렇게 생각하며 차갑게 대답했다.

“전 몰라요.”

마플 양은 다른 주제로 옮겨 갔다.

“불쌍한 팔그레이브 소령님! 매우 슬픈 일이에요, 그렇죠?”

에스터 월터스는 별로 열의 없이 동의하며 말했다.

"내가 정말 안됐다고 생각하는 사람은 켄들 씨 부부예요."

"그래요. 이런 종류의 일이 호텔에서 일어나다니, 정말 불행한 일이죠."

"사람들은 여기에 즐겁게 지내러 와요. 그렇잖아요. 병이나 죽음, 소득세, 얼어 터진 파이프, 그런 것들을 전부 잊어버리기 위해 오는 거죠. 그래서 사람들은……."

에스터는 갑자기 완전히 다른 분위기를 풍기며 말을 계속했다.

"……죽음을 면할 수 없다는 것을 상기시키는 사건은 결코 좋아하지 않아요."

마플 양은 뜨개질감을 내려놓았다.

"아주 좋은 표현이로군요. 정말 좋은 표현이에요. 그래요, 당신 말대로예요."

에스터 월터스가 말을 계속했다.

"그 부부가 아주 젊다는 건 아시죠? 겨우 여섯 달 전에 샌더슨 부부에게서 경영을 넘겨받았는걸요. 그 사람들은 자기들이 성공할 수 있을지 매우 걱정하고 있어요. 경험이 많지 않으니까요."

"당신 생각에는 이 일이 그들에게 아주 불리한 일이라는 거군요."

"음, 아뇨, 솔직히 그렇지는 않아요. 사람들은 어떤 일이든 하루이틀 지나면 잊어버리는걸요. '모두 즐겁게 지내러 왔잖아. 자, 신나게 놀자고.' 하는 분위기잖아요. 한 사람이 죽어도 하루 정도만 충격을 받을 뿐이에요. 일단 장례식이 끝나면 그다음에는 그 생각을 다시 하지 않아요. 누군가가 일깨워 주지 않는다면 말이에요. 몰리에게도 그렇게 말했어요. 하지만 몰리는 워낙 걱정이 많은 사람이라서요."

"켄들 부인이 걱정이 많은 사람이라고요? 제가 보기엔 언제나 아주 태평해 보였는데……."

"그런 태도도 겉모습일 뿐이에요. 실제로는 일이 잘못될지도 모른다고 내내 걱정하며 안달하는 사람인 것 같아요."

에스터가 느릿느릿 말했다.

"저는 남편 쪽이 부인보다 더 걱정할 거라고 생각했어요."

"아뇨, 그렇지 않을 거예요. 걱정하는 쪽은 부인이고, 남편은 그런 부인 때문에 걱정하는 것 같아요. 제 말뜻 아시지요?"

"그거 재미있네요."

마플 양이 말했다.

"몰리는 아주 명랑하고 즐거운 것처럼 보이려고 필사적으로 애를 쓰는 것 같아요. 무척 애를 쓰지만 그러는 바람에 탈진해 버리지요. 그런 다음에는 묘한 우울증을 앓고요. 뭐랄까…… 음, 썩 균형이 잡힌 사람은 아니에요."

"가엾기도 하지. 확실히 그런 사람들이 있지요. 모르는 사람들은 그 점에 대해 전혀 의심조차 하지 않는 경우가 많답니다."

"그러게요. 그런 사람들은 아주 그럴듯하게 행동하니까요. 그렇죠? 하지만 이번 경우에는 몰리가 진짜 걱정할 만한 것은 없다고 생각해요. 그러니까 요즈음에는 사람들이 관상동맥 혈전증이나 뇌일혈 같은 것들로 많이 죽잖아요. 옛날보다 훨씬 흔하지요. 사람들이 정말로 흥분하는 건 식중독이나 장티푸스 같은 병이에요."

"팔그레이브 소령님은 제게는 고혈압이 있다고 말한 적이 없어요. 당신에게는 그런 말을 하던가요?"

마플 양이 말했다.

"누군가에게 그렇게 말했나 봐요……. 누군지는 몰라요…….라피엘 씨에게 그렇게 말했을 수도 있지요. 라피엘 씨가 정반대로 말했다는 건 알아요……. 하지만 라피엘 씨는 매사에 그런 식인걸요! 잭슨이 전에 제게 그렇게 말한 건 확실해요. 잭슨은 소령님이 술을 좀 더 조심해서 마셔야 한다고 했어요."

"그렇군요."

마플 양은 생각에 잠겼다가 말을 계속했다.

"당신도 소령님이 좀 지루한 노인네라고 생각했겠지요? 그분은 이야기를 아주 많이 하는 데다 많이 되풀이하니까요."

"그게 최악이죠. 재빨리 안 듣겠다고 거절하지 않으면 같은 이야기를 계속 듣게 돼요."

"저는 그렇게 신경 쓰지는 않았어요. 그런 종류의 일에는 익숙하거든요. 누군가가 저한테 어떤 이야기를 자주 한다고 해도 보통은 잊어버리기 때문에 다시 듣는다고 싫어하지는 않는답니다."

마플 양이 말했다.

"다행이군요."

에스터가 명랑하게 웃었다.

"그분이 아주 좋아하는 이야기가 하나 있었어요. 살인 사건 이야기인데요. 당신에게도 그 이야기를 하지 않았나요?"

에스터 월터스는 핸드백을 열고 뭔가를 찾았다. 그녀가 립스틱을 꺼내며 말했다.

"잃어버린 줄 알았는데……. 죄송해요. 뭐라고 하셨죠?"

"팔그레이브 소령님이 자기가 가장 좋아한다는 살인 사건 이야기를 당신에게도 하던가요?"

"그랬던 것 같아요. 이제 생각이 나네요. 가스로 자살한 누군가에 대한 이야기였죠, 그렇죠? 하지만 진짜로 그 사람에게 가스를 마시게 한 건 그의 아내였지요. 그에게 어떤 종류의 진정제를 먹게 한 다음 그 머리를 가스 오븐에 처박았대요. 그 얘기 아닌가요?"

"그 이야기는 아닌 것 같은데요."

마플 양이 말했다. 그녀는 에스터 월터스를 찬찬히 바라보았다.

"소령님은 아주 여러 가지 이야기를 하셨으니까요. 그리고 아까 말한 것처럼 언제나 귀 기울여 듣는 건 아니거든요."

에스터 월터스가 미안한 듯이 말했다.

"소령님은 스냅 사진을 갖고 있었어요. 그걸 사람들에게 보여 주곤 하셨죠."

마플 양이 말했다.

"그랬던 것 같아요……. 하지만 지금은 어떤 사진인지 기억이 안 나네요. 부인에게도 그 사진을 보여 주었나요?"

"아뇨. 제게는 보여 주지 않았어요. 도중에 누가 끼어드는 바람에……."

마플 양이 대답했다.

프레스콧 양과 다른 사람들

"그 이야기는 나도 들었어요."

프레스콧 양이 목소리를 낮추고 조심스럽게 주위를 둘러보며 말을 시작했다.

마플 양은 의자를 좀 더 가까이 끌어당겼다. 그녀는 얼마 전에야 프레스콧 양과 속내를 털어놓고 이야기할 수 있게 되었다. 성직자들은 대단히 가정적인 남자였기 때문에 프레스콧 양의 오빠는 언제나 그녀와 함께 다녔다. 마플 양과 프레스콧 양은 프레스콧 신부와 함께 있을 때는 마음 놓고 남의 이야기를 하기 힘들다는 것을 알게 되었다.

"물론 나는 어떤 소문도 이야기하고 싶지 않고, 그런 소문을 자세히 알지도 못하지만……."

프레스콧 양이 말했다.

"오, 그렇고말고요!"

마플 양이 대답했다.

"그 사람 전처가 살아 있을 때에도 이상한 소문이 있었던 것 같아요! 분명히 럭키라는 그 여자가 (이름도 참!) 내가 알기로는 그 사람 전처의 사촌인데, 그녀가 여기 와서 그들과 함께 지내면서 그와 함께 꽃이나 나비를 관찰하는, 뭐 그런 일들을 같이 한 것 같아요. 그런데 그들이 함께 너무 잘 어울리다 보니 사람들이 이런저런 이야기를 많이 했죠……. 내가 말하는 게 무슨 뜻인지 아시죠?"

"사람들은 아주 많은 일들을 알아차리는 것 같아요."

마플 양이 말했다.

"그리고 그 뒤에 그의 아내가 갑작스럽게 죽었고……."

"여기서 죽었어요? 이 섬에서?"

"아뇨, 아뇨. 그 사람들은 그때는 마르티니크나 토바고에 있었던 것 같아요."

"그렇군요."

"하지만 그때 그곳에 있던 다른 사람들이 여기 와서 이런저런 이야기를 해 주었는데, 의사가 많은 의문을 가졌나 봐요."

"세상에! 정말이에요?"

마플 양이 흥미를 보이며 물었다.

"물론 그거야 소문일 뿐이죠. 하지만…… 다이슨 씨가 확실히 재혼을 빨리하긴 했어요."

그녀가 다시 목소리를 낮추었다.

"내가 알기로는 한 달 만이래요."

"한 달 만에요?"

마플 양이 따라 말했다. 두 여자는 서로를 쳐다보았다.

"그건 좀…… 무정해 보였어요."

프레스콧 양이 말했다.

"그래요. 확실히 그러네요."

마플 양은 그렇게 말하고 미묘하게 한 마디 덧붙였다.

"돈은…… 많았나요?"

"잘 모르겠어요. 다이슨 씨는 종종 가볍게 농담을 하죠……. 아마 당신도 들었을 거예요. 아내를 보고 자기의 '행운 한 조각'이라고 하잖아요……."

"그래요, 들었어요."

마플 양이 대답했다.

"어떤 사람들은 그가 돈 많은 아내와 결혼하게 된 것을 행운이라고 말한다고 생각하죠. 게다가 그녀는 아주 예쁘기도 하고요."

프레스콧 양은 전적으로 공정한 태도를 취하며 말했다.

"만약 그런 타입을 좋아한다면 말이죠. 그리고 나는 돈이 많았던 쪽은 첫 번째 아내라고 생각해요."

"힐링던 부부는 부자인가요?"

"음, 나는 그들이 부자라고 생각해요. 굉장한 부자는 아니지만 부유한 편이지요. 그들은 아들 두 명을 사립학교에 보내고 영국에 멋진 땅을 갖고 있대요. 그리고 겨울 동안은 대부분 여행으로 시간을 보내고요."

그 순간 프레스콧 신부가 나타나서 기분 좋게 산책이나 하자고 제안하는 바람에, 프레스콧 양은 일어서서 오빠와 함께 자리를 떠났다. 마플 양은 그곳에 계속 앉아 있었다.

몇 분 후 그레고리 다이슨이 호텔을 향해 성큼성큼 걸어가며 그녀를 지나쳤다. 그는 지나가면서 쾌활하게 손을 흔들었다.

"뭘 그리 멍하니 생각하고 계세요?"

그가 소리쳤다. 만약 '당신이 살인자인가 생각하고 있어요.'라고 대답한다면 그가 어떻게 반응할까 생각하면서 마플 양은 부드럽게 미소를 지었다.

그가 살인자라는 것은 정말 그럴듯해 보였다. 그것은 너무나 잘 들어맞았다……. 첫 번째 다이슨 부인의 죽음에 대한 이야기…… 팔그레이브 소령은 확실히 아내를 죽인 살인자 이야기를 하고 있었다……. '욕실의 신부들 사건'을 특별히 언급하기도 했다.

그래…… 들어맞는 이야기였다……. 유일한 난점이라면 너무 잘 들어맞는다는 것이다. 그러나 마플 양은 그런 생각을 하는 자신을 꾸짖었다. 기준에 딱 맞는 살인자를 요구할 처지는 아니었다!

어떤 목소리가 들리는 바람에 그녀는 깜짝 놀랐다……. 귀에 조금 거슬리는 목소리였다.

"그레그 보셨나요? 저기……."

'럭키가 기분이 좋지는 않군.' 하고 마플 양은 생각했다.

"방금 지나갔어요……. 호텔 쪽으로 가던걸요."

"그러면 그렇지!"

럭키는 화가 나서 소리치더니 서둘러서 걸어갔다.

'적어도 마흔 살은 되었겠는걸. 오늘 아침에는 틀림없이 그렇게 보여.'

마플 양은 그렇게 생각하다가 갑작스럽게 동정심을 느꼈다. 세상의 럭키들에 대한 동정이었다……. 흘러가는 시간에 그토록 약하다니…….

뒤쪽에서 또다시 시끄러운 소리가 나는 바람에 그녀는 의자를 돌렸다.

라피엘 씨가 잭슨의 부축을 받으며 방갈로에서 나와 아침 행차를 하고 있었다…….

잭슨은 고용주를 휠체어에 앉히고 나서 야단법석을 떨며 주위를 서성거렸다. 라피엘 씨가 참지 못하고 간병인에게 가라고 손을 흔들자, 그제야 잭슨은 호텔 쪽으로 갔다.

마플 양은 때를 놓치지 않았다. 라피엘 씨는 오랫동안 혼자 있을 때가 없었다……. 곧 에스터 월터스가 그에게 올 것이다. 마플 양은 라피엘 씨하고만 이야기를 나누고 싶었다. '지금이 기회야.' 하고 그녀는 생각했다. 그녀는 재빨리 하고 싶은 말을 해야 했다. 아무 결과도 얻지 못할 수도 있었다. 라피엘 씨는 노부인의 한가한 수다를 좋아하는 사람이 아니었다. 그런 수다를 들으면 분명히 마플 양이 자기를 괴롭힌다고 여기며 자기 방갈로로 도로 들어가 버릴 것이다. 마플 양은 단도직입적으로 부딪치기로 했다.

그녀는 그가 앉아 있는 곳까지 가서 의자를 끌어와 앉은 다음 말했다.

"라피엘 씨, 물어보고 싶은 것이 있어요."

"좋아요, 좋아. 그럽시다. 뭘 원하시오? 아마 기부금이겠지? 아프리카 선교나 교회 수리, 뭐 그런 것이오?"

라피엘이 귀찮다는 듯이 물었다.

"그래요. 사실 그런 몇 가지 일에도 관심이 있기 때문에 당신이 그런 일에 기부금을 낸다면 무척 기쁠 거예요. 하지만 내가 물어보려는 것은 그런 것이 아니에요. 팔그레이브 소령님이 당신에게 살인 이야기를 했는지 알고 싶어요."

마플 양이 말했다.

"오호, 그럼 소령이 당신에게도 그 이야기를 했나 보군, 그렇지? 당신은 거기에 홀딱 빠졌을 테고."

"나는 어떻게 생각해야 할지 모르겠어요. 소령님이 당신에게는 정확히 뭐라고 말했나요?"

"계속 쓸데없는 소리를 하더군. 루크레치아 보르지아가 환생한 것 같은 사랑스러운 여자가 어쩌고 저쩌고. 젊고 아름다운 데다가 금발이고, 그런 것을 전부 갖췄다나?"

마플 양은 약간 움찔했다.

"오, 그러면 그 여자가 누구를 죽였다는 건가요?"

"물론 자기 남편이지. 누구라고 생각했소?"

"독으로?"

"아니, 그 여자는 남편에게 수면제를 먹인 다음 가스 오븐에 처넣은 것 같던데. 수완이 비상한 여자지. 그런 다음에 남편이 자살했다고 말했다고 하더군. 아주 가볍게 벌을 모면했지. 한정 책임 능력인가 뭔가 하면서. 요즘엔 예쁜 여자나 어머니가 자기를 너무 좋아했다는 젊은 건달이 죄를 지었을 때 그렇게 부르더군. 흥!"

"소령님이 당신에게도 스냅 사진을 보여 주었나요?"

"뭐 말이오? 그 여자 스냅 사진? 아니, 안 보여 줬소. 그가 무엇 때문에 그걸 보여 주겠소."

"오……."

마플 양이 말했다.

그녀는 앉은 채로 약간 움찔했다. 확실히 팔그레이브 소령은 자기가 총으로 쏜 호랑이와 사냥한 코끼리 얘기뿐만이 아니라 자기가 만난 살인자들 이야기도 하면서 일생을 보낸 것 같았다. 아마 살인 이야기 목록이 따로 있었을 것이다. 그것을 직시해야 했다……. 라피엘 씨가 갑자기 화난 목소리로 '잭슨!' 하고 소리치는 바람에 그녀는 깜짝 놀랐다. 대답은 없었다.

"잭슨 씨를 찾아 드릴까요?"

마플 양이 일어서며 말했다.

"못 찾을 거요. 그 녀석은 늘 어딘가에서 여자 꽁무니나 쫓아다니고 있다오. 아무 소용이 없는 녀석이오. 나쁜 놈이야. 하지만 나한테는 잘 맞는단 말이지."

"가서 그를 찾아 볼게요."

마플 양이 말했다.

마플 양은 호텔 테라스 끝에 앉아 팀 켄들과 술을 마시고 있는 잭슨을 찾아냈다.

"라피엘 씨가 당신을 찾고 있어요."

그녀가 말했다. 잭슨은 의미심장하게 얼굴을 찡그려 보이더니 잔을 비우고 일어섰다.

"또 시작이네. 저 심술쟁이는 도대체 손톱만큼도 쉴 틈을 안 준단 말이야……. 전화 두 통과 특별 식단 주문이면 15분 정도의 알리바이는 생길 거라고 생각했는데 전혀 아니군! 하여간 고맙습니다, 마플 양. 술 잘 마셨습니다, 켄들 씨."

그는 성큼성큼 걸어갔다.

"저 친구도 안됐어요. 가끔 기분을 북돋아 주려고 그에게 술을 한 잔 산답니다. 뭐 좀 드릴까요, 마플 양? 싱싱한 라임 주스는 어떻습니까? 그거 좋아하시지요?"

"고맙지만 지금은 됐어요. 라피엘 씨 같은 사람을 돌보는 건 힘들 거예요. 환자들은 종종 까다로우니까요."

"그런 뜻만은 아니랍니다……. 그거야 보수가 넉넉하니 어떤 괴벽을 부려도 견뎌야지요. 라피엘 씨는 사실 그리 나쁜 사람도 아니고요. 제 말은 그보다 더……."

그가 망설였다. 마플 양은 호기심에 차서 그를 바라보았다.

"음…… 어떻게 말해야 할는지……. 잭슨은 사회적으로 조금 애매한 위치에 있지요. 사람들은 정말 속물이라서요……. 여기에는 그와 같은 위치에 있는 사람이 없습니다. 그는 하인보다는 나은 처지입니다만 보통 다른 방문객보다는 위치가 낮습니다……. 사람들은 그렇게 생각합니다. 빅토리아 시대의 가정교사 같다고나 할까요. 심지어 여비서 월터스 부인마저도 자기가 잭슨보다는 한 층 위라고 느끼거든요. 그 점이 사태를 점점 어렵게 만들죠."

팀은 잠시 말을 멈추었다가 감정을 드러내며 덧붙였다.

"이런 곳에서도 사회적 문제가 어찌나 많은지, 정말이지 끔찍하답니다."

그때 그레이엄 의사가 그들을 지나갔다. 그는 손에 책을 들고 있었는데, 그들 쪽으로 와서 바다가 내려다보이는 테이블에 앉았다.

"그레이엄 선생님은 뭔가 걱정거리가 있으신 것 같네요."

마플 양이 말했다.

"아! 사람들은 다 걱정거리 하나씩은 있잖아요."

"당신에게도요? 혹시 팔그레이브 소령님이 돌아가신 것 때문인가요?"

"그 문제는 걱정하지 않기로 했습니다. 사람들은 다 잊어버린 것 같아요……. 자기 생활로 돌아갔으니까 말이죠. 그게 아닙니다……. 제 아내 몰리 때문입니다……. 꿈에 대해서 뭐 좀 아시나요?"

"꿈이라고요?"

마플 양은 놀랐다.

"예……. 나쁜 꿈…… 악몽 말입니다. 음, 우리 모두 때때로 그런 꿈을 꾸지요. 하지만 몰리…… 몰리는 줄곧 그런 꿈을 꾸는 것 같습니다. 그녀는 꿈 때문에 늘 겁을 먹어요. 그 문제를 어떻게 해결할 수 없을까요? 그런 걸 어떻게 생각하세요? 몰리는 수면제를 먹지만 약 때문에 꿈이 더 심해진다고 합니다. 잠에서 깨려고 기를 쓰지만 깰 수가 없대요."

"어떤 꿈인가요?"

"음, 무엇인가가…… 아니면 누군가가 자기를 쫓아온다고 합니다……. 혹은 자기를 지켜보면서 염탐하고 있대요……. 잠에서 깨도 그 느낌을 떨쳐 낼 수가 없답니다."

"그럴 때는 의사를……."

"몰리는 의사에 대해서 좋지 않은 감정을 갖고 있어요. 만나 보라고 해도 듣지 않아요. 하지만 괜찮아요. 모두 사라지겠죠……. 그것 말고는 우리는 아주 행복했어요. 정말 즐거웠는데…… 최근에 다시……. 아마 팔그레이브 소령님의 죽음 때문에 혼란해진 탓일 겁니다. 그 일이 있은 후 그녀는 마치 다른 사람 같아요……."

그가 일어났다.

"이제 그만 늘 하는 사소한 일들을 처리하러 가야겠습니다. 정말 싱싱한 라임 주스 한잔 안 드시렵니까?"

마플 양은 고개를 저었다.

그녀는 그곳에 앉아서 생각에 잠겼다. 그녀의 얼굴은 심각하면서도 근심이 가득했다.

그녀는 그레이엄 의사를 흘끗 바라보았다. 곧 그녀는 결단을 내리고 일어서서 그의 테이블로 다가갔다.

"그레이엄 선생님, 사과드려야 할 게 있어요."

마플 양이 말했다.

"네?"

의사는 놀랐지만 상냥한 얼굴로 그녀를 바라보았다. 그가 의자를 끌어 내어 주자 마플 양은 거기에 앉았다.

"제가 아주 면목 없는 짓을 했어요. 그레이엄 선생님, 일부러 선생님께 거짓말을 했어요."

마플 양은 걱정스러운 듯이 그를 바라보았다.

그레이엄 의사는 화가 난 것 같지는 않았지만 약간 놀란 표정이었다.

"정말입니까? 그렇다고 해도 그 일 때문에 너무 걱정하시면 안 됩니다."

그는 '이 사랑스러운 노부인이 무슨 일로 거짓말을 했을까?' 하고 생각했다. 나이를 속였나? 하지만 그가 기억하는 한 그녀는 자기 나이에 대해 언급한 적은 없었다.

"자, 그럼 무슨 일인지 들어 봅시다."

그녀가 털어놓고 싶어 한다는 것이 명백했기 때문에 그는 그렇게 말했다.

"제가 조카의 스냅 사진 이야기를 한 것 기억하시지요? 제가 팔그레이브 소령님께 보여 드렸는데 소령님이 제게 돌려주시지 않은 사진 이야기요."

"그럼요, 그럼요. 물론 기억하지요. 그걸 찾아 드리지 못해서 유감입니다."

"사실 그런 것은 애초에 없었답니다."

마플 양은 겁먹은 듯한 작은 목소리로 말했다.

"방금 뭐라고 하셨지요?"

"그런 것은 없었다고요. 제가 그 사진에 대한 이야기를 지어 냈어요. 미안합니다."

"그 이야기를 지어 내셨다고요? 왜요?"

그레이엄 의사는 약간 화가 난 것 같았다.

마플 양은 그에게 이야기했다. 그녀는 이런저런 수다를 떨지 않고 분명하게 말했다. 팔그레이브 소령의 살인 이야기, 소령이 그녀에게 그 스냅 사진을 보여 주려고 했다가 갑자기 당황스러워한 이야기를 다 한 다음, 자기가 느낀 불안과 마침내 어떻게든 그 사진을 보아야겠다고 결심한 것을 이야기했다.

"정말이지 선생님께 순전히 거짓말을 하지 않고서는 그 사진을 볼 수가 없었거든요. 저를 용서해 주셨으면 좋겠어요."

그녀가 말했다.

"소령님이 부인께 보여 주려고 했던 것이 살인자의 사진이라고 생각하셨군요?"

"소령님은 그렇게 말했어요. 그 사진이 살인자에 대한 이야기를 들려준 사람에게 받은 것이라고 했거든요."

"네, 그렇군요. 그런데 실례입니다만…… 부인은 그 이야기를 믿었습니까?"

"그 당시에 제가 소령님의 말을 믿었는지 안 믿었는지는 모르겠어요. 하지만 그다음 날 소령님이 죽었잖아요."

마플 양이 말했다.

"그렇지요."

그레이엄 의사는 갑자기 그 한 문장이 암시하는 명백한 의미에 충격을 받으며 말했다.

'그다음 날 소령이 죽었다……'

"그 스냅 사진은 사라졌고요."

그레이엄 의사는 그녀를 바라보았다. 그는 정말 무슨 말을 해야 할지 알 수 없었다.

"죄송합니다만 마플 양, 지금 제게 말씀하시는 건…… 그건 이번에는 진짜 사실입니까?"

그가 마침내 말했다.

"선생님이 저를 의심하셔도 이상하지 않죠. 제가 선생님이라도 그랬을 거예요. 네, 지금 제가 말씀드리는 것은 틀림없는 사실이에요. 하지만 제 말밖에 믿을 만한 다른 근거가 없다는 것도 잘 알고 있어요. 그럼에도 저는 선생님이 저를 믿지 않으신다고 해도 꼭 말씀드려야 한다고 생각했어요."

"왜요?"

"선생님이 가능한 한 완전한 정보를 갖고 있어야 한다는 것을 깨달았기 때문이에요……. 그런 경우에 대비해서……."

"어떤 경우 말씀이시죠?"

의사의 말에 마플 양이 대답했다.

"선생님이 이 일에 대해서 어떤 조치를 취해야겠다고 생각하시는 경우지요."

제임스타운에서의 결정

그레이엄 의사는 제임스타운의 행정관 사무실에서 젊은 친구 대번트리의 테이블 맞은편에 앉아 있었다. 대번트리는 서른다섯 살의 진지한 젊은이였다.

"전화로 듣기로는 말씀이 좀 수수께끼 같더군요, 그레이엄 선생님. 무슨 특별한 문제가 있는 겁니까?"

대번트리가 물었다.

"모르겠어. 하지만 조금 걱정이 되네."

그레이엄 의사가 말했다.

대번트리는 상대의 얼굴을 진지하게 바라보다가 마실 것이 나오자 고개를 끄덕이며 최근에 갔던 낚시 여행 이야기를 가볍게 꺼냈다. 사무원이 가고 나자 그는 의자에 다시 몸을 파묻고 앉아 상대를 바라보았다.

"그럼 이제 말씀해 보시죠."

그가 말했다.

그레이엄 의사는 자신을 걱정하게 만든 사실들을 이야기했다. 대번트리는 길고 느리게 휘파람을 불었다.

"알겠습니다. 팔그레이브 소령의 죽음에 뭔가 이상한 점이 있다고 생각하시는 거죠? 그 사건이 자연사라는 확신이 없다는 말씀이시죠? 누가 사망 증명을 했습니까? 아마 로버트슨 의사겠지요? 그는 아무 의심도 하지 않았죠, 그렇죠?"

"그렇다네. 하지만 그가 사망 증명서를 내줄 때 욕실에 세레니테 약병이 있었다는 사실에 영향을 받았을 수도 있었을 거야. 그는 팔그레이브 소령이 고혈압을 앓고 있다고 말한 적이 있냐고 내게 물었어. 나는 그를 직접 검진해 본 적이 없다고 말했고. 하지만 소령은 분명히 호텔의 다른 사람에게 그 이야기를 한 적이 있었던 것 같아. 그 모든 것이, 그러니까 약병과 팔그레이브 소령이 사람들에게 말한 것이 모두 들어 맞았어……. 의심할 만한 다른 이유는 전혀 없었지. 그건 정말 자연스러운 추론이었어……. 하지만 지금은 그 추론이 틀렸을지도 모른다고 생각해. 사망 증명서를 발부하는 것이 내 업무였다 하더라도 나는 두 번 생각하지 않고 증명서를 똑같이 써주었을 거야. 겉보기 정황으로는 그가 그런 원인으로 죽었다는 것이 거의 확실하니까. 그 스냅 사진이 기묘하게 사라져 버리지 않았더라면 결코 그 일에 대해서 의심하지 않았을 거야……."

"하지만 보십시오, 그레이엄 선생님. 제가 이렇게 말씀드려도 된다면, 선생님은 나이 든 부인이 말한 황당한 이야기를 너무 믿고 계신 것 같습니다. 나이 든 부인들이 어떤 생각을 하는지 아시잖습니까. 작은 일을 확대해서 이야기 하나를 온통 지어 내잖아요."

대번트리가 말했다.

"그래, 나도 알고 있어. 알고말고."

그레이엄 의사가 풀이 죽어 말했다.

"나 스스로도 그런 경우일지도 모른다고 생각했어. 하지만 확신을 가질 수가 없었다네. 그 부인이 아주 분명하고 자세하게 진술했기 때문이야."

"이 이야기는 전부 신빙성이 없어 보입니다. 어느 노부인이 그곳에 있을 리가 없는 스냅 사진 이야기를 한다……. 이것 참, 저도 혼란스러워지는군요. 반대로 말했어요. 유일한 단서라고는 그 객실 담당 여종업원의 말뿐입니다. 우리가 증거로 삼는 약병이 소령이 죽기 전날까지는 소령의 방에 없었다는 사실 말입니다. 하지만 거기에도 수백 가지 설명을 붙일 수 있지요. 소령이 언제나 주머니에 약병을 넣어 가지고 다녔을 수도 있잖습니까."

"그것도 가능해. 그래, 그럴 수 있지."

"아니면 객실 담당 여직원이 착각을 한 것일 수도 있어요. 전에는 그것을 보고도 눈여겨보지 못했을 수도……."

"그것도 가능한 일이야."

"그러면 다 끝났지 않습니까?"

그레이엄 의사는 천천히 말했다.

"그 아가씨는 자기의 진술을 매우 확신하고 있었네."

"흠, 생 오노레 사람들은 흥분을 아주 잘하지요. 선생님도 아시죠? 매우 감정적이고 쉽게 부추김당하고는 합니다. 선생님은……그 아가씨가 선생님께 말한 것보다 더 많은 것을 알고 있다고 생각하시나요?"

"그럴 수도 있다고 생각하네만."

그레이엄 의사가 느릿느릿 말했다.

"그렇다면 그 아가씨에게서 뭔가 더 끌어내 보는 것이 좋겠습니다. 불필요한 소동은 일으키고 싶지 않거든요. 확실한 증거를 확보해야 합니다. 만약 소령이 혈압 때문에 죽은 것이 아니라면, 무엇 때문이라고 생각하시나요?"

"요즘엔 그럴 만한 것들이 많지 않나?"

"흔적을 남기지 않는 것들을 말씀하시는 건가요?"

"살인범들이 모두 다 마음씨 좋게 비소만 사용하는 건 아니니까."

그레이엄 의사가 냉담하게 말했다.

"좀 명확하게 말씀해 보시지요……. 무슨 말씀을 하시려는 건지요? 약병이 진짜 약과 바꿔치기 되었다는 건가요? 팔그레이브 소령이 그런 식으로 독살되었다?"

"아니…… 그런 게 아니야. 그건 그 아가씨…… 빅토리아라는 아가씨 생각이지……. 하지만 그녀는 틀렸어……. 소령을 재빨리 제거하기로 마음먹은 사람이라면…… 그에게 무엇인가를 먹였을 거야……. 아마 술에 섞었을 가능성이 가장 높을 거야. 그다음에 그것이 자연사로 보이도록 혈압을 완화시키는 데 처방하는 약병을 그의 방에 놓아두는 거야. 그러고는 그가 고혈압을 앓고 있었다는 소문을 퍼뜨리면 간단하겠지."

"누가 그런 소문을 퍼뜨렸나요?"

"나도 찾아내려고 했지만 성공하지는 못했네……. 아주 교묘하게 퍼뜨린 것 같아. A는 'B가 제게 그렇게 말한 것 같아요.'라고 말하고…… B는 질문을 받으면 '아뇨, 저는 그렇게 말하지 않았어요. 하지만 언젠가 C가 그렇게 말한 것 같아요.' 하고 말하지. C는 '그 이야기를 한 사람이 몇 명 되는데, 그중 한 명은…… 제 생각에는 A인 것 같아요.'라고 하고. 결국 다시 되풀이되는 걸세."

"누구인지 몰라도 꽤나 영리하군요."

"그렇지. 팔그레이브 소령이 죽은 것이 발견되자마자 모든 사람이 소령의 고혈압에 대해 이야기하고 다른 사람이 말한 것을 되풀이해 퍼뜨리고 있는 것 같았으니 말이야."

"그냥 그를 독살하는 것이 더 간단하지 않았을까요?"

"아니지. 그러면 조사가 행해졌을 테니까……. 아마 부검에 들어갔겠지……. 하지만 이런 방식으로 해결하면 의사가 자연사로 받아들이고 사망 증명서를 내주잖나……. 로버트슨이 한 것처럼 말이야."

"제가 어떻게 했으면 좋겠습니까? 수사과에 가서 그 소령의 시체를 다시 파내라고 할까요? 그러면 엄청난 말썽이 일어날 수 있습니다……."

"비밀리에 해결할 수도 있잖나."

"그럴 수 있을까요? 생 오노레에서? 다시 생각해 보시죠! 시작도 하기 전에 소문이 다 퍼져 버릴 거예요."

대번트리는 한숨을 쉬었다.

"그래도 우리가 뭔가 하기는 해야겠지요. 하지만 제 생각으로는 별일 아닐 것 같군요."

"나도 그랬으면 하고 진심으로 바란다네."

그레이엄 의사가 말했다.

골든 팜의 저녁

몰리는 식당 테이블에 올린 장식 몇 개를 다시 배열했다. 그러고는 여분의 나이프 하나를 빼고, 포크의 위치를 바로잡은 뒤 한두 개의 유리잔을 다시 가져다 놓고, 뒤로 물러나서 어떤 효과가 있는지 바라본 다음 바깥 테라스로 걸어 나갔다. 그 시간에는 그곳에 아무도 없었기 때문에 그녀는 테라스 끝으로 천천히 걸어가서 난간 옆에 섰다. 곧 또 하루의 저녁이 시작될 것이다. 재잘거리고, 말하고, 마시고, 모두가 즐겁고 근심 없이 보내는 저녁. 그녀가 열망했던 생활이고, 며칠 전까지만 해도 그렇게 즐겼던 생활이었다. 그런데 이제는 팀마저도 몹시 불안해하고 걱정하는 것 같았다. 그가 걱정하는 것은 어느 정도는 자연스러운 일이다. 그들이 모험적으로 벌인 이 사업이 순탄하게 돌아가는 것이 무엇보다 중요한 일이었다. 어쨌건 팀은 가진 것을 전부 여기에 투자했으니까.

'하지만 팀이 정말로 걱정하는 것은 그 일이 아니야. 바로 나를 걱정하는 거야. 하지만 왜 그가 나 때문에 걱정하는지 모르겠어.'

몰리는 생각했다. 남편이 정말로 그녀를 걱정하고 있었기 때문이었다. 그녀는 그것을 확신했다. 그가 하는 질문들, 때때로 그녀를 바라보는 빠르고 불안한 눈길.

'하지만 왜? 나는 아주 조심했는데…….'

몰리는 마음속으로 사태를 요약해 보았다. 사실 그녀 자신도 잘 이해할 수 없었다. 언제부터 그 일이 시작되었는지도 기억할 수 없었다. 심지어 그 일이 무엇인지도 정확히 몰랐다. 그녀는 사람들이 무서워지기 시작했다. 이유는 몰랐다. 사람들이 그녀에게 무슨 일을 할 수 있다는 말인가? 그들이 그녀에게 무슨 일을 하려고 하겠는가?

그녀는 고개를 끄덕이다가 손 하나가 팔을 건드리자 화들짝 놀랐다. 그녀는 휙 돌아섰고 그 자리에 그레고리 다이슨이 서 있는 것을 발견했다. 다이슨은 약간 움찔해서 뒤로 물러나며 사과하는 듯한 표정을 지어 보였다.

"정말 미안해요. 내가 놀라게 했나요, 꼬마 아가씨?"

몰리는 '꼬마 아가씨'라고 불리는 것을 아주 싫어했다. 그녀는 밝고 빠르게 말했다.

"오시는 소리를 미처 듣지 못했어요, 다이슨 씨. 그래서 깜짝 놀랐답니다."

"다이슨 씨? 오늘 밤에는 매우 딱딱하군요. 에드와 나, 럭키와 이블린, 당신과 팀과 에스터 월터스와 늙은 라파엘까지 우리 모두가 행복한 하나의 대가족이잖습니까."

'이미 많이 마셨군.'

몰리는 그렇게 생각하며 그에게 상냥하게 미소 지었다.

"아! 때로는 저도 딱딱한 여주인이 되어야지요. 팀과 저는 손님들의 세례명을 쉽게 부르지 않는 게 예의 바른 일이라고 생각해요."

그녀는 쾌활하게 말했다.

"흥! 그렇게 젠체할 필요가 있나요. 자, 사랑스런 몰리, 나랑 한잔 합시다."

"나중에 하지요. 처리해야 할 일이 몇 가지 있어서요."

몰리가 말했다.

"저런, 도망가지 말아요. 사랑스러운 아가씨 같으니! 팀은 자기가 얻은 행운에 정말 감사해야 할 거야."

그의 팔이 그녀의 팔을 꽉 죄었다.

"그건 제가 알아서 해요."

몰리가 짐짓 명랑하게 말했다.

"나는 당신에게 푹 빠진 것 같아요. 내 아내에게도 이런 말을 한 적이 없어."

그가 그녀에게 추파를 던지며 말했다.

"오늘 오후에는 즐겁게 여행하셨나요?"

"그런 것 같아요. 우리끼리 얘기지만 때로는 좀 질리는 일이지. 매일 새와 나비만 보면 싫증이 날 수 있잖습니까. 언제 당신과 나, 우리 둘만 가볍게 산책을 가면 어떨까?"

"생각해 봐야겠군요. 고대할게요."

몰리가 쾌활하게 말했다.

그녀는 가볍게 웃으며 테라스에서 빠져나와 바로 돌아왔다.

"이런, 몰리. 왜 서두르지? 저 밖에서 누구와 있었어?"

팀이 말하며 밖을 내다보았다.

"그레고리 다이슨."

"그자가 뭘 어쩌자고 해?"

"나를 꼬시려고 하던데."

"망할 놈 같으니라고!"

"걱정하지 마. 필요하다면 그런 사람은 내 선에서도 충분히 해결할 수 있어."

몰리가 대수롭지 않게 말했다.

팀은 그녀에게 뭐라고 대답하려다가, 페르난도를 보더니 그에게 몇 가지 지시 사항을 말하며 그쪽으로 가 버렸다. 몰리는 주방문으로 빠져나와 해변으로 내려가는 계단으로 갔다.

그레고리 다이슨은 소리 죽여 욕설을 한 다음 자기 방갈로 쪽으로 천천히 걸어 돌아갔다. 그가 방갈로에 거의 다 왔을 때 어떤 목소리가 덤불 그늘에서 그에게 말을 걸었다. 그는 깜짝 놀라 고개를 돌렸다. 짙어지는 황혼 속에서 그는 잠시 그곳에 서 있는 것이 유령이 아닌가 생각했다. 그러다가 그는 웃었다. 거기에 있는 사람이 얼굴 없는 환영처럼 보인 것은 흰 드레스에 비해 얼굴이 매우 검었기 때문이었다.

빅토리아가 덤불에서 길로 걸어 나왔다.

"다이슨 씨?"

"그래, 무슨 일이지?"

깜짝 놀란 것이 겸연쩍은 나머지 다이슨은 약간 화난 어조로 대꾸했다.

"이걸 가져왔어요, 선생님. 이건 선생님 거죠? 맞죠?"

그녀는 약병을 쥔 손을 내밀었다.

"아, 내 세레니테 약병이군. 그래, 맞아. 어디서 찾았지?"

"그것이 놓여 있던 곳이지요. 그 신사분 방에서요."

"신사분 방이라니, 무슨 뜻이지?"

"죽은 신사분요."

그녀는 진지하게 한마디 덧붙였다.

"그분은 무덤에서 썩 편하게 잠들어 있을 것 같지 않네요."

"무슨 소리지?"

다이슨이 물었다.

빅토리아는 그를 바라보며 서 있을 뿐이었다.

"아가씨가 무슨 말을 하고 있는지 아직 모르겠군. 아가씨가 팔그레이브 소령의 방갈로에서 이 약병을 찾았다는 건가?"

"맞아요, 그거예요. 의사와 제임스타운 사람들은 돌아가면서 제게 그의 침실에 있던 것을 전부 버리라고 했어요. 치약과 로션, 다른 것들도 모두…… 이것까지 포함해서요."

"흠, 왜 이건 버리지 않았지?"

"이건 선생님 거니까요. 선생님이 이걸 찾으셨잖아요. 약병이 어디 있냐고 물었던 것 기억하세요?"

"그래…… 맞아, 그랬지. 난…… 나는 그것을 어디 두었는지 잊어버렸다고만 생각했어."

"아니에요. 선생님이 그걸 놓은 장소를 잊어버린 게 아니에요. 누군가가 약병을 선생님의 방갈로에서 가져다가 팔그레이브 소령님의 방갈로에 갖다 놓은 거예요."

"아가씨가 어떻게 알지?"

그가 거칠게 물었다.

"봤으니까 알지요."

그녀는 흰 이를 반짝이며 그에게 미소를 지어 보였다.

"누가 그걸 죽은 신사분 방에 놓은 거예요. 그래서 이제 도로 선생님께 돌려드리려고요."

"이봐…… 기다려. 무슨 뜻이야? ……누굴 봤다는 거지?"

그녀는 서둘러 덤불 그늘로 다시 사라졌다. 다이슨은 그녀를 따라가려다가 멈추어 서서 턱을 만지작거렸다.

"무슨 일이야, 그레그? 유령이라도 봤어?"

다이슨 부인이 방갈로에서 길을 따라 나오면서 물었다.

"잠시 동안은 나도 그런가 하고 생각했어."

"누구와 이야기하고 있었어?"

"우리 방을 정리하는 흑인 아가씨. 빅토리아인가, 그 여자 이름이 그럴 거야, 그렇지?"

"무슨 일이래? 당신에게 추파라도 던졌어?"

"바보 같은 소리 하지 마, 럭키. 그 여자가 좀 엉뚱한 생각을 하고 있더라고."

"무슨 생각?"

"며칠 전에 내가 세레니테 찾던 것 기억해?"

"당신이 찾지 못했다고 그랬잖아."

"'내가 찾지 못했다고 그랬다'니, 그게 무슨 뜻이야?"

"맙소사! 당신은 왜 온갖 것에서 날 걸고넘어지는 건데?"

"미안해. 기분 나쁘게 모든 사람들이 수수께끼처럼 굴어서그래."

그는 약병을 쥔 손을 앞으로 내밀었다.

"저 여자가 이걸 내게 도로 갖고 왔어."

"그 여자가 그걸 훔친 거야?"

"아니. 그 아가씨는…… 그걸 어디선가 찾은 것 같아."

"그게 뭐야? 뭐가 수수께끼야?"

"오, 아무것도 아냐. 그냥 그 여자 때문에 짜증이 났을 뿐이야. 그게 다야."

다이슨이 말했다.

"이것 봐, 그레그. 그게 뭐 어쨌다고 그래? 이리 와서 저녁 식사 전에 나랑 한잔해."

몰리는 해변으로 가서 잘 쓰지 않는 오래되고 낡아빠진 버들가지 의자 하나를 끌어냈다. 그녀는 그 의자에 얼마간 앉아 바다를 바라보고 있다가 갑자기 손에 머리를 파묻고 울음을 터뜨렸다. 그녀는 한참 동안 거리낌 없이 흐느끼며 그곳에 앉아 있었다. 그러다가 가까운 곳에서 옷자락이 살랑거리는 소리를 듣고 후다닥 고개를 들어 쳐다보았다. 힐링던 부인이 그녀를 내려다보고 있었다.

"안녕하세요, 이블린. 당신이 오는 소리를 못 들었어요. 미⋯⋯미안해요."

"무슨 일이에요, 몰리? 무슨 일이 있어요? 말해 봐요."

이블린이 물었다. 그녀는 다른 의자를 끌어내 앉았다.

"아무 일도 없어요. 아무 일도요."

몰리가 말했다.

"당연히 무슨 일이 있겠죠. 아무 일도 아닌데 여기 앉아 울고 있지는 않을 거 아니에요. 나한테 말할 수 없는 일인가요? 혹시⋯⋯ 당신과 팀 사이에 무슨 문제라도 있는 거예요?"

"오, 그런 건 아니에요."

"그럼 다행이네요. 당신들은 둘이 있으면 늘 행복해 보여요."

"당신들만 하려고요. 당신과 에드워드는 결혼한 지 그렇게 오래 되었는데도 함께 있으면 행복해 보이니 참 멋져요. 팀과 나는 늘 그렇게 생각하는걸요."

"오, 그래요?"

이블린이 말했다. 그녀의 어조는 약간 날카로웠으나 몰리는 알아채지 못했다.

"다들 자잘한 말다툼을 많이 하잖아요. 싸움도 많이 하고요. 서로

를 좋아하면서도 종종 싸우고, 사람들 앞에서도 조금도 신경 쓰지
않지요."

몰리가 말했다.

"그러기를 좋아하는 사람들도 있죠. 사실 그런 건 오히려 별일 아
니라고 할 수 있어요."

이블린이 말했다.

"하지만 그건 끔찍한 일이라고 생각해요."

"사실은 나도 그래요."

"하지만 당신과 에드워드를 보면……."

"오, 그런 말은 말아요, 몰리. 당신이 계속 그렇게 생각하게 놔둘
수가 없군요. 에드워드와 나는……."

그녀는 말을 멈추었다.

"당신이 진실을 알고 싶다면 말이지만, 우리는 지난 3년 동안 둘
만 있을 때는 서로에게 한 마디도 한 적이 없어요."

몰리는 창백해져서 이블린을 바라보았다.

"뭐라고요? 그…… 그건 믿을 수 없어요."

"아, 우리는 둘 다 연기를 아주 잘하거든요. 우리는 둘 다 사람들
앞에서 싸우기 좋아하는 사람들이 아니에요. 또 실제로 그다지 싸
울 일도 없고요."

이블린이 말했다.

"하지만 뭐가 문제가 된 거예요?"

몰리가 물었다.

"그냥 흔한 거죠."

"흔한 거라니, 무슨 뜻이죠? 다른……."

"그래요. 다른 여자 문제였고, 당신이라면 그 여자가 누군지 어렵지 않게 추측할 수 있을 거예요."

"다이슨 부인…… 럭키를 말하는 건가요?"

이블린은 고개를 끄덕였다.

"그 두 사람이 언제나 함께 다니면서 잘 어울리는 건 알고 있었어요. 하지만 그건 그냥……."

"그냥 기분 좋게 어울리는 거고, 사실 아무 일도 아니라고 생각한 거죠?"

이블린이 말했다.

"그렇지만 왜……."

몰리는 말을 멈추었다가 다시 말해 보려고 했다.

"하지만 당신은…… 그러니까…… 음…… 내가 물어보지 말았어야 했나 봐요."

"뭐든 좋을 대로 물어봐요. 난 한 마디도 안 하는 데 이제 질렸으니까요. 예의 바르고 행복한 아내 노릇을 하는 데도 질렸어요. 에드워드는 럭키에게 완전히 빠졌어요. 나한테 와서 그 이야기를 할 정도로 멍청하게 굴었지요. 그렇게 말하면 더 기분이 좋아지나 봐요. 자기는 성실하고, 명예롭다고 느껴지나 보죠. 나한테는 그 일이 몹시 기분 나쁜 일이라는 생각은 한 번도 안 해 본 거죠."

"당신과 헤어지고 싶어 하나요?"

이블린은 고개를 흔들었다.

"알잖아요. 우린 아이가 둘이에요. 둘 다 아이들을 무척 사랑하지요. 아이들은 영국에서 학교에 다녀요. 우리는 가정을 깨고 싶지는 않아요. 물론 럭키도 이혼하고 싶어 하지 않지요. 그레그는 아주 부자니까. 그의 전처가 돈을 많이 남겼잖아요. 그래서 우리는 우리끼리 같이 살고 그네들도 같이 살게 놓아 두기로 했어요……. 에드워드와 럭키는 행복한 부도덕 속에서, 그레그는 즐거운 무지 속에서, 그리고 에드워드와 나는 그저 좋은 친구로 같이 사는 거죠."

그녀는 통렬하고 쓰디쓰게 말했다.

"어떻게…… 어떻게 그런 걸 견딜 수 있어요?"

"사람은 뭐든지 익숙해져요. 하지만 때로는……."

"네?"

"때로는 그 여자를 죽이고 싶어요."

그녀의 목소리 속에 깃든 격정에 몰리는 깜짝 놀랐다.

"더 이상 내 이야기는 하지 말죠. 당신 이야기를 해요. 뭐가 문제인지 알고 싶어요."

이블린이 말했다.

몰리는 잠시 가만히 있다가 말했다.

"그냥…… 그냥 내가 뭔가 좀 잘못된 것 같아요."

"잘못되다니, 무슨 뜻이죠?"

몰리는 처량하게 고개를 흔들었다.

"나는 겁이 나요. 몹시 겁이 나요."

"무엇 때문에 겁이 나는데요?"

"모든 것에요. 그건…… 점점 심해지고 있어요. 덤불 속의 목소리, 발자국…… 사람들의 말소리까지도요. 누군가가 나를 내내 지켜보고 감시하는 것 같아요. 누군가가 나를 몹시 미워하고 있어요. 계속 그런 느낌을 받아요. 누군가가 나를 미워한다고."

이블린은 깜짝 놀랐다.

"가엾은 몰리. 얼마나 오래 그랬어요?"

"모르겠어요. 갑자기 시작되더니…… 점점 심해졌어요. 다른 것도 있어요."

"어떤 것이죠?"

"설명할 수도 없고 기억할 수도 없는 때가 있어요."

몰리가 천천히 말했다.

"기억이 끊어진다는 말인가요? 그런 건가요?"

"그런 것 같아요. 내 말은 때로…… 예를 들어 지금이 5시라고 해요……. 그러면 1시 30분경이나 2시부터는 아무것도 기억이 안 나는 거예요."

"세상에! 하지만 그냥 잠깐 잠이 든 거겠지요. 선잠이라도 잔 게 아닐까요?"

"아니에요. 전혀 그런 게 아니에요. 그런 다음에는 선잠을 잔 느낌과 전혀 다른걸요. 다른 장소에 있기도 하고, 때로는 다른 옷을 입고 있고, 어떤 일을 하고 있었던 것 같기도 해요……. 심지어 사람들에게 어떤 말을 하고, 누군가와 이야기를 했는데도 내가 그랬다는 걸 기억하지 못하는 거예요."

이블린은 충격을 받은 것 같았다.

"하지만 몰리, 그렇다면 의사를 만나 봐야죠."

"의사는 안 만날 거예요! 그런 건 싫어요. 의사라면 근처에도 가지 않을 거예요."

이블린은 몰리의 얼굴을 뚫어지게 바라보다가 그녀의 손을 꼭 잡았다.

"몰리, 당신은 아무것도 아닌데 혼자 겁을 먹고 있는 거예요. 신경 질환이라는 것들이 사실은 전혀 심각한 병이 아니라고 알고 있어요. 의사를 만나면 금방 안심하게 될 거예요."

"안 그럴 수도 있잖아요. 나한테 정말 큰 병이 있다고 말하면 어떻게 하죠?"

"당신한테 왜 큰 병이 있겠어요?"

"왜냐하면……."

몰리는 말을 꺼내려다가 조용해졌다.

"……그럴 이유는 없는 것 같아요."

"당신 가족이…… 어머니나 언니나 여동생이나 여기 올 수 있는 가족은 없나요?"

"저는 어머니와 사이가 안 좋아요. 한 번도 좋았던 적이 없어요. 언니와 동생도 있어요. 결혼은 했지만…… 내가 오라고 하면 올 수도 있을 거예요. 하지만 그들을 여기까지 오라고 할 생각은 없어요. 나한테는 아무도 필요 없어요……. 팀 말고는 아무도요."

"팀도 이 일을 알아요? 팀에게 이야기해 봤어요?"

"아뇨. 하지만 팀은 나 때문에 불안해하면서 나를 늘 지켜보고 있어요. 그는 마치…… 마치 나를 돕고 보호하려는 것 같아요. 하지만 그렇다면 내가 보호를 필요로 하는 사람이라는 거잖아요, 안 그래요?"

"내 생각엔 그냥 상상 때문에 생긴 증상인 것 같지만, 그래도 의사에게는 한번 가 봐야 할 것 같아요."

"늙은 그레이엄 선생님 말인가요? 아무 소용도 없을 거예요."

"섬에는 다른 의사들도 있잖아요."

"괜찮아요. 정말이에요. 난 그냥…… 그런 생각은 하지 않았어야 했어요. 당신 말처럼 모두 상상일 거예요. 어머, 많이 늦었네요. 식당에 있어야 할 시간인데. 나…… 나는 그만 돌아가야겠어요."

그녀는 날카롭게, 거의 공격적으로 이블린 힐링던을 바라보더니 서둘러 떠나갔다. 이블린은 그녀의 뒷모습을 뚫어지게 바라보았다.

오래된 죄가 긴 그림자를 드리우다

"여보, 나 뭔가를 눈치 챈 것 같아."

"빅토리아, 그게 무슨 소리야?"

"내가 뭔가 알아낸 것 같단 말이야. 그건 돈이 될 수도 있어. 그것도 큰돈이."

"이봐, 아가씨, 조심하라고. 괜한 일에 말려들지 마. 차라리 내가 나서는 편이 더 나을 것 같은데……."

빅토리아는 웃었다. 깊고 풍부한 소리가 났다.

"당신이야말로 기다렸다가 보기나 해. 나는 이 패를 어떻게 내놓을지 알아. 이건 돈이야, 여보. 큰돈이라고. 얼마 정도는 내가 직접본 거고, 얼마 정도는 짐작이지만 나는 내 짐작이 맞다고 생각해."

그리고 다시 부드럽고 풍부한 웃음소리가 어둠 속을 울리며 퍼져나갔다.

"이블린……."

"응?"

이블린 힐링던은 남편을 바라보지도 않고 무관심하고 기계적인 목소리로 대꾸했다.

"이블린, 전부 그만두고 영국으로 돌아가면 어떨까?"

그녀는 짧은 검은 머리를 빗질하고 있었다. 남편의 말에 그녀의 손이 머리에서 홱 내려왔다. 그녀는 몸을 돌려 남편을 바라보았다.

"당신 말은……. 하지만 우리는 이제 방금 왔잖아. 이 섬에서 3주밖에 있지 않았는데?"

"나도 알아. 하지만…… 괜찮겠지?"

그녀의 눈이 믿을 수 없다는 듯이 그를 살폈다.

"당신 정말 영국으로 돌아가고 싶어? 집으로 돌아갈 거야?"

"그래."

"럭키를 떠나서?"

그는 움찔했다.

"당신 내내 알고 있었군. 그 일…… 그 일을 계속하는 동안에도 말이야."

"속속들이 알고 있어."

"지금까지는 아무 말도 안 했잖아?"

"왜 내가 그런 말을 해야 하는데? 몇 년 전에 모두 매듭지었잖아. 우리는 둘 다 이혼하고 싶지 않아. 그래서 우리는 각자의 길을 가면서도 사람들 앞에서는 계속 연극을 하기로 서로 동의했지."

그녀는 그가 말을 꺼낼 새도 없이 덧붙였다.

"하지만 왜 하필 지금 갑자기 영국으로 돌아가고 싶다는 마음이 든 거야?"

"내가 한계점에 와 있기 때문이야. 더 이상은 이런 짓을 못 하겠어, 이블린. 난 못 해."

조용하던 에드워드 힐링던이 갑자기 변했다. 그의 손이 떨렸다. 그는 침을 삼켰고, 침착하고 냉정하던 얼굴은 고통으로 일그러져 보였다.

"세상에! 에드워드, 무슨 일이야?

"아무것도 아냐. 그냥 여기서 떠나고 싶은 것뿐이야……."

"당신은 럭키와 사랑에 빠졌잖아. 그런데 이제는 그걸 끝냈다고 말하고 싶은 거야?"

"그래. 사람 마음이 늘 똑같을 수는 없잖아."

"아, 그 문제는 지금 얘기하지 말자! 난 당신이 무엇 때문에 그렇게 혼란에 빠졌는지 알고 싶어, 에드워드."

"딱히 혼란에 빠진 것은 아니야."

"아니긴! 맞잖아. 도대체 왜 그래?"

"뻔하지 않아?"

"아니, 뻔하지 않아. 알기 쉽고 구체적인 말로 해 봐. 당신은 어떤 여자와 연애를 했어. 그건 흔한 일이야. 그리고 이제 그 연애가 끝났어. 아니면 끝나지 않은 건가? 그녀 쪽에서는 끝나지 않았을 수도 있겠지, 그런 거야? 그레그는 이 일을 알아? 나는 그 점이 가끔 궁금했어."

"나도 몰라. 그는 아무 말도 하지 않았어. 언제나 나를 친구처럼 대했지."

"남자들은 놀랄 만큼 무디게 굴기도 하지. 아니면…… 그레그도 다른 여자에게 관심이 있었든지!"

이블린이 생각에 잠겨 말했다.

"그는 당신에게 추파를 보내고 있었어, 안 그래? 대답해 봐. 그가 내내 그랬다는 걸 알아……."

에드워드가 말했다.

"그건 그래. 하지만 그는 모든 여자들에게 추파를 던져. 그레그가 그렇지 뭐. 실제로 그가 던지는 추파에는 별 의미가 없다고 생각해. 그건 그냥 그레그가 '나는 남자다.'고 과시하는 행동일 뿐이야."

"당신은 그를 좋아하나, 이블린? 나는 진실을 알고 싶어."

"그레그? 아주 좋아하지……. 날 즐겁게 해 주잖아. 좋은 친구야."

"그게 다야? 당신을 믿을 수 있었으면 좋겠어."

"그게 당신에게 왜 문제가 되는지 모르겠어."

이블린이 냉담하게 말했다.

"그런 취급을 받아도 싸지."

이블린은 창가로 걸어가 베란다를 내다보다 다시 돌아왔다.

"이제 당신이 정말로 왜 혼란을 겪고 있는지 솔직히 이야기해 줘, 에드워드."

"말했잖아."

"진실을 알고 싶어."

"이렇게 일시적으로 푹 빠져드는 일이 끝나고 나면 정말 이상해 보인다는 것을 당신은 이해하지 못하는 것 같아."

"이해하도록 노력해 볼게. 하지만 지금 걱정되는 것은 럭키가 당신에게 완전한 지배력을 갖고 있다는 거야. 그 여자는 단순히 버려진 정부가 아니야. 발톱을 가진 암호랑이야. 에드워드, 나한테 진실을 말해야 해. 내가 당신 편을 들어 주기를 바란다면 그렇게 해야만 해."

에드워드는 낮은 목소리로 말했다.

"그 여자에게서 빨리 달아나지 않는다면…… 난 그녀를 죽일지도 몰라."

"럭키를 죽인다고? 왜?"

"그녀가 내게 시킨 일 때문에……."

"무슨 일을 시켰는데?"

"나는 그 여자가 살인을 저지르는 것을 도왔어……."

그 말이 나오고야 말았다……. 침묵이 흘렀다……. 이블린은 그를 뚫어지게 바라보았다.

"당신이 지금 무슨 말을 했는지 알고 있어?"

"그래. 나는 내가 그런 일을 하고 있다는 걸 몰랐어. 그녀는 내게 약제상에서 어떤 물건들을 구해서 갖다 달라고 했어……. 나는 몰랐어. 그녀가 왜 그런 것들을 사다 달라는지 전혀 몰랐어. 그녀는 자기가 가진 약 처방을 나에게 베끼도록 시켰지."

"그게 언제였어?"

"4년 전. 우리가 마르티니크에 있을 때야. 그레그의…… 그레그의 아내가……."

"그레그의 첫 번째 아내…… 게일 말이지? 그러니까 당신 말은 럭키가 그 여자를 독살했다는 거야?"

"그래……. 그리고 나는 그 여자를 도운 거야. 내가 그 사실을 깨달았을 때는……."

이블린은 그의 말을 가로막았다.

"당신이 무슨 일이 일어났는지 깨달았을 때, 럭키가 당신이 그 처방을 쓰고 약을 가져온 데다가 당신과 그녀가 공범으로 같이 얽혀 있다는 것을 지적했겠지? 그렇게 된 게 맞아?"

"그래. 럭키는 자기가 동정심에서 한 일이라고 말했어. 게일은 괴로워하고 있었다고……. 그 고통을 끝낼 수 있는 약을 갖다 달라고 럭키에게 간청했다고 하더군."

"자비심에서 죽였다고? 좋아, 당신은 그 말을 믿었어?"

에드워드 힐링던은 잠시 침묵한 뒤에 무겁게 입을 열었다.

"아니……. 마음 깊은 곳에서는…… 진짜로 믿지는 않았어. 하지만 믿고 싶었기 때문에 그 말을 받아들였어. 나는 럭키에게 푹 빠져 있었으니까."

"나중에…… 그녀가 그레그와 결혼했을 때…… 그때도 당신은 그걸 믿고 있었어?"

"그때쯤에는 나 스스로가 그것을 믿게끔 되어 있었지."

"그레그는…… 그는 그 일에 대해 얼마만큼 알고 있어?"

"전혀 몰라."

"믿기 어려운 일인걸!"

에드워드 힐링던은 갑자기 화를 내기 시작했다…….

"이블린, 나는 이 모든 것에서 자유로워져야 해! 그 여자는 내가 한 일을 가지고 아직도 나를 조종하고 있어. 그 여자는 내가 더 이상 자기를 좋아하지 않는다는 것을 알아. 그 여자를 좋아한다고? 나는 그 여자를 증오하게 되었어……. 하지만 그녀는 우리가 함께 한 일 때문에…… 내가 늘 자기에게 묶여 있는 것처럼 느끼도록 만들어……."

이블린은 방 안을 왔다 갔다 서성였다. 그러다가 멈추어 서서 그를 똑바로 바라보았다.

"에드워드, 당신의 문제는 당신이 우스꽝스러울 정도로 예민하고…… 믿을 수 없을 정도로 암시에 걸리기 쉽다는 거야. 그 악마 같은 여자는 당신의 죄책감을 이용해서 자기가 원하는 곳에 당신을 써먹은 거야……. 성경 말씀처럼 분명히 말하자면, 당신을 짓누르는 죄책감은 살인이 아니라 간통에 대한 죄책감이야. 당신은 럭키와 연애를 한 것 때문에 죄책감에 빠져 있었어. 그러자 그녀는 자기의 살인 계획에 당신을 앞잡이로 써먹었고, 당신이 그녀와 같은 죄책감을 나누고 있다고 느끼게 만들었어. 하지만 그렇지 않아."

"이블린……."

그는 그녀 쪽으로 걸어갔다…….

그녀는 약간 뒤로 물러났다……. 그리고 살펴보듯이 그를 바라보았다.

"이 말은 전부 사실인 거지, 에드워드? 그렇지? 아니면 당신이 만들어 낸 거야?"

"이블린! 도대체 왜 내가 그런 일을 하겠어?"

"나야 모르지."

이블린 힐링던이 천천히 말했다.

"아마…… 믿기 어렵기 때문일 거야. 나 아니라 누구라도 그럴걸. 왜냐하면…… 오. 잘 모르겠어……. 나는 진실을 들어도 그것이 진실인지 아닌지 모르게 되어 버린 것 같아."

"전부 다 그만두자……. 영국으로 돌아가자."

"그래…… 그래야지……. 하지만 지금은 안 돼."

"왜 안 돼?"

"우리는 보통 때처럼 굴어야 해…… 적어도 당분간은. 그건 중요한 일이야. 이해하겠어, 에드워드? 우리가 무엇을 하려는지 럭키가 눈치 채면 안 돼……."

빅토리아 존슨의 퇴장

저녁 시간이 끝나가고 있었다. 스틸 밴드도 마침내 공연의 긴장을 늦추고 있었다. 팀은 식당 창가에 서서 테라스를 내다보았다. 그는 빈 테이블 위에 놓인 조명들을 몇 개 껐다.

그때 뒤에서 어떤 목소리가 들렸다.

"팀, 저와 잠시 이야기를 나눌 수 있을까요?"

팀 켄들은 깜짝 놀랐다.

"안녕하세요, 이블린. 무엇을 도와 드릴까요?"

이블린은 주위를 돌아보았다.

"여기 이 테이블로 와서 1분만 앉아 봐요."

그녀는 테라스 맨 끝에 있는 테이블로 그를 데리고 갔다. 그들 가까운 곳에는 다른 사람이 한 명도 없었다.

"팀, 내가 이런 이야기를 해도 기분 나빠하지 마세요. 나는 몰리가 걱정돼요."

그의 얼굴빛이 갑자기 싹 변했다.

"몰리가 뭐 어때서요?"

그가 뻣뻣하게 말했다.

"몰리가 그다지 건강한 것 같지는 않아요. 뭔가 혼란스러워하는 것 같아요."

"최근에 일어난 일들을 생각해 보면 그럴 만도 하지요."

"몰리는 의사에게 진찰을 받아야 할 것 같아요."

"그래요, 나도 알아요. 하지만 몰리는 그러고 싶어 하지 않아요. 그런 것은 질색이래요."

"왜요?"

"예? 무슨 뜻이죠?"

"왜냐고 물었잖아요. 왜 몰리가 의사에게 진찰 받는 것을 질색하는 거죠?"

"가끔 그런 사람들이 있잖아요. 그건…… 그건 자기가 어딘가 잘못되지는 않았는지 초조한 일이니까요."

팀이 약간 모호하게 대답했다.

"당신도 몰리 때문에 걱정하지요? 안 그래요, 팀?"

"네, 그래요. 나도 좀 걱정돼요."

"몰리의 가족 중에 여기 와서 같이 있어 줄 사람은 없나요?"

"없어요. 그랬다가는 사태가 더욱 나빠질 겁니다. 아주 나빠질 거예요."

"무슨 문제죠? 내 말은 가족과 무슨 문제가 있냐고요."

"뭐, 그냥 그렇고 그런 일이죠. 몰리는 가족에 대해서 매우 신경질적인 것 같아요……. 가족과 잘 지내지 못해요……. 특히 어머니와 말이에요. 한 번도 잘 지낸 적이 없어요. 그 사람들은…… 그들은 어떤 면에서는 좀 이상해서 몰리는 가족과 관계를 끊었어요. 나는 몰리가 잘했다고 생각해요."

이블린은 머뭇거리며 말했다.

"몰리가 내게 한 말로는 가끔 기억이 끊긴대요. 그리고 사람들이 두렵대요. 꼭 피해망상 같아요."

"그렇게 말하지 말아요. 피해망상이라니! 사람들은 언제나 말을 참 쉽게 한다니까. 몰리는 그냥…… 음…… 그냥 신경이 조금 날카로운 것뿐입니다. 여기 서인도 제도에 와 있으니까요. 주변에는 모두 검은 얼굴들뿐이지요. 아시다시피 사람들은 때때로 서인도 제도 사람이나 유색 인종들을 보면 좀 까탈스럽게 굴잖아요."

"몰리는 그런 사람이 아니잖아요."

"오, 사람들이 무엇을 두려워하는지 어떻게 압니까? 어떤 사람들은 고양이가 있는 방 안에 들어가지도 못해요. 쐐기벌레가 떨어지면 기절하는 사람들도 있고요."

"이런 말은 하기 싫지만…… 당신은 몰리가…… 정신과 의사를 만나 봐야 한다고는 생각하지 않나요?"

"말도 안 돼요!"

팀은 감정을 폭발시켰다.

"그런 사람들이 몰리를 갖고 놀게 하지는 않을 겁니다! 나는 그런 사람들을 믿지 않아요. 그들은 환자들을 더 악화시킬 뿐이죠. 몰리의 어머니가 정신과 의사들만 찾아가지 않았더라면……."

"그러면 몰리의 가족에게 그런 종류의 문제가 있었군요……. 그렇죠? 내 말은 가족 중에……."

그녀는 조심스럽게 단어를 선택했다.

"신경이 불안정한 내력이 있냐는 거예요."

"그런 이야기는 하고 싶지 않습니다. 나는 몰리를 그 모든 것에서 빼내 왔고, 몰리는 멀쩡해요. 아주 멀쩡해요. 그냥 신경질적인 상태에 빠졌을 뿐이에요. 하지만 그런 것은 유전이 아닙니다. 요즘은 다들 알잖습니까? 그런 건 이미 타파된 미신이에요. 몰리는 완전히 정상입니다. 그런 건 그저……. 아! 그 불쌍한 팔그레이브 소령님이 죽었기 때문에 모든 것이 시작되었어요."

"알겠어요. 하지만 팔그레이브 소령님이 죽은 일로는 걱정할 만한 것이 없잖아요, 안 그래요?"

이블린이 사려 깊게 말했다.

"그럼요. 그런 건 없어요. 하지만 누가 갑자기 죽으면 충격을 받기도 하잖아요."

그는 너무나 절망적이고 패배한 듯이 보였기 때문에 이블린의 가슴도 찔린 듯이 아팠다. 그녀는 그의 팔에 손을 얹었다.

"음, 당신 일이니까 잘 알아서 했으면 해요, 팀. 하지만 내가 어떻게든 도움이 될 수 있다면…… 그러니까 내가 몰리와 함께 뉴욕에

갈 수 있다면……. 내가 뉴욕이든 마이애미든 일급 진단을 받을 수 있는 곳으로 함께 가 줄 수도 있어요."

"정말 친절하시군요, 이블린. 하지만 몰리는 괜찮습니다. 어쨌든 스스로 극복해 내고 있으니까요."

이블린은 의심스러워하며 고개를 흔들었다. 그녀는 천천히 몸을 돌려 테라스 난간을 따라 시선을 돌렸다. 사람들은 대부분 자기 방갈로로 들어갔다. 이블린은 자기가 남겨 두고 가는 물건이 없나 살펴보려고 자기가 앉아 있던 테이블로 걸어가다가 팀이 고함을 치는 소리를 들었다. 그녀는 홱 고개를 돌려 쳐다보았다. 팀이 테라스 끝에 있는 계단 쪽을 바라보고 있었기 때문에 그녀의 눈도 그의 시선을 따라갔다. 그리고 그녀도 숨을 멈추었다.

몰리가 해안에서 계단을 따라 올라오고 있었다. 목구멍 깊은 곳에서부터 소리를 내어 흐느끼느라 숨이 찬 듯했고, 맥없이 몸을 앞뒤로 흔들며 방향을 잃고 달려오고 있었다. 팀이 외쳤다.

"몰리! 무슨 일이야?"

그가 몰리 쪽으로 달려가자 이블린도 그를 따라갔다. 몰리는 이제 계단 꼭대기에 올라와 섰다. 양손은 등 뒤로 돌리고 있었다. 그녀는 흐느끼면서 말했다.

"그녀를 내가 찾아냈어요……. 그녀가 덤불 속에 있었어요……. 덤불 속에요……. 그런데 내 손 좀 봐요…… 내 손 좀 봐요."

그녀가 손을 내밀자, 이블린은 기묘한 검은 얼룩을 보고 숨을 멈추었다. 어두워진 빛 속에서 얼룩은 검은색으로 보였지만, 진짜 색깔은 붉다는 것을 알 수 있었다.

"무슨 일이 일어난 거야, 몰리?"

팀이 외쳤다.

"저기 아래, 덤불 속에……."

몰리는 서서 비틀거리면서 말했다.

팀은 망설였고, 이블린을 쳐다본 다음 몰리를 이블린 쪽으로 살짝 밀어내고 계단을 달려 내려갔다.

이블린은 몰리에게 팔을 둘렀다.

"자, 앉아요, 몰리. 여기 앉아요. 뭘 좀 마시는 게 좋겠어요."

몰리는 의자에 무너지듯 앉았더니 앞에 놓인 테이블에 몸을 기대고, 겹쳐 놓은 팔에 이마를 대고 엎드렸다. 이블린은 그녀에게 더 이상 질문을 던지지 않았다. 몰리가 회복할 수 있도록 시간을 주는 것이 좋겠다고 생각했기 때문이다.

"괜찮을 거예요, 그럼요. 괜찮을 거예요."

이블린이 부드럽게 말했다.

"난 몰라요. 무슨 일이 일어났는지 몰라요. 아무것도 몰라요. 기억할 수가 없어요. 나는……."

몰리가 갑자기 고개를 들었다.

"나한테 무슨 일이 일어난 거죠? 무슨 일이죠?"

"괜찮아요, 몰리. 다 괜찮아요."

팀이 천천히 계단을 올라오고 있었다. 그의 얼굴은 파랗게 질려 있었다. 이블린은 묻는 듯한 표정으로 눈썹을 올리며 그를 쳐다보왔다. 그가 말했다.

"우리 여종업원 가운데 한 명입니다. 그 아가씨 이름은…… 빅토리아예요. 누군가가 그 여자를 칼로 찔러 죽였어요."

탐문 조사

몰리는 침대에 누워 있었다. 그레이엄 의사와 서인도 제도 경찰 의인 로버트슨 의사는 침대 한쪽에 서 있었다……. 팀은 맞은쪽에 서 있었다. 로버트슨은 손으로 몰리의 맥을 짚어 보더니 침대 발치에 있는 남자에게 고개를 끄덕였다. 경찰 제복을 입고 있는 마른 흑인 남자는 생 오노레 경찰국의 웨스턴 경위였다.

"간단한 진술만 할 수 있습니다. 그 이상은 안 됩니다."

의사가 말했다. 경위는 고개를 끄덕였다.

"자, 켄들 부인, 어떻게 그 아가씨를 발견하게 되었는지 말해 주십시오."

몰리는 잠시 동안 아무 말도 듣지 못한 것 같았다. 그러다가 그녀는 희미하고 꺼질 듯한 목소리로 말했다.

"덤불 속에…… 흰……."

"당신은 뭔가 흰 것을 보고 그것이 무엇인지 살펴보러 갔습니까? 그런가요?"

"네…… 흰…… 거기 누워 있어서…… 나는 들어…… 들어 올려 보려고…… 그녀를…… 피가…… 피가 손에 온통 묻었어요."

그녀는 떨기 시작했다.

그레이엄 의사는 사람들에게 고개를 흔들었다. 로버트슨이 속삭였다.

"오래는 못 견딥니다."

"바닷가 길에서 무엇을 하고 있었습니까, 켄들 부인?"

"바다 옆이…… 따뜻하고…… 좋아서……."

"당신은 그 아가씨가 누구인지 알아보았습니까?"

"빅토리아…… 좋은…… 좋은 아가씨였고…… 언제나 웃곤 했어요……. 오! 그런데 이제는 안 그렇겠네요…… 다시는 웃지 않을 거예요. 나는 결코 잊지 못할 거예요…… 결코 못 잊어요……."

그녀의 목소리가 신경질적으로 올라갔다.

"몰리…… 그만해."

팀이었다.

"진정하세요…… 진정해요……."

로버트슨이 권위 있는 목소리로 달랬다.

"편하게 있으시면 됩니다…… 편하게……. 약간 따끔할 겁니다……."

그는 주사를 꺼냈다.

"최소한 스물네 시간 동안은 질문을 받을 수 없는 상태일 겁니다. 때가 되면 알려 드리죠."

그가 말했다.

크고 잘생긴 흑인이 테이블에 앉아 있는 남자들을 하나하나 바라보았다.

"하느님께 맹세합니다. 내가 아는 건 그것뿐이에요. 당신들에게 말한 것밖에 몰라요."

그가 말했다.

그의 이마에는 땀이 맺혔다. 대번트리는 한숨을 내쉬었다. 심문을 주재하던 생 오노레 수사과의 웨스턴 경위는 그에게 가도 좋다는 몸짓을 했다. 몸집이 큰 짐 엘리스는 발을 질질 끌며 방에서 나갔다.

"물론 그것만 알고 있는 건 아닐 거예요. 하지만 그건 우리가 따로 알아내야 할 일입니다."

웨스턴이 말했다. 그는 그 섬 사람들 특유의 부드러운 억양을 갖고 있었다.

"그가 결백하다고 생각하나?"

대번트리가 물었다.

"네. 그들은 서로 사이가 좋았던 것 같습니다."

"결혼한 사이는 아니었지?"

웨스턴 경위의 입술에 희미한 미소가 나타났다.

"그렇습니다. 결혼은 하지 않았습니다. 섬에서는 결혼하는 사람이 많지 않습니다. 하지만 태어난 아이들에게는 세례를 주지요. 그와 빅토리아 사이에도 아이가 둘이나 있습니다."

"그가 그녀와 함께 무슨 일을 꾸미고 있었다고 생각하나?"

"아닐 겁니다. 그는 그런 종류의 일은 두려워하는 것 같습니다. 그리고 그녀가 아는 것도 별로 많지는 않았을 겁니다."

"하지만 협박하기에는 충분했다?"

"그걸 그렇게 불러야 할지도 잘 모르겠습니다. 그 아가씨가 그 말을 이해했을지도 의심스럽고요. 입을 다물어 주는 데 지불하는 대가를 협박이라고 생각하지는 않거든요. 아시겠지만 여기 머무는 사람들 중에는 부유한 바람둥이가 많아요. 그 사람들의 품행을 들춰내는 데는 그다지 애쓸 필요가 없지요."

그는 약간 헐뜯는 어조로 말했다.

"맞아. 여기에는 온갖 종류의 사람들이 다 오지. 이 사람 저 사람과 같이 자고 돌아다니는 것이 알려지는 것을 원하지 않는 여자도 있을 테고. 그런 여자들은 대개 시중드는 아가씨에게 선물을 주지. 그것은 암묵적으로 입을 다물어 주는 대가로 받아들여지고 있고."

대번트리가 말했다.

"바로 그겁니다."

웨스턴 경위의 말에 대번트리가 반대 의견을 표했다.

"하지만 이건 그런 종류의 일이 아니잖나. 살인이야."

"그 아가씨가 이 일이 심각하다는 사실을 알고 있었는지 의심스럽습니다. 그녀는 뭔가 어리둥절한 장면을 보았을 겁니다. 아마 약병과 관계가 있는 일이었겠죠. 제가 듣기로는 다이슨 씨의 것이라던데요. 이번에는 그를 부르는 것이 좋겠습니다."

그레고리는 보통 때와 같이 쾌활한 태도로 들어왔다.

"여기 왔습니다. 무엇을 도와 드릴까요? 그 아가씨 일은 너무 안됐어요. 훌륭한 종업원이었죠. 우리 부부는 둘 다 그 아가씨를 좋아했습니다. 어떤 남자와 이런저런 말다툼 끝에 벌어진 일이겠죠? 하지만 그녀는 아주 행복해 보였고 곤란에 빠진 것 같지도 않았어요. 바로 지난밤에도 그녀와 농담을 했는데……."

"다이슨 씨, 당신은 세레니테라는 약을 먹고 있지요?"

"맞습니다. 작은 분홍빛 알약이죠."

"의사의 처방에 따라 복용하고 있습니까?"

"예. 보고 싶으시다면 보여 드릴 수도 있습니다. 최근에 많은 사람들이 그렇듯이 고혈압으로 좀 고생하고 있어서요."

"그 사실을 아는 사람은 거의 없는 것 같던데요."

"음, 그런 이야기는 일부러 하고 다니지 않으니까요. 나는…… 언제나 건강하고 원기왕성한 사람으로 보이길 바랍니다. 그리고 자기 병에 대해서 이야기하고 다니는 사람들을 나는 그다지 좋아하지 않아요."

"그 알약은 얼마나 많이 먹습니까?"

"하루에 두세 번요."

"가지고 있는 양이 많습니까?"

"예, 여섯 병 정도 갖고 있습니다. 하지만 여행 가방 속에 넣고 잠가 두었어요. 밖에 내놓은 것은 하나밖에 없습니다. 그때그때 먹는 거죠."

"그런데 얼마 전에 그 병을 잃어버리셨다지요?"

"맞습니다."

"그리고 빅토리아 존슨이라는 아가씨에게 그것을 보았냐고 물었지요?"

"예, 그렇습니다."

"그녀가 뭐라고 말하던가요?"

"마지막으로 보았을 때는 우리 방 욕실 선반 위에 있었다고 했습니다. 자기가 주변에서 찾아보겠다고 했어요."

"그다음에는?"

"얼마 지나서 오더니 약병을 내게 돌려주었습니다. '이게 없어진 그 병이죠?' 하고 말하더군요."

"그래서 당신은 뭐라고 했지요?"

"나는 '그래, 맞아. 어디서 찾았지?' 하고 물었습니다. 그녀는 그 병이 팔그레이브 소령님의 방에 있었다고 했지요. 나는 '그게 도대체 어떻게 거기에 가 있었지?' 하고 물었습니다."

"그러자 그녀가 어떻게 대답하던가요?"

"자기도 모른다고 했습니다. 하지만……."

그가 머뭇거렸다.

"그래서요, 다이슨 씨?"

"음, 그녀가 그때 말한 것보다 더 많은 사실을 알고 있다는 느낌이 들었습니다. 하지만 크게 주의를 기울이지는 않았습니다. 어쨌건 그리 중요한 일은 아니었으니까요. 앞서 말했듯이 나는 약병을 더 갖고 있었습니다. 나는 아마 내가 그 병을 레스토랑이나 어딘가에 놓아두고 왔는데 팔그레이브 소령님이 무슨 이유에서인지 그것을 집어 갔나 보다 생각했습니다. 내게 돌려주려고 주머니에 집어넣었다가 잊어버렸을 수도 있지요."

"당신이 아는 것은 그게 전부입니까, 다이슨 씨?"

"그렇습니다. 도움이 못 되어서 유감입니다. 지금 그게 중요한가요? 왜죠?"

웨스턴은 어깨를 움츠렸다.

"이런 사건에서는 무엇이든 단서가 될 가능성이 있지요."

"알약이 무슨 상관인지 모르겠군요. 나는 그 불쌍한 아가씨가 칼에 찔렸을 때 내가 무엇을 하고 있었는지 당신들이 알고 싶어 할 거라고 생각했는데요. 그래서 나는 될 수 있는 대로 전부 자세히 써 놓았습니다."

웨스턴은 생각에 잠겨 그를 바라보았다.

"정말입니까? 매우 도움이 될 것 같습니다, 다이슨 씨."

"모든 사람의 수고를 덜어 줄 거라고 생각했거든요."

그레그는 그렇게 말하며 종이 한 장을 테이블 위에 놓았다.

웨스턴이 그것을 자세히 들여다보자 대번트리는 의자를 약간 가까이 끌어와 어깨 너머로 그것을 보았다. 잠시 후 웨스턴이 말했다.

"매우 일목요연하게 정리가 되어 있군요. 당신과 부인은 방갈로에서 8시 50분까지 저녁 식사를 위해 옷을 갈아입고 있었습니다.

그다음 당신은 테라스로 가서 드 카스페아로 부인과 술을 마셨군요. 9시 15분에 힐링던 대령 부부가 당신이 있는 곳으로 왔고, 당신은 저녁 식사를 하러 들어갔습니다. 당신 기억으로는 11시 30분쯤에 자러 갔고요."

"물론이죠. 그 아가씨가 실제로 살해당한 것이 언제인지는 모르지만……."

그레그가 말했다. 그 말투에는 희미하게 질문하는 듯한 눈치가 있었다. 그러나 웨스턴 경위는 그것을 알아차리지 못한 척했다.

"켄들 부인이 그녀를 발견했지요? 심한 충격을 받았겠군요."

"예, 로버트슨 의사가 진정제를 주어야 했습니다."

"아주 늦은 시간이었지요, 그렇죠? 사람들이 대부분 자러 갔을 때지요?"

"그렇습니다."

"그 아가씨는 죽은 지 오래되었나요? 켄들 부인이 발견했을 때 말입니다."

"아직 정확한 시간이 언제인지 확신할 수는 없습니다."

웨스턴이 매끄럽게 넘기며 말했다.

"가엾은 몰리! 그 일은 심한 충격이었을 겁니다. 사실 지난밤에 몰리를 본 적은 없습니다. 두통이나 뭐 그런 것 때문에 누워 있나 보다 생각했죠."

"켄들 부인을 언제 마지막으로 보셨습니까?"

"오, 아주 일찍 봤어요. 옷을 갈아입으러 가기 전이었습니다. 몰리는 테이블 장식과 다른 물건들을 매만지고 있었습니다. 나이프를 다시 배치하고 있었지요."

"그렇군요."

"그때는 아주 명랑했습니다. 농담도 하고 그랬지요. 몰리는 멋진 아가씨예요. 우리 모두 그녀를 아주 좋아하지요. 팀은 정말로 행운아입니다."

그레그가 말했다.

"고맙습니다, 다이슨 씨. 빅토리아라는 아가씨가 알약을 돌려줄 때 뭐라고 했는지 더 기억나는 건 없나요?"

"네…… 아까 말한 대로입니다. 그게 내가 찾아 달라고 부탁했던 그 약이 맞냐고 물었지요. 그 아가씨는 그 약을 팔그레이브 소령님의 방에서 발견했다고 말했습니다."

"누가 그것을 거기 갖다가 두었는지는 그녀도 몰랐지요?"

"그런 것 같습니다……. 사실은 기억이 안 납니다."

"고맙습니다, 다이슨 씨."

그레그가 방에서 나갔다.

"매우 생각이 깊군요. 지난밤 자기가 정확히 어디 있었는지 우리에게 알리고 싶어 안달이에요."

웨스턴이 다이슨이 준 종이를 손톱으로 부드럽게 두드리면서 말했다.

"좀 심하게 안달하는 것 같지 않아?"

대번트리가 물었다.

"그건 뭐라 말하기 어려운데요. 자기의 안전에 대해서 노심초사하고 어떤 일에 얽혀 들까 봐 안달하도록 타고난 사람들이 있으니까요. 꼭 떳떳치 못한 일을 했기 때문에 그러는 게 아닙니다. 반대로 그런 일을 한 경우도 실제로 있고요."

"기회라는 면에서는 어떨까? 아무도 대단한 알리바이를 갖고 있지는 않아. 밴드에다 무도회에 사람들이 그렇게 오갔으니 말이야. 사람들은 일어나서 테이블을 떠났다가 다시 돌아왔어. 여자들은 얼굴 화장을 고치러 가고 남자들은 산책을 했지. 다이슨은 그 와중에 살짝 빠져나갔을 수도 있어. 그건 누구라도 마찬가지지. 그렇지만 그는 자기가 그러지 않았다는 것을 증명하려고 안달하는 것 같았어."

그는 생각에 잠겨 종이를 내려다보았다.

"그러면 켄들 부인은 테이블 위의 나이프를 다시 배열하고 있었다는 말이군. 이건 그가 일부러 끼워 넣지 않았나 의심스러워."

"그렇게 보였습니까?"

대번트리는 잠시 생각에 잠겼다.

"그럴 수도 있다고 생각하네."

두 남자가 앉아 있는 방 밖에서 시끄러운 소리가 났다. 누군가가 들여보내 달라고 날카롭게 외치고 있었다.

"말할 게 있어요. 말할 게 있다고요. 그분들이 있는 곳으로 나를 들여보내 줘요. 경찰이 있는 곳으로 들여보내 달란 말이에요."

제복을 입은 경찰관이 문을 열었다.

"이곳 요리사입니다. 꼭 만나야겠다고 합니다. 알려 드려야 할 것이 있다는군요."

요리사 모자를 쓴 겁에 질린 표정의 한 흑인 남자가 경관을 지나쳐 방으로 뛰어들어 왔다. 부요리사 중 한 명으로, 생 오노레 원주민이 아니라 쿠바 인이었다.

"꼭 말씀드릴 것이 있습니다. 정말이에요. 부인은 부엌을 지나갔어요. 그래요, 나이프를 갖고 갔어요. 나이프라고요. 나이프를 손에 쥐고 있었어요. 부인은 부엌을 가로질러 문밖으로 나갔어요. 문밖 정원으로요. 제가 부인을 봤어요."

"자, 진정하게, 진정해. 자네 누구 이야기를 하고 있는 건가?"

"누구 이야기냐고요? 사장님 부인 말입니다. 켄들 부인요. 그 부인을 말하는 거예요. 켄들 부인은 손에 나이프를 쥐고 어둠 속으로 나갔어요. 저녁 전이었죠……. 그런데 돌아오지 않았어요."

계속되는 조사

"켄들 씨, 몇 마디 나눌 수 있을까요?"

"물론입니다."

팀은 책상에서 얼굴을 들었다. 그는 서류들을 밀어놓고 상대에게 의자를 권했다. 긴장한 그의 얼굴은 조금은 비참한 표정을 띠고 있었다.

"어떻게 되어 가고 있습니까? 뭔가 더 나온 사실이 있나요? 이곳의 운도 이제 다한 것 같습니다. 사람들이 떠나려고 합니다. 항공편을 물어보고 있어요. 모든 것이 잘 되어 가고 있는 것처럼 보였는데……. 맙소사! 이곳이 나와 몰리에게 어떤 의미인지 여러분은 모르실 겁니다. 우리는 이곳에 모든 것을 걸었어요."

"매우 힘드시겠지요. 알고 있습니다. 우리도 유감으로 생각하고 있습니다."

웨스턴 경위가 말했다.

"모든 일이 하루빨리 풀린다면 좋을 텐데요. 그 망할 빅토리아……. 아! 이런 말은 하지 말아야지요. 그 빅토리아라는 아가씨는 사실 아주 좋은 사람이었습니다. 하지만 무슨 이유가 있겠지요. 그 여자가 간통이나 애증에 관련된 사건을 저질렀나요? 아마 그 여자 남편이……."

"짐 엘리스는 그녀의 남편이 아닙니다. 그리고 그들은 사이가 좋았습니다."

"모든 일이 빠른 시일 내에 풀리면 좋을 텐데요."

팀이 다시 말을 꺼내다가 멈칫했다.

"미안합니다. 제게 하고 싶은 이야기가 있다고 하셨지요?"

"예, 지난밤 이야기입니다. 의학적 증거에 따르면 빅토리아는 밤 10시 30분부터 자정 사이에 살해되었습니다. 이곳 같은 환경에서 알리바이를 증명하기는 그리 쉽지 않습니다. 사람들은 여기저기로 움직이고, 춤을 추고, 테라스로 나갔다가 돌아오기도 하니까요. 정말 어렵습니다."

"제 생각도 그렇습니다. 하지만 그 말은 빅토리아를 살해한 사람이 이곳 손님들 중 하나라는 말씀입니까?"

"그런 가능성도 조사해야 합니다, 켄들 씨. 무엇보다 여쭤 보고 싶은 것은 이곳 요리사 중 한 명이 한 진술인데요."

"네? 어떤 요리사 말씀이시죠? 그가 뭐라고 하던가요?"

"쿠바 인이라고 들었습니다."

"쿠바 인이 둘, 푸에르토리코 인이 한 명 있는데요."

"이 엔리코라는 남자의 진술에 따르면 당신 부인이 식당에서 나와 부엌을 가로질러 정원으로 나갔는데, 나이프 하나를 들고 있었다고 합니다."

팀은 그를 뚫어지게 바라보았다.

"몰리가 나이프를 들고 있었다고요? 하지만 그게 어쨌다는 말입니까? 내 말은…… 왜…… 설마…… 무슨 이야기를 하고 싶으신 겁니까?"

"사람들이 식당에 들어오기 전 시간을 이야기하는 겁니다. 아마 8시 30분쯤 되었을 겁니다. 당신은 그때 식당에서 수석 웨이터와 이야기하고 계셨지요. 페르난도라는 사람이지요?"

팀은 기억을 돌이켜 보았다.

"그렇습니다. 네, 기억납니다."

"그때 부인이 테라스에서 들어왔지요?"

"예, 그랬지요. 몰리는 언제나 테이블을 살펴보니까요. 웨이터들이 물건을 잘못 놓거나 식기류 놓는 것을 잊어버릴 때가 있거든요. 아마 그래서 그랬을 겁니다. 식기를 다시 놓고 있었을 거예요. 예비 나이프나 스푼 같은 것을 손에 쥐고 있었을 수도 있지요."

"어쨌건 부인은 테라스에서 식당으로 들어왔습니다. 부인이 말을 걸던가요?"

"예, 한두 마디 나누었습니다."

"부인이 뭐라고 했는지 기억하실 수 있습니까?"

"누구와 이야기하고 있었냐고 제가 물었던 것 같습니다. 바깥에서 몰리의 목소리가 들렸거든요."

"누구와 이야기하고 있었다고 하던가요?"

"그레고리 다이슨입니다."

"아, 예. 그도 그렇게 진술했습니다."

팀은 계속 말했다.

"그가 몰리에게 추파를 던지고 있었던 것 같습니다. 그런 버릇이 있는 남자거든요. 그래서 제가 화가 나서 '망할 놈 같으니라고!' 하고 말하자 몰리가 웃으면서 필요하다면 자기가 해결할 수 있다고 말했습니다. 몰리는 매우 슬기로운 여자거든요. 아시다시피 우리 일이라는 게 언제나 편한 입장은 아니니까요. 손님들을 화나게 해서는 안 되기 때문에 몰리처럼 매력적인 젊은 여자는 어깨를 움츠리면서 웃어넘겨야 한답니다. 그레고리 다이슨은 예쁜 여자라면 사족을 못 쓰지요."

"그들이 말다툼을 했나요?"

"아뇨, 그런 것 같지는 않습니다. 제가 말한 대로 몰리는 보통 때처럼 웃어넘겼을 겁니다."

"부인이 손에 나이프를 계속 쥐고 있었는지 아닌지는 확실히 모르시고요?"

"기억이 나지 않습니다……. 갖고 있지 않았다고는 거의 확신합니다만……. 아니, 갖고 있지 않았습니다. 확실합니다."

"하지만 방금 말씀으로는……."

"이것 봐요, 내 말은 몰리가 식당이나 부엌에 있었다면 나이프를 집어 들었거나 손에 쥐고 있었을 확률이 아주 높다는 겁니다. 사실 확실히 기억하는데, 몰리는 식당에 들어올 때 손에 아무것도 들고 있지 않았습니다. 아무것도요. 확실합니다."

"알겠습니다."

웨스턴이 대답했다. 팀은 불안한 듯이 그를 바라보았다.

"도대체 무엇을 확인하려는 겁니까. 그 빌어먹을 바보 엔리코인지 마누엘인지가 뭐라고 말했는데요?"

"당신 부인이 부엌으로 들어왔는데 화가 난 것 같았고, 손에는 나이프를 쥐고 있었다고 했습니다."

"그 녀석이 꾸며 댄 겁니다."

"저녁 식사 도중이나 아니면 식사가 끝난 후에 부인과 대화를 더 나누셨습니까?"

"아뇨, 그러지는 않았습니다. 사실 좀 바빴거든요."

"부인은 식사 시간 내내 식당에 계셨습니까?"

"저는…… 음…… 네, 저희는 언제나 손님들 사이로 돌아다니니까요. 서비스가 제대로 되는지 보는 거죠."

"부인과 이야기를 나누신 적이 있나요?"

"아뇨, 그랬던 것 같지는 않습니다. 그 시간이면 저희는 아주 바빠요. 상대가 하고 있는 일을 언제나 알고 있는 것도 아니고, 서로 이야기할 시간은 전혀 없지요."

"그러니까 세 시간 후 부인이 시체를 발견하고 계단을 올라올 때까지 부인과 이야기한 적이 없으시다는 거죠?"

"몰리에게는 끔찍한 충격이었어요. 몰리는 매우 겁에 질려 있었습니다."

"압니다. 아주 불쾌한 경험이지요. 부인이 어쩌다가 해변 길을 따라 걷게 되었을까요?"

"저녁 접대로 스트레스를 받고 난 다음에 기분 전환을 하러 자주 가는 편이에요. 손님들에게서 잠시라도 벗어나 숨을 조금 돌리는 거지요."

"부인이 돌아왔을 때 힐링던 부인과 이야기를 나누고 계셨지요?"

"예. 다른 사람들은 모두 자러 갔거든요."

"힐링던 부인과 무슨 이야기를 나누셨지요?"

"별것은 아니었습니다. 왜요? 힐링던 부인이 뭐라고 했나요?"

"아직은 아무 말도 하지 않았습니다. 힐링던 부인에게 물어보지 않았으니까요."

"그냥 이런저런 이야기를 하고 있었습니다. 몰리 이야기, 호텔 경영, 그런 이야기들이지요."

"그리고 그다음에…… 부인이 테라스 계단으로 올라와 당신에게 무슨 일이 일어났는지 말한 거지요?"

"예."

"부인 손에 피가 묻어 있었습니까?"

"물론 그랬지요! 몰리가 그 아가씨를 만졌고, 무슨 일이 일어났는지 알지 못한 채 그녀를 들어 올리려고 했으니까요. 당연히 손에 피가 묻지요! 이보세요, 도대체 무슨 말을 하려는 겁니까? 무엇을 암시하려는 겁니까?"

"자, 진정하세요. 팀, 당신이 엄청난 부담감을 느끼고 계시다는 것은 잘 압니다만 사실은 분명히 밝혀야 해요. 부인이 최근에 건강이 썩 좋지 않았다고 들었습니다만……."

"말도 안 됩니다. 그녀는 멀쩡해요. 팔그레이브 소령님이 죽은 일 때문에 조금 정신을 못 차리기는 했지만 그건 당연한 일이에요. 예민한 사람이니까요."

"부인의 몸이 충분히 회복되는 대로 몇 가지 질문을 더 드려야겠습니다."

웨스턴 경위가 말했다.

"아뇨, 지금은 안 됩니다. 의사가 진정제를 주면서 흥분시키면 안 된다고 했어요. 몰리의 마음을 어지럽히고 겁주도록 가만 있지는 않을 겁니다. 알겠어요?"

"부인을 겁줄 생각은 없습니다. 사실을 확인하려는 것뿐입니다. 당분간은 부인을 만나지 않겠습니다. 하지만 의사가 허락하는 대로 부인을 만나 뵙겠습니다."

웨스턴이 말했다. 그의 목소리는 부드러우면서도 확고했다.

팀은 그를 쳐다보고 무언가 더 말하려고 입을 벌렸지만 아무 말도 하지 않았다.

이블린 힐링던은 보통 때처럼 차분하고 침착하게 권하는 의자에 앉았다. 그녀는 질문에 대해 깊이 생각한 뒤 천천히 시간을 가지고 대답했다. 그녀의 검고 총명한 눈이 생각에 잠긴 채 웨스턴 경위를 쳐다보았다.

"예, 켄들 부인이 계단으로 올라와 살인 이야기를 했을 때 나는 테라스에서 켄들 씨와 이야기를 나누고 있었습니다."

"남편분은 거기 안 계셨나요?"

"예, 남편은 자러 간 다음이었습니다."

"켄들 씨와 무슨 특별한 대화라도 나누었습니까?"

이블린은 곱게 그려진 눈썹을 치떴다……. 확실한 비난의 표정이었다. 그녀는 차갑게 말했다.

"참 이상한 질문이네요. 아뇨……. 우리 대화에는 그다지 특별한 것이 없었습니다."

"켄들 부인의 건강 문제를 이야기했습니까?"

이블린은 다시 뜸을 들이다가 마침내 말했다.

"기억이 안 나네요."

"확실한가요?"

"기억이 안 난다는 것이 확실하냐고요? 참 이상하게 말씀하시네요. 사람은 경우에 따라 아주 여러 가지 주제로 이야기를 나누곤 하잖아요?"

"켄들 부인은 최근에 건강이 좋지 않았다고 하던데요."

"아주 건강해 보였는데요……. 아마 약간 피곤했겠지요. 물론 이런 곳을 운영하려면 여러 가지 걱정을 하게 마련이잖아요. 그녀는 전혀 경험이 없으니까 당연히 정신을 못 차릴 만도 하지요."

"정신을 못 차린다……."

웨스턴은 그 말을 되풀이하고 이어서 말했다.

"그걸 그런 식으로 말씀하시는군요."

"옛날 식 말이긴 하지요. 하지만 우리가 여기저기서 쓰는 현대식 용어만큼 쓸모가 있답니다. 요즘은 담즙이 많이 나올 때 '바이러스 감염'이라고 하고, 일상적인 사소한 골칫거리에도 '신경 쇠약'이라고 하지요?"

그녀가 미소를 짓는 바람에 웨스턴 경위는 오히려 자기가 바보 같다고 느꼈다.

'이블린 힐링던은 영리한 여자군.'

그는 속으로 생각하며 대번트리를 바라보았다. 하지만 대번트리는 표정의 변화가 전혀 없었다. 그는 대번트리가 무엇을 생각하고 있는지 궁금했다.

"고맙습니다, 힐링던 부인."

웨스턴 경위가 말했다.

"켄들 부인, 당신을 걱정시키고 싶지는 않습니다만, 우리는 어떻게 그 아가씨를 발견하셨는지 설명을 들어야 합니다. 그레이엄 의사 말로는 이제 부인이 그 이야기를 할 수 있을 정도로 회복되셨다는군요."

"네, 이제 완전히 회복되었습니다."

몰리가 말했다. 그녀는 살짝 신경질적인 미소를 지어 보였다.

"충격을 조금 받았을 뿐이에요……. 아시다시피 정말로 끔찍했거든요."

"예, 그러셨겠지요……. 저녁 후 잠시 산책을 가셨다고요?"

"예…… 자주 그렇게 해요."

대번트리는 그녀의 눈이 불안하게 움직이고 손가락이 꼬였다 풀렸다 하는 것을 눈여겨보았다.

"그게 몇 시였습니까, 켄들 부인?"

웨스턴이 물었다.

"음, 확실히는 모르겠어요……. 시간에 크게 신경 쓰는 편은 아니거든요."

"스틸 밴드는 그때도 연주를 하고 있었습니까?"

"예…… 적어도…… 그랬던 것 같아요……. 사실 제대로 기억나지 않아요."

"그리고 산책을 가셨지요? 어느 길이었습니까?"

"아, 해변 길을 따라서 갔어요."

"왼쪽인가요, 오른쪽인가요?"

"아! 처음에는 한쪽 길로…… 그다음에는 다른 쪽……. 사실 전…… 전…… 크게 신경 쓰지 않았어요."

"왜 신경을 안 쓰셨나요, 켄들 부인?"

그녀는 얼굴을 찌푸렸다.

"저는…… 다른 일들을 생각하고 있었거든요."

"무슨 특별한 일을 생각하고 있었습니까?"

"아뇨…… 아뇨……. 특별한 것은 아니었어요……. 그냥 했어야 할 일…… 살펴보았어야 할 일…… 호텔 일들을요."

다시 손가락이 신경질적으로 꼬였다가 풀렸다.

"그때…… 뭔가 흰 것이 보였어요……. 히비스커스 덤불 숲 속에서요……. 그게 뭔지 궁금해서…… 멈추어 서서…… 잡아당겼더니……."

그녀는 침을 꿀꺽 삼켰다.

"그것이 그 아가씨…… 빅토리아였어요……. 몸을 웅크리고 있기에…… 머리를 들어 올리려고 했는데, 피가…… 피가 손에…… 묻었어요."

그녀는 두 사람을 바라보며 마치 불가능한 일을 회상하듯이 이상하다는 어조로 되풀이해 말했다.

"피가…… 손에 묻었어요."

"예, 예. 정말 끔찍한 경험이죠. 그 부분을 더 말씀하실 필요는 없습니다. 그 아가씨를 발견했을 때 얼마나 오래 걸었습니까?"

"모르겠어요…… 전혀 모르겠어요."

"한 시간? 반 시간? 아니면 한 시간 이상인가요?"

"모르겠어요."

몰리가 되풀이해 말했다.

대번트리가 조용하고 일상적인 어조로 물었다.

"산책할 때 나이프를 가져가셨나요?"

몰리는 놀란 것 같았다.

"나이프요? 왜 내가 나이프를 가져가요?"

"주방 직원 하나가 부인이 부엌에서 정원으로 나갈 때 손에 나이프를 쥐고 있었다고 말하기에 그냥 여쭤 본 겁니다."

몰리는 얼굴을 찌푸렸다.

"하지만 전 부엌에서 나가지 않았는데요……. 오, 그보다 훨씬 전을 두고 말씀하시는 거군요. 저녁 식사 전……. 하지만 제…… 제 생각에는……."

"아마 테이블 위의 식기를 다시 배열하고 계셨겠지요."

"그래야 할 때가 있어요. 웨이터들이 물건들을 잘못 놓거든요……. 나이프가 충분하지 않다든지…… 아니면 너무 많을 때가 있어요. 포크와 스푼 수가 잘못되든지…… 뭐 그런 일들이 있지요."

"그러면 부인이 어제 저녁에 손에 나이프를 쥐고 부엌에서 나갔을 수도 있겠군요?"

"그러지 않았을 거예요……. 분명히 그러지 않았어요……."

그녀는 덧붙였다.

"팀이 거기 있었어요……. 팀은 분명 알 거예요……. 팀에게 물어보세요."

"부인은 그…… 빅토리아라는 아가씨를 좋아했습니까? 그 아가씨는 일을 잘했나요?"

웨스턴 경위가 물었다.

"예, 아주 훌륭한 아가씨였어요."

"그녀와 말다툼을 한 적이 있습니까?"

"말다툼요? 아뇨."

"어떤 식으로건…… 그녀가 당신을 위협한 적은 없지요?"

"저를 위협했다고요? 무슨 뜻이지요?"

"별 뜻은 없습니다……. 누가 그녀를 죽였을지 짐작이 갈 만한 사람은 없습니까? 전혀 모르나요?"

"예."

그녀는 명확하게 말했다.

"네, 고맙습니다, 켄들 부인."

웨스턴이 미소를 지었다.

"자, 이게 끝입니다. 경찰 조사도 그렇게 끔찍하지만은 않죠, 그렇죠?"

"이게 전부인가요?"

"지금으로서는 전부입니다."

대번트리는 일어나서 문을 열어 주고 그녀가 나가는 모습을 지켜보았다. 그는 자기 의자로 돌아가면서 그녀의 말을 되풀이했다.

"'팀은 알 거예요.'라……. 그런데 팀은 그녀가 절대로 나이프를 갖고 있지 않았다고 말했잖아."

웨스턴은 엄숙하게 말했다.

"어떤 남편이라도 그런 질문을 받으면 그렇게 말할 테지요."

"그래도 테이블 나이프는 살인에 사용하기에는 아주 빈약한 편이 아닌가."

"하지만 그것은 스테이크 나이프였습니다, 대번트리 씨. 그날 저녁 메뉴에는 스테이크가 있었거든요. 스테이크 나이프는 날카롭게 갈아 놓지요."

"우리와 방금 이야기를 나눈 그 젊은 부인이 붉은 손의 살인자라고는 정말 믿을 수가 없네, 웨스턴."

"아직 그렇게 믿을 필요는 없습니다. 켄들 부인은 테이블에서 남은 나이프를 쥐고 저녁 시간 전에 정원으로 나갔을 수도 있습니다……. 자기가 나이프를 들고 있다는 것을 알아차리지 못했을 수도 있지요. 그리고 그것을 어디 내려놓거나…… 혹은 떨어뜨렸는데…… 다른 사람이 그것을 발견해서 사용했을 수도 있습니다. 저도 그 부인이 살인자 같지는 않습니다."

"그렇지만 확실히 그녀는 자기가 아는 것을 전부 털어놓은 것 같지는 않아."

대번트리가 생각에 잠겨 말했다.

"시간을 그렇게 애매하게 기억하고 있다는 것도 이상해…….그녀는 어디 있었고…… 그 바깥에서 무엇을 하고 있었을까? 지금까지는 아무도 그날 저녁 그녀가 식당에 있는 것을 보지 못한 것 같아."

"남편은 보통 때와 같았지만…… 아내는 아니다……."

"그녀가 누구를 만나러 나갔다고 생각하나? 빅토리아 존슨?"

"아니면 누군가가 빅토리아를 만나러 가는 것을 보았을 수도 있지요."

"그레고리 다이슨을 생각하고 있나?"

"우리는 그가 그전에 빅토리아와 이야기를 나눈 것을 알고 있습니다. 나중에 다시 만나기로 했을 수도 있지요. 모두 테라스에서 마음대로 움직이고 있었잖습니까. 춤을 추고, 술을 마시고……. 바 안팎을 드나들면서요."

"스틸 밴드만 한 알리바이는 아무도 없군."

대번트리가 뻐딱하게 말했다.

마플 양이 조수를 찾다

만약 누군가가 방갈로 밖 로지아에 명상에 잠긴 듯이 서 있는 점잖은 노부인을 보았다면, 아마도 그녀의 머릿속에 그날 시간을 어떻게 보낼 것인가 하는 계획이 들어 있을 거라고 생각할 것이다……. 캐슬 클리프로 가는 탐험 여행…… 제임스타운 방문…… 멋진 드라이브를 한 다음 펠리칸 포인트에서 점심…… 아니면 해변에서 조용히 먹는 아침…….

그러나 그 점잖은 노부인이 생각하고 있는 것은 완전히 다른 일이었다. 그녀는 전투에 나선 기분이었다.

"뭔가를 해야만 해."

마플 양은 혼잣말을 중얼거렸다.

게다가 그녀는 더 이상 허비할 시간이 없다고 굳게 믿고 있었다. 지금은 긴급 사태였다.

그러나 누구에게 그 사실을 설명할 수 있단 말인가? 시간만 있다면 혼자서도 진실을 찾아낼 수 있을 것이다.

그녀는 많은 것을 발견해 냈다. 그러나 그것만으로는 결코 충분하지 않았다. 그리고 시간이 부족했다. 그녀는 천국 같은 이 섬에는 평소에 그녀의 편이 되어 주었던 사람들이 전혀 없다는 사실을 새삼 깨닫고 쓸쓸해졌다.

그녀는 영국에 있는 친구들이 그리웠다……. 언제나 그녀의 이야기를 기꺼이 너그럽게 들어 주는 헨리 클리서링 경과 런던 경시청에서 점점 지위가 올라가지만 여전히 마플 양이 무슨 의견을 말할 때는 귀담아들어야 한다고 굳게 믿고 있는 헨리 경의 대자 더못.

그러나 노부인이 긴급하다고 말한다고 해서 그 부드러운 목소리를 가진 원주민 경찰관이 무슨 주의를 기울여 주기나 할까? 그레이엄 의사? 그러나 그녀가 필요로 하는 사람은 그레이엄 의사가 아니었다. 그는 너무 점잖고 조심성이 많은 사람이었다. 빠르게 판단하고 신속하게 행동하는 사람은 아니었다.

전능한 신의 초라한 대리가 된 것 같은 기분을 느낀 마플 양은 성경 구절로 자신의 어려움을 크게 외치고 싶은 심정이었다.

누가 나를 위해 가겠는가?
내가 누구를 보내야 하는가?

잠시 후 그녀는 귓가에 들린 소리가 기도에 대한 응답이라고 즉각 알아차리지는 못했다⋯⋯. 그와는 거리가 멀었기 때문이다⋯⋯.

그녀는 처음에는 그 소리가 어떤 남자가 자기의 개를 부르는 소리일 거라고 생각했다.

"어이!"

어려운 문제에 골몰한 마플 양은 아무 주의도 기울이지 않았다.

"어이!"

그러다 소리가 아주 커지는 바람에 마플 양은 막연히 주위를 둘러보았다.

"어이!"

라피엘 씨가 조급하게 마플 양을 부르고 있었다. 그러고는 말을 덧붙였다.

"거기 당신⋯⋯."

마플 양은 처음에는 라피엘 씨의 '거기 당신'이 자기를 부르는 말이라고는 전혀 생각하지 못했다. 그전까지는 누구도 그녀를 그렇게 부른 적이 없었다. 전혀 신사다운 어법도 아니었다. 하지만 마플 양은 거기에 화내지 않았다. 라피엘 씨가 멋대로 말해도 대부분의 사람들은 별로 화를 내지 않았다. 그는 자기가 법인 것처럼 굴었고 사람들은 그것을 받아들였다. 마플 양은 자기 방갈로와 그의 방갈로 사이에 긴 공간을 건너다보았다. 라피엘 씨는 바깥쪽 로지아에 앉아 그녀에게 손짓을 하고 있었다.

"나를 불렀나요?"

그녀가 물었다.

"물론 당신을 부르고 있었소. 내가 누구를 부르고 있다고 생각했소? 고양이? 여기로 건너오시오."

라피엘 씨가 말했다.

마플 양은 주위를 둘러보며 핸드백을 찾아 집어 들고 라피엘 씨의 방갈로로 건너갔다.

"누군가가 날 도와주지 않는 한 나는 당신에게 갈 수 없다오. 그러니 당신이 나한테 와야지."

라피엘 씨가 말했다.

"오, 네. 그 점에 대해서라면 잘 알겠어요."

마플 양이 명랑하게 말했다. 라피엘 씨는 주변에 있는 의자를 가리켰다.

"앉으시오. 당신과 이야기를 하고 싶소. 이 섬에서 뭔가 찜찜하고 이상한 일들이 일어나고 있거든."

"정말 그래요."

그가 가리킨 의자에 앉으며 마플 양이 동의했다. 그녀는 습관적으로 가방에서 뜨개질감을 꺼냈다.

"또 뜨개질을 시작하지는 마시오. 그건 도저히 못 참겠소. 나는 여자들이 뜨개질하는 걸 아주 싫어하거든. 보기만 해도 화가 난다니까."

마플 양은 뜨개질감을 다시 가방에 집어넣었다. 하지만 순순하다기보다 오히려 성미 까다로운 환자를 봐주는 사람 같은 태도였다.

"여기저기서 말들이 굉장히 많더군, 당신들은 분명히 그 최전선에 서 있겠지? 당신과 그 신부 남매 말이오."

"상황이 상황이다 보니 수다를 떠는 건 당연하지요."

마플 양이 활기 있게 말했다.

"이 섬 아가씨가 나이프에 찔린 채 덤불에서 발견되었다지? 흔한 일일 수도 있지. 그 아가씨와 같이 살던 녀석이 다른 남자에게 질투심을 가졌을 수도 있고, 아니면 남자가 다른 여자를 사귀었는데 그 아가씨가 질투를 하는 바람에 둘이 싸웠을 수도 있지. 열대 섬에서 일어나는 치정 사건은 대개 그런 거니까. 당신은 어떻게 생각하시오?"

"그렇게 생각하지 않아요."

마플 양은 고개를 저으며 말했다.

"경찰도 그렇게는 생각하지 않더군."

"경찰에서 나한테 말한 것보다는 당신에게 더 많은 것을 말했겠지요."

마플 양이 지적했다.

"하지만 분명 당신이 나보다 더 많이 알고 있을 거요. 당신은 이런저런 객소리들을 다 들었을 테니까."

"확실히 그렇지요."

"이런저런 객소리나 듣고 다니는 것 말고는 할 일이 많지 않은가 보지?"

"그런 이야기도 유익할 때가 많거든요."

라피엘 씨는 그녀를 유심히 관찰하며 말했다.

"내가 당신을 잘못 본 것 같소. 내가 사람들을 잘못 보는 일은 거의 없는데……. 내가 생각했던 것보다 당신은 더 많은 것을 갖고 있소. 팔그레이브 소령과 그가 말한 이야기에 대한 소문들도 있지. 당신은 그가 살해당했다고 생각하고 있소, 그렇지 않소?"

"그럴까 봐 정말 걱정이랍니다."

마플 양이 솔직히 말했다.

"흠, 그는 살해된 게 맞소."

라피엘 씨가 말했다. 마플 양은 숨을 깊이 들이쉬었다.

"아주 단정하듯 말씀하시네요?"

그녀가 물었다.

"그래요, 아주 확실한 얘기니까. 나는 그 이야기를 대번트리에게서 들었소. 어차피 검시 사실은 알려질 테니까 내가 딱히 비밀을 누설하는 건 아니지. 당신이 그레이엄 의사에게 뭔가 이야기를 했잖소? 그는 대번트리에게 갔고, 대번트리는 행정관에게 찾아갔으며, 수사과에서 지시가 내려졌다고 하더군. 자기들끼리 사태가 의심스럽다는 것에 동의한 다음 팔그레이브 소령의 시체를 파내서 검시를 했다는 거지."

"그래서 뭔가 발견했나요?"

마플 양이 질문을 던졌다.

"그가 의사만 아는 어떤 약을 치사량만큼 먹었다는 것을 알아냈다더군. 내 기억으로는 '디플로 헥사고날…… 에틸카벤졸' 뭐 그와 비슷한 이름이었소. 확실히 그 이름은 아니지만 대충 그렇게 들렸지. 경찰의가 그런 식으로 말하는 바람에 아무도 그게 진짜로는 무슨 약인지 몰랐을 거요. 그 약은 아주 단순하고 훌륭하고 쉬운 이름을 갖고 있을 거요. 에비판이나 베로날이나 이스턴스 시럽 같은 이름 말이오. 이건 문외한들을 당황하게 만들기만 하는 공식 명칭일 뿐이지. 하여간 그걸 꽤 많이 먹으면 죽을 수 있다고 하더군. 그 징후는 즐거운 저녁 식사에서 과잉 섭취한 알코올 때문에 악화된 고혈압의 징후와 아주 비슷할 거요. 사실 완벽하게 자연스러워 보여서 아무도 한 점 의문을 품지 않았소. 그저 '가련한 늙은이'라고 단정하고 그를 재빨리 파묻었을 뿐이지. 이제는 그가 고혈압이 있었는지조차 의문이라오. 그가 스스로 고혈압이라고 말한 적이 있소?"

"아뇨."

"그럴 줄 알았소! 그런데 모두들 그것을 사실로 받아들이고 있는 것 같더군."

"그가 사람들에게는 그렇게 말했을 수도 있지요."

"유령 이야기 같군. 절대로 자기가 유령을 직접 봤다는 녀석은 없어. 언제나 자기 이모의 육촌이거나 친구거나 친구의 친구가 보았다고 하지. 하지만 그건 잠시 내버려둡시다. 사람들은 그가 고혈압을 앓고 있었다고 생각했소. 그의 방에서 혈압을 조절하는 약병이 발견되었으니까. 하지만…… 이제 요점에 들어가 봅시다. 이번에 살해당한 그 아가씨는 그 약병을 그곳에 놓은 건 다른 사람이고, 사실은 그 약은 다이슨이라는 남자 것이라고 말하면서 돌아다녔던데……."

"다이슨 씨는 혈압에 문제가 있지요. 그의 부인이 사실을 확인해 주었어요."

마플 양이 말했다.

"그러면 그 약병은 팔그레이브 소령이 고혈압을 앓고 있었다는 것을 암시하고 그의 죽음을 자연스럽게 보이도록 하기 위해 누군가가 그의 방에 일부러 갖다 놓은 것이군."

"바로 그거예요. 그리고 그가 고혈압을 앓고 있다고 사람들에게 자주 말했다는 이야기도 누군가가 교묘하게 퍼뜨린 것이고요. 하지만 아시다시피 어떤 이야기를 퍼뜨리는 건 아주 쉽답니다. 아주 쉽죠. 나는 평생 그런 일을 많이 보아 왔어요."

"당신이라면 분명 그랬을 거요."

라피엘 씨가 말했다.

"그냥 여기저기서 중얼거리기만 하면 돼요. 자기가 아는 이야기라고 할 필요도 없고, 그냥 B부인이 C대령에게 들은 이야기를 전해 들었다고 하는 거죠. 그런 이야기는 언제나 한 다리나 두 다리, 세 다리 건넌 이야기이기 때문에 누가 가장 처음 수군거린 사람인지 찾아내기는 아주 어려워요. 그래요, 그런 식으로 되는 거랍니다. 그리고 그 이야기를 들은 사람들은 마치 자기가 직접 아는 이야기처럼 다른 사람들에게 그 이야기를 계속 되풀이하지요."

"누군가가 교묘한 수를 썼군."

라피엘 씨가 생각에 잠겨 말했다.

"그래요. 누군가 아주 교묘하게 굴었다고 생각해요."

"이 아가씨는 무엇인가를 보았거나 뭔가를 알아채고 협박을 시도했을 거야."

"그것을 협박이라고 생각하지 않았을 수도 있어요. 이런 커다란 호텔에서는 다른 사람이 입에 올리지 말았으면 하는 일들을 메이드가 아는 경우가 자주 있거든요. 그러면 손님들은 팁을 더 많이 주거나 약간의 돈을 선물로 건네주죠. 그 아가씨도 처음에는 자기가 아는 사실이 얼마나 중요한지 깨닫지 못했을 수도 있어요."

"그렇지만 결국 등에 칼이 제대로 꽂혔지."

라피엘 씨가 거칠게 말했다.

"그래요. 분명히 누군가가 그녀가 입을 놀리는 것을 두고 볼 수 없었던 거지요."

"자, 그럼 당신이 이 모든 일에 대해 어떻게 생각하는지 들어 봅시다."

마플 양은 생각에 잠겨 그를 바라보았다.

"당신은 왜 내가 당신보다 더 많이 알고 있다고 생각하는 거지요, 라피엘 씨?"

"아마 꼭 그렇지는 않겠지. 하지만 당신이 알고 있는 것에 대한 당신의 생각이 어떤지 듣고 싶소."

"하지만 왜요?"

"여기서는 돈을 벌어들이는 일 빼고는 할 일이 그렇게 많지 않으니까."

마플 양은 약간 놀란 표정을 지었다.

"돈을 벌어요? 여기서요?"

"마음만 먹으면 매일 전보 여섯 통을 암호로 보낼 수 있어요. 나는 기분 전환을 그런 식으로 하니까."

라피엘 씨가 말했다.

"주식 매입 같은 것을 하면서 기분 전환을 한다고요?"

마플 양은 외국어를 말하는 것같이 망설이며 물었다.

"그런 거요. 다른 사람과 수완을 겨루는 거지. 문제는 그것만으로는 시간을 충분히 보낼 수 없다는 거요. 그래서 이 일에 관심을 갖게 되었지. 이 사건은 내 호기심을 불러일으켰소. 팔그레이브 소령은 당신과 이야기를 하면서 무척 많은 시간을 보내더군. 덕분에 다른 사람을 귀찮게 하지는 않았던 것 같소. 그가 무슨 이야기를 했소?"

"아주 여러 가지 이야기를 했죠."

마플 양이 대답했다.

"그건 나도 알고 있소. 게다가 대부분 빌어먹게 지겹지. 한 번만 듣고 끝낼 수 있는 것도 아니고 말이오. 소령의 팔이 닿는 범위 안에 있다가 붙잡히기만 하면 서너 번은 되풀이해서 들어야 했을걸."

"그래요. 신사분들은 나이가 들면 흔히들 그러지요."

마플 양이 말했다. 라피엘 씨는 그녀를 날카롭게 쏘아보았다.

"나는 이야기나 떠들고 다니지는 않소. 계속합시다. 그건 팔그레이브 소령의 이야기 때문에 시작된 거요, 그렇지 않소?"

"소령님은 자기가 살인자를 한 명 알고 있다고 했어요. 실제로는 전혀 별난 일이 아니지요."

마플 양은 온화한 목소리로 덧붙였다.

"거의 모든 사람들이 겪는 일이니까요."

"무슨 말인지 모르겠는데……."

라피엘 씨가 말했다.

"별 뜻은 없어요. 하지만 라피엘 씨, 만약 평생 일어났던 여러 가지 사건들을 머릿속으로 회상해 보면, 누군가가 무심코 '아, 그래, 난 그 아무개를 아주 잘 알아……. 그는 정말 갑자기 죽었고, 사람들은 늘 그의 부인이 죽였다고 하지. 하지만 그런 것은 그저 소문일 뿐이야.' 이런 말을 하는 경우가 종종 있지 않았나요? 사람들이 그런 말을 하는 건 들어 보셨죠? 안 그래요?"

"음, 그런 것 같군……. 그래, 그런 일들이 있긴 하지. 하지만 그건…… 진지한 이야기가 아니잖소."

"맞아요. 하지만 팔그레이브 소령님은 아주 진지한 사람이었어요. 그리고 그런 이야기를 하는 걸 좋아했던 것 같아요. 소령님은 자기가 살인자의 스냅 사진을 갖고 있다고 했어요. 그리고 내게 보여 주려고 했지만…… 결국 그러지 못했어요."

"왜 그랬소?"

"그때 소령님이 무엇인가를 보았기 때문이죠. 누군가를 본 게 아닌가 싶어요. 소령님의 얼굴이 아주 붉어지더니 그 스냅 사진을 황급히 지갑에 도로 쑤셔 넣고 다른 주제로 화제를 돌렸거든요."

"누구를 보았기에?"

"나도 그것을 아주 많이 생각해 보았답니다. 나는 내 방갈로 밖에 앉아 있었고, 그는 내 맞은편에 앉아 있었어요. 그리고…… 누구를 보았는지 내 오른쪽 어깨 너머를 본 거예요."

"당신 오른쪽 뒷편에 있는 길, 시냇가와 주차장 쪽에서 누군가가 걸어오고 있었군……."

"그래요."

"누가 길에서 오고 있었소?"

"다이슨 씨 부부와 힐링던 대령 부부요."

"다른 사람은 없었고?"

"내가 볼 때는 없었어요. 물론 소령님의 시야 안에는 당신의 방갈로도 들어가 있었을 테지만……."

"아, 그러면 에스터 월터스와 잭슨 녀석도 포함시킬 수 있겠군. 맞소? 둘 다 방갈로 밖으로 나왔다가 당신이 보지 못하는 사이 다시 안으로 들어갈 수 있었을 거요."

"그럴 수도 있었겠지요. 그때 즉시 머리를 돌려서 본 게 아니었으니까요."

마플 양이 말했다.

"다이슨 부부, 힐링던 부부, 에스터, 잭슨, 그들 중 한 명이 살인자군. 물론 나도 포함되고."

그가 덧붙였다. 분명 나중에 떠올린 생각이었다. 마플 양은 희미하게 웃었다.

"그런데 소령이 그 살인자를 남자로 지칭했소?"

"네."

"좋아. 그럼 이블린 힐링던, 럭키와 에스터 월터스는 제외합시다. 그러면 이 모든 억지스러운 헛소리가 사실이라고 치면, 살인자는 다이슨이나 힐링던, 아니면 말 잘하는 잭슨이로군."

"당신도 넣어야죠."

마플 양이 말했다. 라피엘 씨는 이 마지막 지적을 무시했다.

"날 화나게 하는 말은 하지 마시오. 당신은 미처 생각해 보지 않은 것 같은데, 이런 생각이 떠오르는군. 그들 셋 중 하나라면 도대체 왜 팔그레이브 소령은 전에는 살인자를 알아보지 못했을까 하는 게요. 제기랄! 그들 모두 지난 2주 동안 둘러앉아서 서로 바라보고 있었는데, 이치에 맞지 않잖소."

"하지만 저는 그럴 수도 있다고 생각해요."

"음, 어떻게 그럴 수가 있는지 말해 봐요."

"아시다시피 팔그레이브 소령의 이야기에서 소령은 한 번도 직접 그 남자를 본 적이 없어요. 그 이야기는 의사가 들려준 이야기였어요. 의사는 그 스냅 사진을 재미있는 물건이라고 주었지요. 팔그레이브 소령은 그 당시에는 그 스냅 사진을 자세히 보았겠지만 그다음에는 그냥 지갑 속에 기념품으로 쌓아 두기만 했을 거예요. 때때로 꺼내서 자기 이야기를 들어 주는 사람에게 보여 주기는 했겠지만요. 그리고 또 하나, 라피엘 씨, 우리는 이 일이 얼마나 오래전에 일어난 일인지 몰라요. 그는 그 이야기를 하면서 내게 그 점을 전혀 언급하지 않았어요. 그건 소령이 몇 년 동안 사람들에게 말하고 다닌 이야기일 수도 있다는 뜻이에요. 5년…… 10년…… 그보다 훨씬 더 오래된 것일 수도 있지요. 그의 이야기 중에서 호랑이 이야기는 거의 20년이나 거슬러 올라간 이야기였어요."

"그랬지!"

라피엘 씨가 말했다.

"그래서 나는 팔그레이브 소령이 스냅 사진에 찍힌 남자를 일상적으로 마주쳤다고 해도 그 얼굴을 알아보았으리라고는 전혀 생각하지 않아요. 내가 생각하기로는(확신한다고 해도 좋아요.) 이야기를 하면서 소령님은 스냅 사진을 더듬어서 찾아 꺼낸 뒤 사진을 내려다보면서 그 얼굴을 자세히 들여다보다가 시선을 들었는데, 똑같은 얼굴을 가진 사람이 3미터나 6미터 정도의 거리에서 그를 향해 다가오는 것을 본 거예요. 아니면 아주 닮은 얼굴을 가진 사람일 수도 있지요."

"그래, 그래. 그건 가능한 일이오."

라피엘 씨가 생각에 잠겨 말했다.

"그는 움찔했지요. 그래서 사진을 도로 지갑에 쑤셔 넣고 큰 소리로 다른 이야기를 하기 시작했어요."

"확신은 하지 못했겠지."

라피엘 씨가 빈틈없이 지적했다.

"그렇죠. 확신할 수는 없었을 거예요. 하지만 당연히 나중에 그 스냅 사진을 다시 자세히 살펴본 다음 그 남자를 보고 그저 닮은 사람인지, 아니면 실제로 같은 사람인지 판단하려고 했겠죠."

라피엘 씨는 잠시 생각해 본 다음 고개를 흔들었다.

"뭔가가 들어맞지 않아. 동기가 불충분해. 전혀 충분하지 않소. 그는 당신에게 커다랗게 떠벌리고 있었소, 맞소?"

"그래요. 아주 크게요. 늘 그랬죠."

마플 양이 말했다.

"정말 그래요. 그는 거의 소리를 지르다시피 말하지. 그러면 다가오고 있던 사람들도 그가 말한 것을 들었을 거 아니오?"

"꽤 먼 곳까지 들렸을 거예요."

라피엘 씨는 다시 고개를 흔들었다.

"꾸며 낸 이야기 같아. 너무 작위적이야. 누구라도 그런 이야기는 웃어넘길 거요. 여기 늙은 멍청이 하나가 앉아서 누가 자기에게 말했던 이야기를 하면서 스냅 사진을 보여 주고 있는데, 이 이야기는 몇 년 전에 일어난 살인 사건에 대한 거요! 아니면 적어도 일이 년 전에 일어난 이야기요. 도대체 문제의 그 남자가 왜 그걸 걱정하겠소? 아무 증거도 없고, 그저 약간의 소문에다가 두 다리쯤 건넌 이야기일 뿐이오. 그는 심지어 자기가 닮았다는 것을 인정까지 할 거요. '그러네요. 내가 저 남자를 좀 닮았군요, 그렇죠? 하하!' 하고 웃으면서 말할 수도 있지. 팔그레이브 소령이 정체를 밝혀 봤자 아무도 심각하게 받아들이지 않을 거요. 심각한 일이었을 거라고? 난 그렇게 믿지 않아. 아니, 그 남자는 두려워할 게 없어…… . 아무것도 두려워할 게 없다고. 팔그레이브 소령의 고발 따위 그는 웃어넘길 수 있었을 거요. 도대체 그가 왜 팔그레이브 소령을 살해해야만 했겠소? 전혀 그럴 필요가 없잖소. 그 점은 짚고 넘어가야지."

"오, 알고 있어요. 저도 그 의견에는 더할 나위 없이 찬성이에요. 그래서 마음이 불편한 거예요. 너무 불편해서 간밤에 한잠도 못 잤답니다."

라피엘 씨는 그녀를 뚫어지게 바라보았다.

"당신이 마음속에 무슨 생각을 품고 있는지 들어 봅시다."

"내가 완전히 잘못 생각했을 수도 있어요."

마플 양이 머뭇머뭇 말했다.

"아마 그렇겠지. 그래도 당신이 한밤중에 무슨 생각을 했는지 들어 보고 싶소."

라피엘 씨가 보통 때와 마찬가지로 무례하게 말했다.

"아주 강력한 동기가 있을 수도 있어요. 만약……."

"만약 뭐요?"

"만약 얼마 안 있어…… 또 한 번의 살인을 계획하고 있다면……."

라피엘 씨는 마플 양의 얼굴을 뚫어지게 바라보았다. 그는 몸을 앞으로 기울이며 말했다.

"확실히 말해 보시오."

"나는 설명을 잘하지 못해요."

마플 양은 빠르고 두서없이 말했다. 그녀의 뺨에 분홍빛 홍조가 피어올랐다.

"만약 다른 살인 계획이 있었다고 가정해 봐요. 팔그레이브 소령님이 말했던 이야기 기억하시죠? 의심쩍은 상황에서 아내가 죽은 남자 이야기요. 얼마간 시간이 지난 다음 완전히 똑같은 상황에서 또 한 번의 살인이 일어났어요. 남자의 이름은 달랐지만 아내는 똑같은 방식으로 죽었고, 그 이야기를 한 의사는 그가 이름은 바꾸었어도 같은 남자라는 것을 알아보았지요. 자, 그러면 이 살인자가 그런 일을 습관적으로 하는 살인자일 수도 있다는 건 아시겠죠?"

"욕조 속의 신부 사건의 스미스 같은 자들 이야기군. 그래요."

"내가 이해하는 한은, 그리고 내가 듣고 읽은 것에 따르면 이런 사악한 일을 하고도 처벌을 받지 않고 빠져나간 사람은 슬프게도 기가 살아난답니다. 그는 그런 일이 쉽다고, 또 자기가 영리하다고 생각하게 되지요. 그래서 그 일을 되풀이해요. 그리고 결국은 말씀하신 욕조 속의 신부 사건의 스미스처럼 그것이 습관이 된답니다. 매번 다른 장소에서 이름을 바꿔 가며 일을 벌이지요. 하지만 범죄 자체는 아주 비슷해요. 그래서 나는 그런 생각이 들었어요. 내가 틀렸을 수도 있지만……."

"그렇지만 당신은 자신이 틀렸다고 생각하지 않소, 그렇지?"

라피엘 씨가 날카롭게 지적했다. 마플 양은 그 말에는 대답하지 않고 말을 계속했다.

"만약 상황이 그런 데다가 이…… 이 사람이 여기서 또 한 명의 아내를 없애기 위한 살인 준비를 전부 마쳤다면, 그리고 이런 범죄가 서너 번 벌어졌다면 소령님의 이야기가 문제가 되죠. 살인자는 조금이라도 비슷하다는 소리가 나오면 곤란해질 테니까요. 스미스도 그래서 붙잡혔잖아요. 기억하시죠? 범죄 상황이 어떤 사람의 주의를 끌었고, 그 사람은 그것을 다른 사건의 신문 스크랩과 비교했지요. 이제 아시겠죠? 만약 이 사악한 사람이 범죄를 계획하고, 준비하고, 곧 저지를 참이었다면, 팔그레이브 소령님이 그 이야기를 말하고 스냅 사진을 여기저기 보여 주면서 돌아다니게 할 수는 없었을 거예요."

그녀는 말을 멈추고 호소하듯이 라피엘 씨를 쳐다보았다.

"그래서 그 사람은 무슨 일이든 빨리, 가능한 한 빨리 해야 했던 거예요."

"사실 바로 그날 밤이었지, 그렇지?"

라피엘 씨가 말했다.

"그래요."

"재빨리도 저질렀군. 하지만 할 수는 있는 일이지. 팔그레이브 소령의 방에 약을 두고, 혈압에 대한 소문을 퍼뜨리고 그 열네 음절짜리 약을 플랜터스 펀치에 약간만 타면 끝이지, 그렇지 않소?"

"그래요……. 하지만 그건 모두 지나간 일이에요. 그 일은 걱정할 필요가 없어요. 걱정되는 건 앞으로의 일이에요. 바로 지금이라고요. 팔그레이브 소령님을 제거하고 스냅 사진도 없애 버렸으니, 이 남자는 계획한 대로 살인을 진행할 거예요."

라피엘 씨는 휘파람을 불었다.

"당신이 이걸 다 알아낸 거요?"

마플 양은 고개를 끄덕였다. 그녀는 평소에는 전혀 쓰지 않는 단호하고 고압적인 목소리로 말했다.

"그러니 우리가 그 일을 막아야 해요. 라피엘 씨, 당신이 그 일을 막아야 해요."

라피엘 씨는 어리둥절했다.

"나? 왜 나지?"

"왜냐하면 당신은 부유한 저명 인사니까요."

마플 양이 간단하게 말했다.

"사람들은 당신이 말하거나 암시하는 일에 주의를 기울일 거예요. 하지만 내 말은 조금도 듣지 않지요. 나를 보고는 사건이나 꾸며대는 노부인이라고 말하겠죠."

"생각해 보니 사람들이 그렇게 여길 수도 있겠군. 그런다면 더욱 바보들이겠지만. 하지만 당신이 보통 때 하는 말을 들으면 당신 머릿속에 뇌가 있다고는 아무도 생각하지 않을 거요. 사실 당신은 논리적인 정신을 갖고 있소. 다른 여자들에게는 거의 없지만."

그는 불편한 듯이 의자 속에서 몸을 움직였다.

"대체 에스터나 잭슨은 어디 있는 거지? 자리를 다시 잡아야겠는데……. 아니, 당신이 도와 봤자 소용없소. 당신은 그런 일을 할 만큼 힘이 세지 않소. 나를 이렇게 혼자 놔두고 자리를 비우다니, 무슨 속셈들이람."

"내가 가서 그 사람들을 찾아올게요."

"아니, 그러지 마시오. 여기 있으시오……. 여기서 그 문제를 충분히 검토해 보시오. 그들 중 어느 쪽일까? 패씸하기 짝이 없는 그레그? 조용한 에드워드 힐링던이나 내가 고용한 잭슨? 그 셋 중 하나일 거요. 안 그렇소?"

라피엘 씨가 화를 내다

"모르겠어요."

마플 양이 말했다.

"무슨 말이오? 지난 20분 동안 우리가 무엇에 대해 이야기하고 있었는데 모른다는 거요?"

"내가 틀렸을지도 모른다는 생각이 들었어요."

라피엘 씨는 그녀를 노려보았다.

"결국 오락가락하는구먼! 그렇게 확신하는 것 같더니만."

그는 정이 떨어졌다는 듯이 말했다.

"오, 확신은 해요…… 살인에 대해서는요. 하지만 살인자에 대해서는 확신이 없어요. 팔그레이브 소령님이 알고 있는 살인 이야기가 하나가 아니었다는 건 아시죠? 소령님이 당신에게도 루크레치아 보르지아 같은 살인자 이야기를 했다고 당신이 직접 말했잖아요."

"그랬지……. 하지만 그건 완전히 다른 이야기였소."

"알아요. 그리고 월터스 부인은 가스 오븐에서 가스로 질식한 사람 이야기를 소령님에게 들었다고 했어요……."

"하지만 그가 당신에게 말한 이야기는……."

마플 양이 그의 말을 가로막았다. 라피엘 씨로서는 자주 경험하지 못했던 일이었다. 그녀는 필사적으로 진지하게, 하지만 좀 지리멸렬하게 말했다.

"모르시겠어요? 확신을 하기는 정말 어려워요. 요점은…… 사람이란 제대로 듣지 않는 일이 많다는 거예요. 월터스 부인한테 물어보세요. 그녀도 똑같은 말을 했으니까요. 처음에는 귀를 기울여 듣지요……. 그다음에는 주의가 시들해져요. 정신이 다른 데로 헤매지요. 그리고 갑자기 자기가 이야기를 약간 놓쳤다는 것을 깨닫는 거예요. 내가 궁금한 건…… 소령님이 내게 이야기하던 것들 사이에 간격이 있지 않았을까 하는 거예요. 아주 작은 간격이라도……. 남자에 대해서 이야기를 하다가 지갑을 열고 '살인자의 사진을 보시지요.'라고 말하는 그 사이에요."

"하지만 당신은 그가 이야기하고 있던 것이 남자의 사진이라고 생각했다는 말이오?"

"그렇게 생각했어요……. 그래요, 아닐지도 모른다는 생각은 한 번도 한 적이 없었어요. 하지만 이제는…… 어떻게 확인할 수도 없잖아요?"

라피엘 씨는 매우 깊이 생각에 잠겨 그녀를 바라보았다.

"당신의 문제는 너무 신중하다는 거요. 엄청난 문제지. 마음을 정하고 나면 비틀거리지 마시오. 처음에는 비틀거리지 않았잖소. 내 생각엔 당신이 그 신부 여동생이나 다른 사람들과 온갖 잡담을 나누다가 뭔가 불안해질 만한 얘기를 주워들은 것 같소."

"아마 그 말씀이 옳을 거예요."

"자, 당분간 그건 빼고 생각해요. 우선 당신이 시작한 대로 밀고 나갑시다. 열 번 중에 아홉 번은 처음 했던 판단이 맞거든……. 내가 지금까지 보아 온 바로는 그렇소. 우리에게는 세 명의 용의자가 있소. 그들을 한 명 한 명 잘 살펴봅시다. 누가 더 그럴듯하지?"

"모르겠어요. 셋 다 전혀 그럴 것 같지는 않아요."

"그럼 우선 그레그를 봅시다."

라피엘 씨가 말했다.

"난 그 남자를 못 참아 주겠소. 그렇다고 그를 살인자로 만들 생각은 없소. 물론 그에게도 불리한 점들이 한두 가지 있소. 먼저 그 혈압 약은 그의 것이오. 사용하기도 아주 편하지."

"그건 너무 뻔하잖아요. 안 그런가요?"

마플 양이 반대했다.

"난 잘 모르겠소. 결국 중요한 건 소령을 빨리 처치하는 일인데, 그는 그 약을 가지고 있었소. 약을 가지고 있을 만한 다른 사람을 찾아 돌아다닐 시간도 없었지. 좋소, 범인이 그레그라고 칩시다. 만약 그가 사랑하는 아내 럭키를 제거하고 싶어 한다면 어떻소?(그것도 좋은 일이라고 생각해. 사실 나는 그를 조금은 동정한다오.) 솔직히 그의 동기가 무엇인지는 모르겠소. 듣자 하니 그는 부유하다고 하더군. 전처가 큰돈을 물려주어서 말이야. 그 점에서는 아내 살해범이 될 가능성이 충분하다고 볼 수 있지. 하지만 그건 다 끝난 일이고, 그는 벌을 받지 않고 잘 빠져나갔소. 그러나 럭키는 전처의 가난한 친척이었지. 럭키에게서 나올 돈은 없으니, 그가 그녀를 없애고 싶다면 누군가 다른 사람과 결혼하기 위해서지. 그 일과 관련해서 무슨 소문 같은 건 없소?"

마플 양은 고개를 저었다.

"못 들었어요. 음…… 하지만 그는 모든 숙녀들에게 매우 친절하게 대한다더군요."

"흠, 아주 고풍스럽고 훌륭한 방식으로 말하시는군. 좋소, 그는 호색한이오. 여기저기 추파를 던져 대지. 하지만 그걸로는 충분하지 않아! 그보다 더한 것이 있어야 하오. 그럼 에드워드 힐링던으로 갑시다. 말하자면 다크호스지."

"내가 생각하기로는 그는 행복한 사람은 아니에요."

마플 양이 말했다. 라피엘 씨는 곰곰이 생각하며 그녀를 바라보았다.

"당신은 살인자가 꼭 행복한 사람이어야 한다고 생각하는 거요?"

마플 양이 헛기침을 했다.

"음, 내 경험상으로는 보통 그랬어요."

"당신 경험이 그리 넓은 것 같지는 않은데……."

라피엘 씨가 말했다.

그의 단정은 틀렸고, 마플 양은 그에게 그렇게 대꾸할 수도 있었다. 그러나 그녀는 그의 말에 반대하려 들지 않았다. 신사들은 자기가 한 말을 누군가가 정정하면 좋아하지 않는다는 것을 그녀는 알고 있었다.

"나는 힐링던이라고 생각하오. 그와 그의 아내 사이에는 이상한 분위기가 흐르거든. 당신도 알아차렸소?"

라피엘 씨가 말했다.

"오, 네. 알아차렸지요. 물론 사람들 앞에서는 완벽하게 행동해요. 하지만 그거야 그런 척 연기할 수도 있지요."

"당신은 내가 생각한 것보다 그런 종류의 사람들에 대해서 더 잘 아는 모양이군. 그러면 좋아요. 에드워드 힐링던이 아마 신사다운 방식으로 이블린 힐링던을 제거하려고 심사숙고하고 있을 가능성이 아주 높다는 데에 당신도 동의하오?"

"만약 그렇다면 다른 여자가 있기 때문일 거예요."

마플 양은 그렇게 말하고는 불만스러운 얼굴로 고개를 흔들었다.

"그게 그렇게 간단하지 않다는 느낌을 지울 수가 없네요……. 정말이에요……."

"음, 그러면 다음에는 누구를 생각해야 하지? 잭슨인가? 나는 거기서 뺍시다."

마플 양은 처음으로 미소를 지었다.

"왜 당신은 거기서 빼야 하죠, 라피엘 씨?"

"왜냐하면 내가 살인자일 가능성을 논의하고 싶다면 내가 아닌

다른 사람하고 논의해야 할 테니까. 나한테 말해 봤자 시간만 낭비하는 짓이지. 그리고 당신에게 묻겠는데, 나는 제외할 만하지 않소? 무력한 데다가 허수아비처럼 침대에서 끌려 나와야 하고, 누군가가 옷을 입혀 줘야 하고, 휠체어에 앉아 돌아다니고 산책이라도 하려면 발을 질질 끌고 다녀야 하는데, 누구를 살해할 만한 기회가 도대체 언제 있었겠소?"

"다른 사람과 마찬가지의 기회를 갖고 있겠지요."

마플 양이 활기차게 말했다.

"어째서 그렇게 생각하오?"

"음, 당신이 머리가 좋다는 데는 당신도 동의하시겠지요?"

"물론 난 머리가 좋지. 여기 있는 누구보다도 훨씬 더 좋다고 할 수 있을걸."

라피엘 씨가 선언했다. 마플 양이 계속 말했다.

"머리가 좋으면 살인을 하는 데 드는 육체적인 어려움 정도는 극복할 수 있지요."

"그거 대단한 노력이 필요하겠군!"

"그래요. 대단한 노력이 필요할 거예요. 하지만 그래도 라피엘 씨, 나는 당신이 그것을 즐길 거라고 생각해요."

마플 양이 말했다. 라피엘 씨는 한참 동안 그녀를 노려보다가 갑자기 웃음을 터뜨렸다.

"당신은 배짱이 참 두둑하군! 겉보기같이 점잖고 온화한 노부인은 절대 아니야. 그렇지? 그래, 당신은 정말로 내가 살인자라고 생각하오?”

“아뇨, 그렇지 않아요.”

마플 양이 말했다.

“왜지?”

“사실 당신이 머리가 좋기 때문이에요. 머리가 좋으면 살인에 의지하지 않고도 원하는 것을 대부분 얻을 수 있거든요. 살인은 어리석은 짓이에요.”

“게다가 내가 도대체 누구를 살해하고 싶겠소?”

“그거 아주 흥미로운 질문이네요. 나는 아직 그 문제에 대한 이론을 발전시킬 만큼 당신과 대화를 나누는 즐거움을 충분히 누리지는 못했어요.”

라피엘 씨의 미소가 더욱 커졌다.

“당신과 대화하는 건 위험할 수도 있겠는걸.”

“숨길 것이 있으면 대화는 언제나 위험해요.”

마플 양이 말했다.

“당신 말이 옳소. 잭슨으로 넘어가 봅시다. 당신은 잭슨을 어떻게 생각하오?”

“뭐라 말하기 어렵네요. 사실 그 사람하고는 전혀 대화를 나눌 기회가 없었어요.”

“그래서 그에 대해서는 견해가 없으시다?”

“그를 보면 조나스 패리가 약간 생각나요. 내가 사는 곳 근방의 읍사무소에서 일하는 젊은 서기예요.”

마플 양이 회상하듯이 말했다.

"그래서?"

"그는 썩 마음에 드는 젊은이는 아니에요."

"잭슨도 완전히 마음에 들지는 않을 거요. 하지만 그는 내게 그런 대로 잘 맞지. 자기 일에서는 일등급이고, 욕설을 들어도 개의치 않소. 자기가 빌어먹을 만큼 보수를 잘 받고 있다는 사실을 잘 알기 때문에 그런 일을 모두 참아 내는 거요. 나는 그를 믿을 만한 자리에 고용하지는 않겠지만, 그를 믿어야 할 필요도 없지. 그의 과거는 결백할 수도 있고 아닐 수도 있소. 신원 증명서는 멀쩡했지만 뭔가 숨기고 있는 냄새가 나. 다행히 나는 죄 많은 과거를 갖고 있는 사람이 아니라서 협박의 대상이 될 일도 없지."

"비밀이 없다고요? 하지만 라피엘 씨, 당신에게도 사업상의 비밀은 있을 텐데요?"

마플 양이 생각에 잠겨 말했다.

"잭슨이 그것을 손에 넣을 수는 없어. 확실히 잭슨은 미끌미끌하고 유들거리는 녀석이라고 말할 수 있소. 하지만 그가 진짜 살인자라고는 생각하지 않아. 살인은 그 녀석이 택할 만한 방법은 전혀 아니라고 할 수 있지."

그는 잠시 말을 멈추었다가 갑자기 말했다.

"혹시 그거 아시오? 만일 뒤로 한 걸음 물러서서 이 모든 허황한 이야기들을 제대로 보면, 팔그레이브 소령과 그의 우스꽝스러운 이야기와 나머지 모든 것들 말이오, 중점이 완전히 잘못되었다는 것을 발견하게 될 거요. 나야말로 살해당해야 마땅한 사람인데…….”

마플 양은 약간 놀라서 그를 바라보았다.

“적절한 배역이라오. 살인 이야기에서 보통은 누가 희생자요? 돈 많은 노친네지.”

라피엘 씨가 설명했다.

“여러 사람이 그를 없애고 싶은 훌륭한 이유를 갖고 있지요. 그 돈을 갖기 위해서죠. 그것도 사실인가요?”

마플 양이 물었다. 라피엘 씨는 생각에 잠겼다.

“음, 《타임》에서 내 부고를 읽고도 울음을 터뜨리지 않을 사람을 런던에서 대략 대여섯 명은 추릴 수 있지. 하지만 그들은 내 죽음을 앞당기려고 무슨 짓을 저지르는 데까지 나아가지는 않을 거요. 그들이 무엇 때문에 그러겠소? 나는 조만간 죽을 텐데. 사실 그 버러지…… 그 악당들은 내가 이렇게 오래 버티는 걸 보고 무척 놀랄 거요. 의사들도 놀라고.”

“당신은 살고자 하는 의지가 아주 강하기 때문이에요.”

마플 양이 말했다.

“그 점이 이상하다고 생각하겠지?”

라피엘 씨가 말했다. 마플 양은 고개를 흔들었다.

“아뇨. 아주 자연스럽다고 생각해요. 삶은 잃어버릴 것 같을 때 더 살 가치가 있고, 흥미로 가득 차게 되지요. 그럴 것 같지 않지만 실제로 그렇답니다. 젊고 강하고 건강할 때, 남은 시간이 당신 앞에 길게 뻗어 있을 때는 사는 것이 전혀 중요해 보이지 않아요. 사랑의 절망 때문에, 때로는 과도한 불안과 초조 때문에 자살하는 건 거의가 젊은 사람들이죠. 나이 든 사람들은 삶이 얼마나 가치 있고 흥미로운지 알고 있답니다."

라피엘 씨가 코웃음을 쳤다.

"하! 한 쌍의 늙은이들이 잘도 떠들어 대고 있구먼."

"하지만 내가 한 말이 맞지요. 그렇지 않은가요?"

마플 양이 날카롭게 물었다.

"그렇소. 그건 사실이지. 하지만 당신은 내가 희생자 배역을 맡아야 한다고 했을 때 내 말이 옳다고 하지 않았소?"

"그 문제는 당신의 죽음으로 이득을 볼 사람이 누구인가에 달려 있지요."

"실제로는 아무도 없소. 아까 말한 것처럼 사업상의 내 경쟁자들을 제외하면 말이오. 또 아까 말했듯이 그들도 내가 그리 오래되기 전에 없어질 거라 생각하고 안심하고 있지. 나는 친척들에게 많은 돈을 나눠 줄 정도로 바보가 아니라오. 정부가 실질적으로 대부분을 차지하고 난 다음 그들은 아주 적은 돈을 받게 될 거요. 그렇고 말고! 오래전에 다 처리한 일이오. 복지 기금이나 신탁, 뭐 그런 것들로 말이오."

"예를 들어 잭슨은 당신이 죽으면 이익을 보지 않나요?"

"그는 한 푼도 못 받을 거요."

라피엘 씨가 명랑하게 말했다.

"나는 그가 다른 데서 받을 수 있는 월급의 두 배를 주고 있소. 그건 그가 내 못된 성질을 견뎌야 하기 때문이지. 그리고 그는 내가 죽으면 자기가 손해를 보게 되리라는 것을 아주 잘 알고 있다오."

"그러면 월터스 부인은요?"

"에스터도 똑같지. 에스터는 좋은 여자요. 일급 비서고, 영리하고, 성격 좋고, 내 태도를 이해하지. 또 내가 자제심을 잃어도 눈썹 하나 꿈쩍 안 하고, 내가 자기를 모욕해도 신경 쓰지 않소. 때로는 난폭하고 골치투성이 아이를 맡은 훌륭한 보모나 가정교사처럼 행동하기도 하지. 그녀 때문에 약간은 화가 날 때도 있소. 하지만 누군들 안 그러겠소? 아무 데도 모난 데 없는 사람이오. 그녀는 많은 면에서 평범한 젊은 여자지만, 내게는 그녀보다 더 잘 맞는 사람은 없어. 살아오면서 많은 곤경을 겪은 사람이오. 시덥잖은 남자와 결혼했지. 감히 말하건대, 남자 문제에서 그녀의 판단력은 결코 뛰어나지 않소. 어떤 여자들은 불행한 사연을 가진 남자에게 쉽게 빠져 버리지. 남자에게 필요한 것은 제대로 이해해 주는 여자뿐이라고 믿고 일단 자기와 결혼하면 기운을 내고 성공할 거라고 생각한다오. 그렇지만 그런 남자들은 절대로 그러지 못하지. 어쨌건 그녀의 성에 안 차는 남편은 다행히 죽었소. 어느 날 밤 파티에서 너무 술을 많이 마시고 버스 앞으로 걸어 들어갔다고 하더군. 에스터에게는 먹여 살려야 할 딸이 하나 있었기 때문에 이전에 하던 비서 일을 다시 해야 했소. 나하고는 5년을 같이 지냈지. 나는 처음부터 그녀에게 아주 분명하게 말해 두었소. 내가 죽어 봤자 유산 같은 건 바랄 수도 없을 거라고. 나는 처음부터 그녀에게 아주 많은 월급을 주었고, 매년 그

월급의 4분의 1씩 올려 주고 있소. 아무리 품위 있고 정직한 사람이라고 해도 사람이란 믿을 것이 아니라오……. 그래서 나는 에스터에게 분명히 말해 두었소. 내가 죽어 봤자 그녀에게 돌아올 것은 아무것도 없다고 말이오. 내가 한 해 더 살 때마다 그녀는 더 많은 월급을 받게 될 거요. 만약 그 돈의 대부분을 매년 저축한다면 (내 생각에는 그녀가 이미 그렇게 하고 있는 것 같지만) 내가 죽을 때쯤 그녀는 부유한 여자가 될 거요. 나는 그녀의 딸의 교육비를 책임지고 있고, 그 딸을 위해서도 어느 정도의 금액을 신탁에 넣어 두었소. 나이가 차면 딸애가 그 돈을 갖게 되겠지. 그러니 에스터 월터스 부인은 부족함 없이 안정된 처지요. 정말이지 내가 죽으면 오히려 그녀에게 심각한 경제적 손실이 될 거요."

그는 마플 양을 뚫어지게 바라보았다.

"에스터는 이 모든 것을 완벽하게 잘 이해하고 있지. 아주 분별 있는 여자요."

"월터스 부인은 잭슨과 사이가 좋은가요?"

마플 양이 물었다.

라피엘 씨는 재빠르게 그녀를 흘끗 바라보았다.

"뭔가 알아차렸군. 그래요. 나는 잭슨이 최근에 그녀의 꽁무니를 쫓아다닌다는 것을 알고 있소. 물론 그는 잘생긴 녀석이긴 하지만 그녀에게는 그다지 영향력을 발휘하지 못할걸. 우선 계급 구분이라는 게 있지. 그녀는 그보다 한 층 위거든. 뭐 크게 차이는 안 나지만 말이오. 만약 그녀가 그보다 진짜로 훨씬 위라면 오히려 문제가 안 되겠지만, 중산층의 하류 계급…… 그들은 아주 특수하지. 그녀의 어머니는 학교 교사였고 아버지는 은행원이었소. 아니, 에스터는 잭슨 때문에 웃음거리가 되지는 않을 거요. 그 녀석이 에스터의 작은 밑천을 쫓아다닌다고는 말할 수 있겠지만, 그것을 얻을 수는 없을 거요."

"쉿! 그녀가 지금 오고 있어요!"

마플 양이 말했다.

그들은 둘 다 에스터 월터스가 호텔 길을 따라 그들 쪽으로 다가오는 것을 보았다.

"알다시피 아주 예쁜 여자요. 하지만 매력은 한 톨도 없지. 왜인지 모르겠소. 옷도 아주 잘 입는데……."

마플 양은 한숨을 내쉬었다. 나이가 든 여자라면 누구라도 그렇게 시간을 낭비하는 것을 보고 쉴 만한 한숨이었다. 에스터에게 부족한 것은 마플 양의 생활 반경에서는 아주 여러 가지 이름으로 불릴 수 있었다. '나한테는 그다지 매력이 없어.', '섹시하지 않아.', '눈매가 별로 매력적이지 않은걸.' 금발 머리, 멋진 피부색, 밤색 눈, 훌륭한 몸매, 쾌활한 미소를 소유하고 있지만 남자가 거리에서 머리를 돌리게끔 만드는 그 무엇이 없었다.

"그녀는 재혼해야 해요."

마플 양이 목소리를 낮추어 말했다.

"물론 다시 해야지. 그녀는 아주 좋은 아내가 될거야."

에스터 월터스가 그들이 있는 쪽으로 오자 라피엘 씨는 약간 꾸민 듯한 목소리로 말했다.

"그래 이제야 오셨군! 도대체 무엇에 매달려 있었나?"

"오늘 아침에는 모두 다 전보를 보내고 있나 봐요. 게다가 사람들이 호텔에서 체크아웃을 하려고 해서……"

"체크아웃을 하려고 해? 사람들이? 살인 사건 때문에?"

"그런가 봐요. 불쌍하게도 팀 켄들 씨는 죽을 만큼 걱정하고 있던데요."

"그야 그럴 만하지. 그 젊은 부부에게는 불행한 일이야."

"그러게요. 그들이 이곳을 인수한 건 큰 모험이었다고 들었어요. 이 일에서 꼭 성공해야 한다고 계속 걱정하고 있었거든요. 아주 잘 꾸려 나가고 있었는데……"

"잘해 나가고 있었지."

라피엘 씨도 동의했다.

"남자 쪽은 아주 능력 있고 무척 열심히 일하는 사람이야. 여자 쪽도 훌륭하고…… 매력적이기도 하지. 둘 다 흑인들처럼 열심히 일해. 여기서 쓰기는 좀 이상한 말이지만, 내가 보는 대로라면 여기 흑인들은 죽도록 일을 안 하거든. 아침을 먹으려고 코코넛 나무에 기어오른다고 치면 그날 나머지 시간에는 가서 내리 자는 거야. 근사한 생활이지."

그는 한 마디 덧붙였다.

"우리는 여기서 살인 이야기를 하고 있었어."

에스터 월터스는 조금 놀란 것 같았다. 그녀는 마플 양 쪽으로 고개를 돌렸다.

"내가 이 부인에 대해서 잘못 생각하고 있었나 봐."

라피엘 씨는 그답게 정직하게 말했다.

"뜨개질이나 하면서 수다를 떨어 대는 늙은 암코양이 부류인 줄 알았는데 아니더라고. 이 부인에게는 뭔가가 있어. 눈과 귀가 제대로 되어 있고, 그걸 쓰는 법도 알지."

에스터 월터스는 미안한 듯이 마플 양을 바라보았으나 마플 양은 기분이 상한 것 같지 않았다.

"정말 칭찬으로 말씀하신 거예요, 아시죠?"

에스터가 설명했다.

"아주 잘 알고 있어요. 라피엘 씨는 그럴 만한 특권이 있으니까요. 혹은 스스로 그렇다고 생각하고 있겠지요."

마플 양이 말했다.

"특권이 있다니, 무슨 소리요?"

라피엘 씨가 물었다.

"무례하고 싶으면 무례할 수 있는 특권 말이에요."

마플 양이 말했다. 라피엘 씨는 깜짝 놀라며 말했다.

"내가 무례했소? 기분 상하게 했다면 미안하오."

"기분 상하지 않았어요. 다 참작하고 있답니다."

"그런 소리 하지 마시오. 에스터, 의자 하나 여기로 가져와서 앉아. 자네도 아마 도움이 될 수 있겠지."

에스터는 방갈로의 발코니로 몇 발짝 걸어가서 작은 버들가지 의자를 가져왔다.

"회의를 계속해 봅시다. 우리는 죽은 팔그레이브 소령과 그의 끝도 없는 이야기에서 시작했지."

라피엘 씨가 말했다. 에스터가 한숨을 쉬었다.

"아, 맙소사! 저는 될 수 있는 대로 그분에게서 도망가려고만 했어요."

"마플 양은 더 참을성이 있었지. 말해 봐, 에스터. 그가 자네에게 살인자 이야기를 하던가?"

"네, 몇 번 했지요."

"정확히 어떤 이야기였지? 기억나는 대로 말해 봐."

"음……."

에스터는 말을 멈추고 생각하다가 사과하려는 듯이 입을 열었다.

"문제는 제가 그 이야기를 자세히 듣지 않았다는 거예요. 아시겠지만 그 이야기는 로디지아의 사자 이야기 같은 끔찍한 이야기였어요. 되풀이되고 또 되풀이되고……. 그러다 보니 안 듣고 흘려 버리는 습관이 생겼죠."

"그래도 기억나는 대로 얘기해 보라고."

"신문에 실린 어떤 살인 사건 이야기로 시작했던 것 같아요. 팔그레이브 소령님은 자기가 흔치 않은 경험을 했다고 말했어요. 실제로 살인자를 직접 만났다고요."

"만났다? 실제로 '만났다'는 단어를 썼어?"

라피엘 씨가 외쳤다. 에스터는 당황한 것 같았다.

"그랬던 것 같아요. 아니면 '당신에게 살인자를 가르쳐 줄 수 있답니다.' 하고 말한 것도 같고요."

그녀가 자신 없이 말했다.

"그 둘은 차이가 크지. 자, 어느 쪽이야?"

"확신은 못 하겠어요. 소령님이 내게 누군가의 사진을 보여 주겠다고 말했던 것 같아요."

"그쪽이 더 낫군."

"그 뒤에는 루크레치아 보르지아 이야기를 한참 했지요."

"루크레치아 보르지아는 집어치워. 그 여자에 대해서는 우리도 다 알고 있어."

"소령님은 독살자들 이야기를 하시다가 루크레치아는 매우 아름답고 붉은 머리를 가졌다고 했어요. 그리고 사람들이 아는 것보다 여자 독살자들이 훨씬 더 많이 세상을 돌아다니고 있을지도 모른다고 했지요."

"안됐지만 충분히 그럴 법한 이야기지요."

마플 양이 말했다.

"그리고 독약은 여자의 무기라는 이야기도 하셨어요."

"요점에서 빗나가 많이 헤맸던 것 같군."

라피엘 씨가 말했다.

"아, 물론 소령님은 언제나 이야기의 요점에서 벗어나 헤맸지요. 그러면 듣던 사람은 듣다 말고 그냥 '네.' 아니면 '정말요?', '그런 말씀은 마세요.' 같은 이야기나 하게 되지요."

"소령이 자네에게 보여 주려던 사진은 뭐였지?"

"기억이 안 나요. 아마 소령님이 신문에서 본 사진이었겠죠."

"자네에게 스냅 사진을 보여 주지는 않았나?"

그녀는 고개를 흔들었다.

"스냅 사진요? 아뇨. 그건 확실해요. 소령님은 그 여자가 예쁜 여자고, 누구도 그 여자를 보면 절대로 살인자라고 생각하지는 않을 거라고 했어요."

"그 여자?"

"세상에! 점점 더 혼란스럽잖아."

마플 양이 외쳤다.

"그게 여자 이야기였다고?"

라피엘 씨가 물었다.

"네, 그래요."

"스냅 사진이 여자의 사진이었어?"

"네."

"그럴 리가 없잖아!"

"하지만 그랬는걸요."

에스터가 고집스럽게 말했다.

"소령님은 '그 여자가 이 섬에 있어요. 당신에게 누군지 가르쳐 주지요. 그 뒤에 이야기를 전부 해 주겠소.' 하고 말했어요."

라피엘 씨는 욕설을 퍼부었다. 그는 자기가 죽은 팔그레이브 소령을 어떻게 생각하는지 말하면서 전혀 삼가지 않았다.

"결국 그 인간이 말한 게 한 마디도 사실이 아닐 가능성도 있다는 거잖아!"

"정말 묘해지기 시작했어요."

마플 양이 중얼거렸다.

"그러게 말이오. 그 늙은 멍청이는 사냥 이야기를 하기 시작하지. 산돼지 사냥이니, 호랑이 사격, 코끼리 사냥, 사자에게서 아슬아슬하게 도망친 이야기……. 그런 이야기 중 한두 개는 사실일지도 모르지. 몇 개는 지어 낸 거고, 나머지는 다른 사람 이야기요! 그다음에 살인 사건 이야기를 꺼내서 여러 가지 다른 살인 이야기를 앞 다투어 끄집어 내지. 게다가 그걸 전부 자기가 겪은 것처럼 이야기해. 대부분은 자기가 신문에서 읽거나 텔레비전에서 본 걸 개작한 거요."

그는 에스터를 비난하듯이 돌아보았다.

"자네도 잘 듣고 있지 않았다고 시인했지? 그가 하던 이야기를 잘못 들었을 수도 있잖아."

"여자 이야기였다는 건 확실해요. 그게 누굴까 한참 궁금해했으니까요."

에스터는 완고하게 말했다.

"그게 누구였다고 생각했지요?"

마플 양이 물었다. 에스터는 약간 당황한 듯 얼굴을 붉혔다.

"오, 저는…… 그러니까 그런 말은 하고 싶지 않아요……."

마플 양은 고집을 부리지 않았다. 그녀는 라피엘 씨가 함께 있으니 에스터 월터스의 짐작을 알아내기에는 불리하다고 생각했다. 그것은 두 여자가 은밀하게 있을 때, 아늑한 분위기 속에서만 나올 이야기였다. 물론 에스터 월터스가 거짓말을 하고 있을 가능성도 있었다. 당연히 마플 양은 그것을 입 밖으로 말하지는 않았다. 가능성을 두고 마음속에 새겨 놓기는 했지만 그 생각을 믿으려고 하지도 않았다. 우선 그녀는 에스터 월터스가 거짓말쟁이라고 생각하지도 않았고(하지만 사람이란 절대 모르는 법이다.), 또 하나는 그런 거짓말을 해야 할 이유가 없다고 생각했기 때문이다.

"하지만 당신이 말했잖소. 소령이 당신에게 살인자에 대해 허풍을 떨다가 자기가 사진을 갖고 있다고 말한 뒤에 당신에게 그것을 보여 주려고 했다고."

라피엘 씨가 마플 양 쪽을 바라보면서 말했다.

"네, 난 그렇다고 생각했어요."

"당신은 그렇게 생각했다? 처음에는 확신에 넘치더니!"

마플 양은 활기를 띠고 응수했다.

"다른 사람이 이야기한 대로 대화를 정확히 되풀이한다는 건 절대로 쉬운 일이 아니에요. 사람들은 언제나 상대가 그런 뜻으로 말했다고 자신이 생각한 쪽으로 비약하는 경향이 있어요. 그런 다음 나중에 그들이 그렇게 말했다고 하는 거죠. 그래요, 팔그레이브 소령님은 그 이야기를 내게 했어요. 그 이야기를 해 준 의사가 자기에게 살인자의 사진을 보여 주었다고 했죠. 하지만 아주 정직하게 말하면 소령님이 실제로 내게 한 말은 '살인자의 사진을 보고 싶으세요?'였고, 나는 당연히 그것이 그가 말하던 이야기에 나오는 살인자의 스냅 사진이라고 생각했어요. 그 특정한 살인자의 사진이었다고 생각한 거죠. 하지만 그런 일이 가능하다는 것도 인정해야 해요……. 아주 희박한 가능성이기는 하지만 그래도 가능하기는 해요……. 그의 마음속에서 생각들이 서로 엉키면서 자기가 과거에 본 스냅 사진에서 최근에 손에 넣은 스냅 사진으로 건너뛰었을 가능성 말이에요. 그가 살인자라고 생각하고 있는 이곳 누군가의 사진이죠."

"여자들이란!"

라피엘 씨는 화를 내며 코웃음을 쳤다.

"당신도 똑같아. 여자들이란 늘 똑같다니까! 도무지 정확하게 말하지 않지. 당신들은 절대로 어떤 것을 확신할 수가 없는 거요?"

그는 화를 내며 덧붙였다.

"그럼 이제 우리는 어디로 온 거요? 이블린 힐링던? 아니면 그레그의 아내 럭키? 몽땅 엉망진창이야."

그때 미안하다는 듯한 가벼운 헛기침 소리가 들렸다. 아서 잭슨이 라피엘 씨의 팔꿈치께에 서 있었다. 소리 없이 다가오는 바람에 아무도 그가 왔다는 사실을 알아차리지 못했다.

"마사지 받으실 시간입니다, 어르신."

그가 말했다. 라피엘 씨는 즉각 신경질을 냈다.

"도대체 왜 그런 식으로 살금살금 다가와서 놀라게 하는 거야? 난 자네가 오는 소리를 전혀 못 들었어."

"정말 죄송합니다, 어르신."

"오늘은 마사지를 안 받을 거야. 조금도 효과가 없어."

"오, 어르신. 그렇게 말씀하시면 안 됩니다. 마사지를 그만두면 곧 느끼게 되실걸요."

잭슨은 직업적인 명랑한 태도로 말하면서 휠체어를 능숙하게 돌렸다.

마플 양은 자리에서 일어서서 에스터에게 미소를 짓고 해변으로 내려갔다.

성직자가 없는 곳에서

　그날 아침 해변은 좀 한산했다. 그레그는 물 위에서 보통 때처럼 시끄럽게 첨벙거리고 있었고, 럭키는 모래밭에 엎드려 있었다. 그녀의 등은 오일을 고루 잘 발라서 태양에 보기 좋게 그을렸고, 금발 머리는 어깨 위로 펼쳐져 있었다. 힐링던 부부는 그곳에 없었다. 비위를 맞추는 신사들을 가지가지로 한 무더기나 거느린 드 카스페아로 부인은 얼굴을 위쪽으로 치켜들고 목 깊은 곳에서 나오는 기분 좋은 스페인 어 억양으로 떠들고 있었다. 프랑스 인과 이탈리아 인 아이들 몇몇이 물가에서 웃으며 놀고 있었다.

　프레스콧 신부와 프레스콧 양은 해변 의자에 앉아 그 모습을 구경하고 있었다. 신부는 모자를 눈 위로 기울여 눌러 쓰고 반쯤 잠든 것 같았다. 프레스콧 양 옆에 간이 의자가 있었기에 마플 양은 그곳에 가서 앉았다.

"아아, 세상에!"

그녀는 깊은 한숨을 쉬며 말했다.

"그러게요."

프레스콧 양도 말했다. 그것은 폭력적인 죽음에 대한 공동의 조사였다.

"가엾은 아가씨!"

마플 양이 말했다.

"슬픈 일이에요. 정말 통탄할 일이죠."

신부가 말했다.

"잠시 동안 우리는 진짜로 이곳을 떠날까도 생각했답니다. 제레미 오라버니와 나 말이에요. 하지만 다음 순간 그러지 말자고 결심했어요. 그건 켄들 부부에게 정말 공정하지 못한 일이라고 생각했거든요. 어쨌건 그 일이 그들 잘못은 아니잖아요. 어디에서든 일어날 수 있는 일이에요."

"삶 한가운데에서도 우리는 죽음 속에 있도다."

신부가 엄숙하게 말했다.

"그 부부가 이 호텔을 성공적으로 경영하는 건 아주 중요한 일이에요. 아시죠? 그 사람들은 자기들의 재산을 몽땅 여기에 쏟아 부었다고요."

프레스콧 양이 말했다.

"몰리는 아주 상냥한 아가씨인데, 최근에는 전혀 건강해 보이지 않더군요."

마플 양이 말했다.

"신경과민이죠."

프레스콧 양이 동의했다.

"물론 그녀의 가족은……"

그녀는 고개를 흔들었다. 신부가 살짝 질책하듯 말했다.

"내 생각에는 어떤 일들은 다 이유가……"

"그 일에 대해서 어차피 다들 안다고요. 그 아가씨 가족이 우리
쪽에 살거든요. 아주 별난 대고모 한 분이 있고, 삼촌 중 한 명은 지
하철역에서 옷을 다 벗어 버렸대요. 내가 알기로는 그린파크 역이
었을 거예요."

"조안, 그런 일은 함부로 이야기해서는 안 되는 법이야."

"아주 슬픈 일이네요. 내가 알기로는 정신 이상에서 보기 드문 형
태는 아니지만요."

마플 양은 고개를 흔들며 말했다.

"아르메니아 원조 단체 일을 하고 있을 때에도 아주 존경할 만한
나이 든 성직자 한 분이 비슷한 일을 겪었지요. 사람들이 부인에게
전화를 했고 부인이 즉시 와서 그분을 택시에 태워 갔어요. 담요에
둘둘 싸 가지고요."

"물론 몰리의 직계 가족은 멀쩡해요. 몰리는 자기 어머니와는 잘
지내지 못했지만요. 요즘에는 자기 어머니와 잘 지내는 아가씨들이
아주 드물어요."

"참 안된 일이죠. 젊은 아가씨한테는 자기 어머니가 가진 세계에

대한 지식과 경험이 정말 필요하거든요."

마플 양이 머리를 흔들며 말했다.

"정말 그래요."

프레스콧 양이 힘을 주어 말했다.

"몰리도 어떤 남자와 (아주 걸맞지 않은 남자라고 들었어요.) 예전에 사귀었답니다."

"그럴 수 있지요."

마플 양이 말했다.

"몰리의 가족은 당연히 안 된다고 반대했죠. 몰리는 그 일을 가족에게 말하지 않았어요. 그 가족들은 전혀 관계없는 외부인에게 그 이야기를 들었답니다. 물론 몰리의 어머니는 몰리에게 그 남자를 데려와서 제대로 인사시켜야 한다고 했죠. 하지만 몰리는 그러지 않겠다고 거부했대요. 그런 일은 그 남자에게 굴욕감을 느끼게 하는 일이라고 하면서요. 찾아와서 자기 가족을 억지로 만나야 하고 일일이 질문을 받는 것이 아주 모욕적이라는 거죠. '그 사람이 무슨 망아지인가요?' 하고 말했대요."

마플 양은 한숨을 내쉬었다.

"젊은이들을 다룰 때는 정말 재주가 있어야 해요."

"하여간 그랬답니다! 그래서 가족들은 그 남자를 만나는 것조차 반대했지요."

"하지만 요즘엔 그럴 수가 없잖아요. 젊은 여자들도 직업을 갖게 되니 누가 금지하든 말든 소용이 없지요."

"하지만 그때 정말 행운이 찾아왔어요. 몰리가 팀 켄들을 만났고, 사귀던 남자는 말하자면 시야 밖으로 사라진 거예요. 그 가족들이 얼마나 안심했는지는 말할 수도 없지요."

"가족이 그걸 너무 노골적으로 보이지 않았어야 했는데……. 그러면 아가씨들은 적절한 애정을 형성하지 못하게 되는 경우가 많거든요."

마플 양이 말했다.

"그래요, 정말 그렇죠."

"내 경험을 비추어 보면……."

마플 양이 웅얼거렸다. 그녀의 마음도 과거로 흘러갔다. 그녀가 크로켓 파티에서 만났던 어느 젊은이…… 그는 아주 멋있어 보였다……. 그는 명랑했고 보헤미안 같은 생각을 갖고 있었다. 그녀의 아버지는 그를 딸의 결혼 상대로 괜찮다고 여겨 예상 외로 따뜻하게 환영해 주었다. 그는 마음대로 집에 오라고 여러 번 초청을 받았지만, 결국 그가 지루한 사람이라는 것을 마플 양이 먼저 발견하게 되었다. 아주 지루한 사람이었다.

신부가 완전히 깊이 잠든 것처럼 보였기 때문에 마플 양은 꺼내고 싶어 안달하던 화제로 조심스레 나아갔다.

"당신은 이곳에 대해 아주 많이 알고 계시지요? 여기 몇 년 동안 계속 오셨지요? 아닌가요?"

프레스콧 양이 대답했다.

"음, 작년에 왔고 그 두 해 전에도 왔지요. 우리는 생 오노레를 아주 좋아해요. 여기에는 언제나 멋진 사람들이 있거든요. 번지르르하고 엄청난 뗴부자들 말고요."

"그러면 힐링던 부부와 다이슨 부부를 잘 아시겠네요?"

"네, 아주 잘 알죠."

마플 양은 기침을 하고 약간 목소리를 낮추었다.

"사실 팔그레이브 소령님이 내게 아주 재미있는 이야기를 해 주셨답니다."

"아주 이야깃거리가 많은 분이었죠. 안 그래요? 물론 아주 먼 곳까지 여행도 하셨고요. 아프리카, 인디아, 심지어는 중국까지 갔다 왔을걸요."

"맞아요. 하지만 그런 이야기가 아니에요. 이건…… 내가 방금 언급한 사람들에 대한 이야기예요."

"오!"

프레스콧 양의 목소리는 의미심장했다.

"그래요. 그래서 궁금한 것이……."

마플 양은 점잖게 눈을 해변 쪽으로 돌렸다. 해변에는 럭키가 햇빛에 등을 그을리며 누워 있었다.

"아주 예쁘게 탔네요. 머리도 보세요. 참 매력적이죠. 몰리 켄들과 같은 색깔이에요, 그렇죠?"

마플 양이 말했다.

"차이점이라면 몰리의 머리는 타고난 색깔이고, 럭키의 머리는 염색 병에서 나온 색깔이라는 거죠!"

"조안, 그건 좀 심한 말이라고 생각하지 않니?"

뜻밖에도 신부가 다시 깨어나 항의했다.

"심한 말이 아니에요. 그냥 사실이지."

프레스콧 양이 신랄하게 말했다.

"나한테는 아주 멋있어 보이는걸."

신부가 말했다.

"물론이죠. 그러라고 염색을 하는 건데. 하지만 오라버니, 여자라면 아무도 그런 것에 속지 않아요. 안 그래요?"

그녀는 마플 양에게 도움을 청했다.

"음, 내 생각엔…… 물론 나는 당신만큼 경험은 없지만, 그래도 내 생각엔…… 그래요, 확실히 자연스럽지 않네요. 5, 6일마다 모근 쪽이…….."

그녀는 프레스콧 양을 바라보았고 그들은 여성끼리의 조용한 확신 속에서 서로 고개를 끄덕였다.

신부는 다시 잠이 든 것 같았다.

"팔그레이브 소령님은 내게 아주 이상한 이야기를 해 주셨답니다. 무슨 이야기냐 하면…… 음, 완전히 잘 알아듣지는 못했어요. 때로 가는귀가 먹을 때가 있어서요. 소령님이 말하거나…… 암시하려고 했던 것은…….."

그녀가 말을 멈추었다.

"무슨 말인지 알겠어요. 그때는 엄청나게 말들이 많았죠."

"그때라면…….."

"첫 번째 다이슨 부인이 죽었을 때요. 그 부인의 죽음은 전혀 예기치 못한 것이었답니다. 사실 모든 사람이 그녀가 망상병…… 그러니까 우울증을 앓고 있다고 생각했어요. 그래서 그녀가 발작을 일으켜 그렇게 갑작스럽게 죽었을 때…… 사람들이 말이 많았죠."

"당시에…… 어떤…… 말썽은 없었나요?"

"의사는 어리둥절했죠. 아주 젊은 의사였고 별로 경험이 없었답니다. 말하자면 모든 병에 항생제 처방을 내리는 사람이었어요. 환자를 열심히 보는 것같이 귀찮은 짓은 하지 않았고, 환자에게 무슨 다른 문제가 있나 걱정하지 않는 사람 있잖아요. 그런 의사들은 그저 환자들에게 아무 알약이나 처방해 주고 환자가 낫지 않으면 다른 알약을 시도해 보지요. 그래요, 그 의사는 어리둥절한 것 같았어요. 하지만 그녀는 전에 위장 장애가 있었대요. 최소한 그녀의 남편이 그렇게 말했고, 무엇이 잘못되었다고 생각할 만한 이유는 전혀 없는 것 같았죠."

"하지만 당신 생각에는……."

"음, 나는 언제나 마음을 열고 공정하게 보려고 한답니다. 그렇지만 의문이 드는 건 어쩔 수 없지요. 그리고 사람들이 하는 여러 가지 이야기를 생각해 보면……."

"조안!"

신부가 일어났다. 싸움이라도 할 듯한 태도였다.

"그런 건 좋지 않아……. 그런 나쁜 소문이 되풀이되는 걸 들어야 하다니, 정말 좋지 않아. 우리는 언제나 그런 것에서 얼굴을 돌리고

있어야 해. 악한 것은 보지도 말고, 듣지도 말고, 말하지도 말아야
지……. 게다가 생각도 말아야 해! 모름지기 모든 기독교인들은 그
런 교훈을 되새겨야 한단다."

두 여자들은 침묵 속에 앉아 있었다. 그들은 비난을 받았지만 그
동안 받은 교육 때문에 남자의 비난에 존경을 표했다. 그러나 마음
속으로는 좌절했고, 화가 났고, 하나도 뉘우치지 않았다. 프레스콧
양은 오빠에게 노골적으로 화난 시선을 던졌다. 마플 양은 뜨개질
감을 꺼내서 내려다보았다. 다행히도 기회의 여신은 그들 편이었다.

"몽 페르!(신부님!)"

작고 높은 목소리가 신부를 불렀다. 물가에서 놀고 있던 프랑스
아이들 중 한 명이었다. 그 여자아이는 아무도 모르게 다가와 프레
스콧 신부의 의자 옆에 서 있었다.

"몽 페르!(신부님!)"

그 아이가 피리 같은 소리로 말했다.

"응? 왜 그러지? 위 께스낄리야 마 쁘띠?(그래, 무슨 일이니, 얘
야?)"

아이는 설명을 시작했다. 누가 다음번에 워터 윙스(수영 연습용의
날개꼴 튜브)를 써야 하느냐는 문제와 해변에서 지켜야 할 몇 가지
다른 예절을 두고 논쟁이 벌어졌다는 것이었다. 프레스콧 신부는
아이들을 아주 좋아했고, 특히 어린 소녀들을 좋아했다. 그는 언제
나 그들의 분쟁에 조정자로 불려 가는 것을 기쁘게 받아들였다. 그
래서 그는 기꺼이 일어서서 아이를 따라 물가로 갔다. 마플 양과 프

레스콧 양은 깊이 한숨을 쉬고 서로를 호기심 가득한 눈으로 바라 보았다.

"물론 당연한 일이지만, 오라버니는 악의적인 소문에 매우 비판 적이랍니다. 하지만 사람이란 다른 사람들이 말하는 것을 완전히 무시할 수는 없잖아요? 그리고 아까도 말했듯이 그 당시에는 말들 이 아주 많았어요."

"그래요?"

마플 양의 어조는 더 이야기해 보라고 재촉하고 있었다.

"그 젊은 여자 이름이 그레이토렉스인가 그랬는데, 지금은 기억 이 잘 안 나요. 그녀는 다이슨 부인의 사촌이었고 그 부인을 돌보았 답니다. 약에 관련된 것도 그녀에게 몽땅 맡겼죠."

짧고 의미 없는 침묵이 흘렀다. 프레스콧 양이 목소리를 낮추며 말했다.

"그리고 내가 듣기로는 다이슨 씨와 그레이토렉스 양 사이에 무 슨 일이 있었어요. 많은 사람들이 그 둘의 사이를 알아차렸죠. 그런 종류의 일은 이런 곳에서는 금세 눈에 띄거든요. 그리고 에드워드 힐링던이 약제상에서 그녀에게 가져다준 약에 대한 이상한 이야기 도 있었어요."

"오, 에드워드 힐링던이 그 이야기에 나오나요?"

"그럼요. 그는 아주 푹 빠져 있었답니다. 사람들도 다 알아차렸죠. 그리고 럭키는…… 그레이토렉스 양 말이에요…… 그들을 서로 싸

움 붙여서 덕을 보았죠. 그레고리 다이슨과 에드워드 힐링던 말이에
요. 그건 어쩔 수 없어요. 그녀는 매력이 넘치는 여자였으니까요."

"이제 전처럼 젊지는 않지요."

마플 양이 대답했다.

"맞아요. 하지만 그 여자는 언제나 옷을 아주 잘 입고 화장도 잘
하죠. 물론 가난한 친척에 지나지 않았을 때는 이렇게 화려하지 않
았지만요. 그녀는 늘 병자에게 매우 헌신적인 것처럼 보였답니다.
하지만…… 음…… 어떤 일인지 아시겠죠?"

"그 약제상 이야기는 뭐예요? 그게 어떻게 알려졌죠?"

"그건 제임스타운에서 일어난 일은 아니었어요. 마르티니크에서
일어난 일일 거예요. 프랑스 인들은 우리보다 약 문제에 대해서 더
느슨하잖아요……. 약제상이 누군가에게 말했고, 그 이야기가 퍼진
거예요. 음, 그런 일들이 어떻게 일어나는지 아시죠?"

마플 양은 너무나 잘 알고 있었다.

"그 약제상은 힐링던 대령이 찾아와서 무슨 약을 달라고 했는데
자기가 무슨 약을 달라고 하는지조차 모르는 것 같았다고 말했어
요. 약 이름을 쓴 종이쪽지를 보면서 말했대요. 하여간 말들이 많았
다니까요."

"하지만 나는 왜 힐링던 대령이 거기서 얽혀 있는지 전혀 모르겠
어요……."

마플 양은 당황해서 눈살을 찌푸렸다.

"그 사람은 그저 앞잡이로 이용되었을 거예요. 하여간 그레고리

다이슨은 추잡할 정도로 금방 다시 결혼했지요. 겨우 한 달 뒤에 말이에요."

그들은 서로를 바라보았다.

"하지만 진짜 의심을 받은 건 아니죠?"

"아, 그럼요. 그건 그냥…… 소문이었어요. 물론 실체가 전혀 없는 소문이었을 수도 있죠."

"팔그레이브 소령님은 실체가 있었다고 생각했어요."

"그 사람이 당신에게 그렇게 말했나요?"

"실제로는 자세히 듣고 있지 않았어요."

마플 양이 고백했다.

"그저 궁금해서요……. 만약…… 그러니까 소령님이 당신에게도 똑같은 말을 했는지요."

"어느 날 내게 그 여자를 가리켜 보여 주기도 했지요."

프레스콧 양이 말했다.

"정말요? 실제로 그 여자를 가리켜 보여 주었어요?"

"그래요. 사실 처음에는 그가 가리키고 있는 사람이 힐링던 부인이라고 생각했어요. 그는 익살스럽게 약간 낄낄거리며 웃더니 이렇게 말했어요. '저기 저 여자 좀 보세요. 살인을 하고 용케 잘 빠져나간 여자입니다.' 저는 정말 충격을 받았죠. 그래서 이렇게 말했어요. '농담하고 계신 거죠, 팔그레이브 소령님?' 그러자 그가 말하더라고요. '그래요, 부인. 농담이라고 칩시다.' 다이슨 부부와 힐링던 부부는 우리와 아주 가까운 테이블에 앉아 있었기 때문에, 그들이 어쩌다 들었을까 봐 걱정이 되었어요. 소령은 껄껄 웃더니 이러더라고요. '나 같으면 술 마시는 파티에 가서 저 사람이 내게 칵테일을 섞어 주도록 하지는 않을 겁니다. 보르지아 가문 사람들과 같이 먹는 저녁 식사 같을 테니까요.'"

"정말 흥미롭군요. 소령님은…… 사진…… 사진에 대해서도 이야기했나요?"

"기억이 안 나요. 신문에서 오려 낸 사진 말씀인가요?"

말을 계속하려던 마플 양은 입을 닫았다. 태양이 누군가의 그림자 때문에 잠깐 가려졌다. 이블린 힐링던이 그들 옆에서 멈춘 것이다.

"안녕하세요."

그녀가 말했다.

"마침 당신들이 어디 있나 궁금해하고 있었어요."

프레스콧 양이 위를 쳐다보며 밝게 말했다.

"저는 제임스타운에서 쇼핑하고 있었어요."

"아, 그래요?"

프레스콧 양이 애매하게 주위를 돌아보자 이블린이 말했다.

"아, 에드워드는 같이 데려가지 않았어요. 남자들은 쇼핑을 아주 싫어하잖아요."

"뭐 재미있는 거라도 있었어요?"

"그런 쇼핑은 아니었어요. 그냥 약방에 갈 일이 있었어요."

그녀는 미소를 짓고 살짝 고개를 끄덕인 다음 다시 해변으로 내려갔다.

"힐링던 부부는 참 좋은 사람들이지요. 여자 쪽은 속을 알기 쉬운 사람은 아니지만 말이에요. 그렇죠? 내 말은, 그녀는 언제나 매우 유쾌하지만 속마음을 쉽게 내보이지는 않는 것 같다고요."

프레스콧 양의 말에 마플 양은 조심스럽게 찬성했다.

"아무도 그 여자가 무슨 생각을 하는지 모를 거예요."

프레스콧 양이 말했다.

"그것도 괜찮을지 몰라요."

마플 양이 말했다.

"뭐라고 하셨죠?"

"아, 아무것도 아니에요. 단지 나는 언제나 그녀의 생각이 조금 혼란스러울 수도 있겠다는 생각이 들어요."

"오! 무슨 말을 하는지 알겠어요."

프레스콧 양이 당황한 표정으로 말했다. 그녀는 주제를 바꾸어 말을 계속했다.

"그들 부부는 햄프셔에 아주 멋진 집이 있대요. 그리고 남자애 하나…… 아니 둘이던가…… 아니면 하나던가……. 윈체스터에 있는 학교를 다닌다는데, 간 지 얼마 안 되었다고도 하고……."

"햄프셔를 잘 아시나요?"

"아뇨, 전혀 몰라요. 하지만 알톤 근처에 그 사람들 집이 있다고 들었어요."

"그렇군요."

마플 양은 잠시 말을 멈추었다가 말했다.

"그런데 다이슨 씨네는 어디 산대요?"

"캘리포니아래요. 고국에 가 있을 때는 그렇다고 들었어요. 엄청나게 여행을 많이 하는 사람들이잖아요."

"사람들은 여행할 때 만나는 사람들에 대해서는 정말 조금밖에 모르게 되죠. 내 말은…… 어떻게 말해야 할지 모르겠는데…… 사람들이 자기에 대해서 말하기로 한 것만 알 수 있다는 거예요. 예를 들어서 당신은 다이슨 씨 부부가 실제로 캘리포니아에 사는지 모르잖아요."

프레스콧 양은 깜짝 놀란 것 같았다.

"다이슨 씨는 분명히 그렇게 말했는데요."

"네, 네. 분명히 그랬겠죠. 내가 말하려던 것도 그거랍니다. 그리고 아마 힐링던 부부의 경우도 같을 거예요. 내 말은, 그들이 햄프셔에 산다고 했을 때 당신은 실제로는 그들이 말한 것을 되풀이하고 있다는 거예요. 그렇지요?"

프레스콧 양은 약간 경계하듯이 물었다.

"당신 말은 그 사람들이 실제로는 햄프셔에 살지 않을 수도 있다는 뜻인가요?"

"아뇨, 아뇨. 절대 그런 것은 아니에요."

마플 양은 재빨리 미안하다는 듯이 말했다.

"나는 그냥 다른 사람들에 대해서 아는 것과 모르는 것이 무엇인지 이야기하려고 그 사람들의 예를 들었을 뿐이에요."

그녀는 말을 덧붙였다.

"내가 세인트 메리 미드에 산다고 말했지요? 분명히 당신은 들어
본 적이 없는 장소일 거예요. 하지만 내가 그렇게 말한다고 해서 당
신이 그곳을 직접 아는 건 아니잖아요, 그렇죠?"

프레스콧 양은 사실 마플 양이 어디 사는지 전혀 신경 쓰지 않는
다고 말하려다가 그만두었다. 그녀가 아는 것은 그곳은 영국 남부
의 시골 어느 곳이라는 것뿐이었다. 그녀는 서둘러 동의했다.

"아, 당신이 무슨 말을 하는지 알겠어요. 사람이 해외에 있을 때
는 아무리 조심해도 지나치지 않지요."

"꼭 그런 말을 하려던 것은 아니었어요."

마플 양이 말했다.

마플 양의 머릿속에는 이상한 생각들이 스쳐갔다. 그녀는 자신에
게 물었다. 프레스콧 신부와 프레스콧 양이 진짜로 프레스콧 신부
와 프레스콧 양이 맞을까? 그들은 그렇게 말했다. 그 사람들의 말을
부인할 증거는 아무것도 없다. 성직자용 옷깃을 달고, 적당한 옷을
입고, 적당한 대화를 하는 일은 진짜 쉬울 것이다. 그렇지 않을까?
동기만 있다면…….

마플 양은 자기가 사는 곳의 성직자에 대해서는 아주 잘 알고 있
었다. 그러나 프레스콧 남매는 북쪽에서 왔다. 더햄이라고 했나? 그
녀는 그들이 프레스콧 남매라는 것에 아무 의심이 없었지만, 그래
도 역시 결론은 똑같이 되돌아왔다……. 사람은 다른 사람들이 자
기에게 말하는 것을 믿는다.

아마 거기에 대해서는 스스로 조심해야겠지. 아마도…… 그녀는
생각에 잠겨 고개를 흔들었다.

구두 한쪽의 용도

프레스콧 신부는 약간 숨이 차서 물가에서 돌아왔다.(아이들과 노는 것은 언제나 힘이 빠진다.)

곧 그와 그의 누이동생은 해변이 너무 더워졌다는 것을 깨닫고 호텔로 돌아갔다.

그들이 멀어져 가자 드 카스페아로 부인이 비꼬듯이 말했다.

"해변이 어떻게 너무 더울 수가 있어요? 말도 안 되는 소리죠. 그 여자가 뭘 입고 있는지 봐요. 팔과 목이 전부 덮여 있다고요. 어쩌면 그쪽이 나을지도 모르죠. 아마 그녀의 피부는 털 뽑힌 닭처럼 끔찍할 거예요!"

마플 양은 숨을 깊이 들이쉬었다. 드 카스페아로 부인과는 지금 이야기를 나누지 않으면 이야기를 할 시간이 전혀 없었다. 불행히도 그녀는 무슨 말을 해야 할지 알 수가 없었다. 그들이 서로 만날 수 있는 공통의 지반이 전혀 없는 것 같았다.

"아이가 있으신가요, 부인?"

그녀가 물었다.

"천사가 셋 있답니다."

드 카스페아로 부인이 자기 손가락 끝에 하나하나 키스하면서 말했다.

마플 양은 그 말이 드 카스페아로 부인의 아이들이 천국에 있다는 말인지, 아니면 그냥 아이들의 성격을 묘사한 것인지 확실히 알 수 없었다.

그녀를 따라다니던 신사 중 한 명이 스페인 어로 말을 하자 드 카스페아로 부인은 기분 좋게 머리를 뒤로 젖히고 음악적인 목소리로 크게 웃었다.

"저 사람이 뭐라고 했는지 아세요?"

그녀가 마플 양에게 물었다.

"잘 모르겠어요."

마플 양은 미안하다는 듯이 대답했다.

"그쪽이 나아요. 나쁜 남자랍니다."

스페인 어로 된 농담이 빠르고 열띠게 오갔다.

"부끄러운 일이에요…… 부끄러운 일."

드 카스페아로 부인은 갑자기 엄숙한 표정을 지으며 다시 영어로 말했다.

"경찰이 우리를 이 섬에 잡아 놓고 있는 것 말이에요. 나는 고함도 치고, 비명도 지르고, 발도 굴렀어요. 하지만 '안 된다'고만 하더라고요. 이런 일이 어떻게 끝나는지 아시지요? 우린 모두 살해당할 거예요."

그녀의 보디가드가 그녀를 안심시키려고 했다.

"하지만 그렇다니까요……. 이곳은 불운이 깃든 곳이에요. 나는 처음부터 알고 있었어요. 그 늙은 소령, 그 못생긴 사람은 사악한 눈을 가졌어요……. 기억하세요? 그의 눈은 사팔뜨기예요. 불길한 조짐이지요, 그건! 나는 그가 내 쪽을 볼 때마다 악마를 쫓는 뿔의 상징을 만들었답니다."

그녀는 실제로 그것을 그려 보이며 말했다.

"사팔뜨기였기 때문에 언제 내 쪽을 보는 건지 확실히 알 수는 없었지만요."

"유리 눈이라서 그래요. 어렸을 때 사고를 당했다고 들었어요. 그 사람 잘못은 아니지요."

마플 양이 설명하는 듯한 어조로 말했다.

"하지만 그가 불운을 가져왔어요……. 그의 눈은 사악한 눈이라니까요."

그녀의 손이 다시 한 번 라틴 계 사람들이 잘하는 손짓을 빠르게 해 보였다……. 검지와 새끼손가락을 내밀고, 가운뎃 손가락 두 개를 접어 넣는 모양이었다. 그녀는 명랑하게 말했다.

"하여간 그 사람은 죽었어요. 그리고 나는 이제 그 사람을 더 이상 안 봐도 되니 다행이에요. 나는 추한 것은 보고 싶지 않거든요."

'팔그레이브 소령에게는 좀 잔인한 묘비명이군.'

마플 양은 그렇게 생각했다.

아래쪽 해변 먼 곳에서 그레고리 다이슨이 바다에서 나오고 있었다. 럭키는 모래 위에서 몸을 뒤집었다. 이블린 힐링던은 럭키를 바라보고 있었는데, 무슨 이유에서인지 그녀의 표정을 보자 마플 양은 몸이 떨렸다.

'이 뜨거운 태양 아래서 추울 리는 없는데…….'

이것을 어떤 식으로 말하더라……. '닭살이 쪽 돋는다.'라고 해야 하나…….

그녀는 일어서서 천천히 자기의 방갈로로 돌아갔다.

도중에 그녀는 해변으로 내려가는 라피엘 씨와 에스터 월터스를 지나쳤다. 라피엘 씨는 그녀에게 윙크를 던졌지만, 마플 양은 답례의 윙크를 하지 않고 못마땅한 표정을 지었다.

그녀는 방갈로로 들어가 침대 위에 누웠다. 자신이 더욱 늙고 지친 것처럼 여겨졌고 불안한 느낌도 들었다.

더 낭비할 시간이 없다는 것을 그녀는 확신했다……. 낭비할…… 시간이…… 없다……. 하지만 늦어지고 있었다……. 태양이 질 것이다……. 태양…… 언제나 검은 유리를 통해 태양을 보아야 한다……. 누군가가 주었던 그 검은 유리 조각이 어디 있더라…….

아니, 그것은 필요 없을 것이다. 그림자가 태양을 가리며 막아섰다. 그림자…… 이블린 힐링던의 그림자……. 아니, 이블린 힐링던이 아니다……. 그림자. (그 단어가 뭐였더라?) 죽음의 계곡의 그림

자. 바로 그녀였다. 그녀는 그렇게 해야 했다고 했지……. 무엇이었더라? 뿔 모양을 만들었다고……. 사악한 눈을 피하기 위해서……. 팔그레이브 소령의 사악한 눈.

그녀의 눈꺼풀이 바르르 떨렸다……. 그녀는 잠들어 있었다. 그러나 실제로 그림자가 있었다. 누군가가 그녀를 창문으로 들여다보고 있었다.

그림자는 움직여서 사라졌다. 그리고 마플 양은 그 그림자가 누구인지 보았다. 바로 잭슨이었다.

'무례하기도 하지……. 그런 식으로 들여다보다니!'

그녀는 생각했다. 그리고 설명하듯이 덧붙였다.

'꼭 조나스 패리 같잖아.'

그 비교에는 잭슨에 대한 신뢰가 전혀 깃들어 있지 않았다.

그녀는 잭슨이 왜 자기 침실을 들여다보고 있었는지 궁금해했다. 그녀가 거기 있는지 보려고? 아니면 그곳에서 잠들었는지 확인하려고?

그녀는 일어나 욕실로 가서 주의 깊게 창문을 내다보았다.

아서 잭슨은 이웃 방갈로 옆에 서 있었다. 라피엘 씨의 방갈로였다. 그녀는 그가 재빨리 주위를 돌아본 다음 빠르게 방갈로 안으로 미끄러져 들어가는 것을 보았다.

'재미있네. 왜 저렇게 남의 눈을 살피듯이 둘러보는 걸까?'

마플 양은 생각했다. 세상에서 그가 라피엘 씨의 방갈로에 들어가는 것보다 더 자연스러운 일은 없을 것이다. 그는 그 뒤켠에 있는 방에서 머물고 있었다. 그는 언제나 심부름이나 다른 일 때문에 그 곳을 들락날락하고 있었다. 그렇다면 왜 저렇게 빠르고 죄의식에 찬 시선으로 둘러보는 것일까?

'이유는 단 한 가지뿐이야.'

마플 양은 자문자답했다.

'그는 바로 이 시간 자기가 그곳에 들어가는 모습을 누군가 지켜보지 않는지 확인하고 싶었던 거야. 그곳에서 무슨 일인가를 해야 하기 때문이지.'

물론 탐험 여행을 간 사람들 빼고는 모두가 이 시간에는 해변에 있었다. 20분 정도 지나면 잭슨 자신도 라파엘 씨가 바닷물에 몸을 담그는 것을 도우러 해변에 가야 할 것이다. 만약 그가 남에게 목격당하지 않고 방갈로에서 무엇인가 하고 싶다면 지금이야말로 가장 적당한 시간대였다. 그는 마플 양이 침대에서 자고 있는 것을 보고 만족해했다. 아무도 가까이서 자기 행동을 지켜볼 사람이 없다는 것에 만족한 것이다. 하지만 그녀는 바로 그 일을 하기 위해 최선을 다할 것이다.

마플 양은 침대에 앉아 단정한 샌들 구두를 운동화로 갈아 신었다. 그다음 그녀는 고개를 흔든 뒤 운동화를 벗고 여행 가방을 뒤져 한 쌍의 구두를 꺼냈다. 최근에 문 옆 갈고리에 한쪽 힐이 걸렸던 구두였다. 구두는 약간 위태위태한 상태였고, 마플 양은 손톱 줄을 이용해 교묘하게 구두를 분해하여 훨씬 더 위태위태하게 만들어 놓았다. 그다음 그녀는 경계를 늦추지 않고 스타킹을 신은 맨발로 걸어 문을 나왔다. 역풍을 거슬러 가며 영양 무리에 접근하는 사냥꾼처럼 마플 양은 모든 주의를 기울이며 신중하게 라피엘 씨의 방갈로를 빙 돌았다. 그녀는 조심스럽게 집 모퉁이를 돌아 나아갔다. 그러고는 갖고 온 구두 한 짝을 신고, 다른 쪽 굽을 마지막으로 비튼 다음 살며시 무릎을 꿇고 창문 아래 몸을 수그렸다. 만약 잭슨이 무슨 소리를 듣고 살펴보기 위해 창문으로 온다면, 노부인 한 명이 구두에서 떨어져 나간 힐 때문에 넘어졌다고 생각하리라. 그러나 잭슨은 아무 소리도 듣지 못했다.

마플 양은 살며시 고개를 들었다. 방갈로의 창문은 낮았다. 담쟁이의 꽃줄 장식 뒤에 몸을 숨기고 그녀는 안을 들여다보았다…….

잭슨은 여행 가방 앞에 무릎을 꿇고 있었다. 여행 가방 뚜껑이 위로 젖혀져 있었기 때문에 마플 양은 그 가방이 여러 가지 종류의 서류를 넣은 칸막이가 있는 특별 주문품이라는 것을 알 수 있었다. 잭슨은 서류들을 뒤지며 때때로 긴 봉투에서 서류를 뽑아 냈다. 마플 양은 이런 관찰 위치에 오래 머물지 않았다. 그녀는 잭슨이 무엇을 하고 있는지 보려고 했던 것뿐이었다. 이제는 알았다. 잭슨은 스파이 짓을 하고 있었다. 그가 뭔가 특별한 것을 찾고 있는지, 아니면 그저 자연스러운 천성대로 움직이고 있는 것인지는 판단할 수 없었다. 그러나 그것은 아서 잭슨과 조나스 패리가 얼굴만이 아니라 다른 면에서도 아주 닮았다는 그녀의 믿음을 확고하게 해 주었다.

이제 물러가는 것이 문제였다. 그녀는 매우 조심하면서 다시 몸을 숙이고 화단을 따라 살금살금 기어가 창문에서 멀어졌다. 그녀는 자기의 방갈로로 돌아가 신발과 신발에서 떼어 낸 힐을 신중하게 벗었다. 그녀는 애정을 갖고 그 물건들을 들여다보았다. 만약 필요하다면 다른 때에도 쓸 수 있는 좋은 물건들이었다. 그녀는 다시 샌들을 신고 생각에 잠긴 채 해변으로 내려갔다.

에스터 월터스가 잠시 물에 들어간 틈에 마플 양은 에스터가 비워 둔 의자로 갔다.

그레그와 럭키는 드 카스페아로 부인과 매우 큰 소리로 웃고 떠들고 있었다.

마플 양은 아주 조용히 숨죽인 채 라피엘 씨를 바라보지 않으며 말했다.

"잭슨이 스파이 짓을 하는 것 아세요?"

"놀랍지는 않구먼. 그 녀석이 그러고 있는 걸 보았나 보군. 그렇지 않소?"

라피엘 씨가 말했다.

"창문으로 보았어요. 그가 당신 여행 가방 하나를 열고 서류를 뒤지고 있더군요."

"가방 열쇠를 손에 넣은 게 틀림없군. 재간꾼이야. 하지만 실망할걸. 그런 식으로 얻어 낸 것들이 아무 소용도 없는 것들일 테니까 말이오."

"이제 내려오고 있는데요."

마플 양이 호텔 쪽을 흘끗 바라보며 말했다.

"내가 그놈의 바보 같은 해수욕을 할 시간이거든."

그는 다시 아주 작은 목소리로 말했다.

"당신 말인데…… 모험은 좀 삼가시오. 다음에 당신 장례식에 참석하고 싶은 마음은 없으니까. 당신 나이를 생각하고 조심해요. 이 근처에는 썩 양심적이지 못한 사람이 돌아다니고 있다는 사실을 기억해 두시오."

한밤중의 경보

저녁이 왔다……. 테라스에 불빛이 들어왔다. 하루이틀 전보다는 덜 큰 소리를 내고 덜 즐겁기는 했으나, 사람들은 저녁을 먹으며 이야기하고 웃었다……. 스틸 밴드가 연주했다.

그러나 무도회는 일찍 끝나고 말았다. 사람들은 하품을 하며 자러 갔다……. 불이 꺼지고 어둠과 고요함이 깔렸다……. 골든 팜 호텔도 깊이 잠이 들었다…….

"이블린, 이블린!"

날카롭고 긴급한 목소리였다.

이블린 힐링던은 몸을 움찔거리며 베개 위에서 돌아누웠다.

"이블린, 일어나요."

이블린 힐링던은 후다닥 일어나 앉았다. 팀 켄들이 문간에 서 있었다. 그녀는 놀라서 그를 뚫어지게 바라보았다.

"이블린, 좀 와 줄 수 있겠어요? 몰리 일이에요. 몰리가 아파요. 무슨 일인지 모르겠어요. 몰리가 뭔가 잘못 먹은 게 틀림없어요."

이블린은 빠르고 결단력 있게 행동했다.

"알았어요, 팀. 갈게요. 당신은 몰리에게 돌아가요. 잠시만 기다리면 내가 갈게요."

팀 켄들은 사라졌다. 이블린은 침대에서 빠져나와 가운을 걸치고 다른 침대로 시선을 던졌다. 남편은 깨지 않은 것 같았다. 그는 고개를 돌리고 조용히 숨을 쉬고 있었다. 이블린은 잠시 머뭇거렸으나 그를 깨우지 않기로 결심했다. 그녀는 문으로 나가 빠르게 호텔 본건물로 뛰어가서 그 너머에 있는 켄들 부부의 방갈로로 향했다. 그녀는 문간에서 팀을 따라잡았다.

몰리는 침대에 누워 있었다. 눈을 감고 있었고 호흡은 분명히 자연스럽지 않았다. 이블린은 그녀의 위에 몸을 구부려 눈꺼풀을 뒤집어 보고 맥박을 재 본 뒤, 침대 옆 테이블을 바라보았다. 그곳에는 사용한 흔적이 있는 컵이 놓여 있었고 그 옆으로 약병이 있었다. 그녀는 그것을 집어들었다.

"그건 몰리의 수면제입니다. 하지만 어제나 그제쯤에는 반쯤 차 있었어요. 몰리가 그만큼을 먹은 게 틀림없어요."

팀이 말했다.

"가서 그레이엄 선생님을 찾아 모셔오세요. 가는 길에 사람들을 깨워서 진한 커피를 만들라고 하고요. 될 수 있는 대로 진하게요. 서둘러요."

팀은 급히 달려 나갔다. 바로 문 앞에서 그는 에드워드 힐링던과 충돌했다.

"오, 미안합니다, 에드워드."

"여기 무슨 일이 일어난 겁니까? 무슨 일이죠?"

힐링던이 날카롭게 물었다.

"나도 몰라요. 이블린이 몰리와 함께 있어요. 나는 의사를 데려와 야겠습니다. 의사에게 먼저 갔어야 했는데……. 하지만 난…… 나는 확신할 수가 없어서…… 이블린이 보면 알 거라고 생각했어요. 만약 의사가 필요 없는데 내가 의사를 데려왔다면 몰리가 아주 싫어 했을 테니까요."

그는 달려 나갔다. 에드워드 힐링던은 잠시 그 뒤를 바라보다가 침실로 걸어 들어왔다.

"무슨 일이야? 심각한 거야?"

그가 물었다.

"오, 왔어, 에드워드? 당신이 깨 있는 줄은 몰랐어. 이 어리석은 아가씨가 수면제를 먹었어."

"상태가 나쁜 거야?"

"얼마나 먹었는지 모르니까 알 수 없지. 우리가 너무 늦지만 않았 다면 상태가 아주 나쁠 것 같지는 않아. 커피를 가져오라고 했으니 까 조금 먹일 수 있다면……."

"하지만 왜 몰리가 이런 일을 저질렀지? 당신 생각은……."

그는 말을 멈추었다.

"내 생각이 어떠냐고?"

이블린이 되물었다.

"설마 조사 때문에 그런 건 아니겠지? 그 경찰 조사 말이야."

"물론 그럴 가능성도 있지. 그런 일은 예민한 사람들을 훨씬 더 불안하게 만드니까."

"몰리는 그렇게 예민한 사람 같아 보이진 않았는데……."

"사람은 겉만 봐선 모르는 거야. 때로는 가장 겁낼 것 같지 않은 사람들이 겁을 먹잖아."

이블린이 말했다.

"그래, 내 기억에도……."

그는 다시 말을 멈추었다.

"사실 사람들은 실제로는 아무도 다른 사람에 대해서 몰라."

그녀는 덧붙였다.

"가장 가까운 사람이라고 해도 그렇잖아……."

"그건 좀 너무 확대해석하는 거 아냐, 이블린? 너무 과장하는 거 아닌가?"

"난 그렇게 생각하지 않아. 사람이란 다른 사람을 생각할 때 자기가 만든 그들의 이미지 속에서 생각하는 거니까."

"나는 당신을 잘 알잖아."

에드워드 힐링던이 조용히 말했다.

"당신이 그렇다고 생각하는 거지."

"아냐, 난 확실히 알아."

그가 덧붙였다.

"그리고 당신도 날 확실히 알잖아."

이블린은 지그시 그를 쳐다보다가 다시 침대로 돌아섰다. 그녀는 몰리의 어깨를 잡고 몸을 흔들었다.

"무슨 일인가 해야 하는데, 하지만 그레이엄 선생님이 오실 때까지 기다리는 게 낫겠어……. 아, 사람들이 오는 소리가 들리는 것 같은데."

"이제 됐습니다."

그레이엄 의사가 뒤로 물러서며 이마를 손수건으로 닦고 안도의 한숨을 내쉬었다.

"몰리는 괜찮겠죠, 선생님?"

팀이 초조하게 물었다.

"그래요, 적절할 때 도착해 처치할 수 있었습니다. 하여간 죽을 정도로 약을 먹지는 않았어요. 며칠 있으면 빗자루처럼 꼿꼿하게 서서 다닐 수 있겠지만 하루이틀은 고약한 시간을 보내야 할 거예요."

그는 빈 병을 집어들었다.

"누가 이런 것을 그녀에게 주었지요?"

"뉴욕의 의사예요. 몰리는 잠을 제대로 자지 못했거든요."

"알겠습니다. 최근 우리 의사들이 이런 약을 마음대로 내준다는 건 알고 있으니까요. 잠을 못 자는 젊은 여자에게 양을 세라고는 아무도 말하지 않지요. 아니면 일어나서 비스킷을 먹거나 편지를 한

두 통 써 보고 도로 침대로 가라고도 하지 않죠. 요즘 사람들은 당장 치료하는 법을 요구하니까요. 때로 나는 우리가 그런 치료법을 사람들에게 줄 수 있다는 것이 유감입니다. 인생에서 어떤 일들은 참고 견디는 법을 배워야 하는데 말이죠. 우는 것을 그치게 하려고 애기 입에 고무 젖꼭지를 밀어 넣는 거야 괜찮지요. 하지만 그런 걸 일생 동안 계속할 수는 없잖습니까."

그는 작은 소리로 껄껄 웃었다.

"마플 양에게 잠이 오지 않을 때 어떻게 하면 되는지 물어본다면 문 아래로 지나가는 양들을 세라고 말해 줄 겁니다. 내기를 할 수도 있어요."

그는 다시 침대를 돌아보았다. 몰리가 움찔거리고 있었다. 그녀는 이제 눈을 뜨고 있었다. 그녀는 알아보는 기색도 흥미도 없이 그들을 멍하니 바라보았다. 그레이엄 의사가 그녀의 손을 잡았다.

"자, 자, 아가씨, 도대체 자신에게 무슨 짓을 저지른 겁니까?"

그녀는 눈을 깜박였으나 대답은 하지 않았다.

"왜 그런 짓을 했어, 몰리? 왜? 왜 그랬는지 말 좀 해 봐."

팀은 그녀의 다른 손을 잡았다.

그녀의 눈은 여전히 움직이지 않았다. 그녀의 눈길이 누군가에게 머물러 있었다고 한다면 그 사람은 이블린 힐링던이었다. 심지어 그들 사이에는 희미한 질문도 오간 것 같았다. 그러나 실제로 그랬는지는 알 수 없었다. 이블린은 마치 질문을 받은 것처럼 말했다.

"팀이 나를 데려왔어요."

몰리의 눈이 팀에게로 향했다. 그다음 그레이엄 의사에게로 움직였다.

"이제 괜찮아질 겁니다. 하지만 다시는 그런 짓을 하지는 말아요."

그레이엄 의사가 말했다.

"몰리가 일부러 그러려고 한 게 아닙니다. 절대로 그러려고 한 게 아니에요. 그냥 밤에 잘 자고 싶었던 겁니다. 아마 처음에 약이 안 들으니까 더 먹었던 거겠지요. 그렇지, 몰리?"

팀이 조용히 말했다. 그녀는 아주 희미하게 아니라는 뜻으로 고개를 저었다.

"당신 말은…… 그걸 일부러 먹었다는 거야?"

팀이 말했다. 그러자 몰리가 대답했다.

"응."

"하지만 왜? 몰리, 왜?"

그녀의 눈꺼풀이 움찔거렸다.

"두려웠어."

그 말은 간신히 들렸다.

"두렵다고? 뭐가?"

그러나 그녀의 눈꺼풀이 다시 감겼다.

"부인을 그냥 놔두는 게 좋겠습니다."

그레이엄 의사가 말했다. 하지만 팀은 격렬하게 말했다.

"뭐가 두렵다는 거야? 경찰? 그들이 쫓아다니고 질문을 계속해서? 이상한 일은 아니야. 누구라도 겁먹을 수 있어. 하지만 그건 그냥 경찰들이 일하는 방식이잖아. 그것뿐이야. 아무도 당신이……."

그는 갑자기 말을 멈추었다. 그레이엄 의사는 그에게 단호하게 신호를 했다.

"자고 싶어."

몰리가 힘없이 말했다.

"그게 가장 좋을 겁니다."

그레이엄 의사가 말했다. 그가 문으로 가자 다른 사람들도 따라 갔다.

"부인은 푹 잘 겁니다."

그레이엄 의사가 팀에게 말했다.

"제가 할 수 있는 일이 뭐 없을까요?"

팀이 물었다. 그는 보통 때처럼 어딘지 병에 걸린 사람같이 약간 초조한 태도를 취했다.

"괜찮다면 내가 같이 있을게요."

이블린이 친절하게 말했다.

"오, 아뇨, 아닙니다. 정말 괜찮아요."

팀이 말했다. 이블린은 다시 침대로 다가갔다.

"내가 같이 있어 줄까요, 몰리?"

몰리가 다시 눈을 떴다.

"아뇨."

그다음 잠시 침묵이 흘렀다.

"그냥 팀만 있으면 돼요."

팀은 돌아가서 침대 곁에 앉았다.

"나 여기 있어, 몰리."

그는 그렇게 말하고 몰리의 손을 잡았다.

"그냥 자. 당신을 떠나지 않고 곁에 있을게."

그녀는 희미하게 한숨을 쉬고 눈을 감았다.

의사는 방갈로 밖에서 걸음을 멈추었다. 힐링던 부부도 함께 멈추어 섰다.

"내가 더 할 일이 없는 게 확실한가요?"

이블린이 물었다.

"없을 것 같습니다. 고맙습니다, 힐링던 부인. 그 부인은 지금 자기 남편과 함께 있는 쪽이 더 나을 거예요. 하지만 내일은…… 어쨌건 남편 쪽은 이 호텔을 운영해야 하니까…… 누군가가 함께 있어야겠지요."

"그녀가 다시 시도할 거라고 생각하십니까?"

힐링던이 묻자, 그레이엄 의사는 초조한 듯 이마를 문질렀다.

"이런 경우에는 아무도 모릅니다. 사실 별로 있을 법하지 않은 일이에요. 당신들도 직접 보았겠지만 처치법이 아주 불쾌하거든요. 하지만 사람 일이란 확신할 수는 없지요. 어딘가에 약을 더 숨겨 놓고 있을 수도 있고."

"몰리 같은 아가씨를 자살과 연관시켜서 생각한 적은 한 번도 없는데……."

힐링던이 말했다. 그레이엄 의사는 냉담하게 대답했다.

"자살을 하는 사람들은 늘 자살하겠다고 위협하거나 자살에 대해 이야기하는 사람들이 아니랍니다. 그런 이야기를 하는 사람들은 그런 식으로 연극적인 행동을 해서 스트레스를 덜거나 하지요."

"몰리는 언제나 아주 행복해 보였어요. 내 생각에는……"

이블린은 머뭇거렸다.

"선생님께 말씀을 드려야겠어요."

그녀는 그레이엄 의사에게 빅토리아가 죽은 날 밤 몰리와 해변에서 만났던 일에 대해 이야기했다.

"말씀해 주셔서 기쁩니다, 힐링던 부인. 그 이야기는 깊이 뿌리박힌 근심을 아주 명확하게 가리키고 있군요. 그래요, 내일 아침에 그녀의 남편과 이야기를 해 보겠습니다."

"켄들 씨, 당신 부인에 대해서 진지하게 이야기를 좀 나누고 싶습니다."

그들은 팀의 사무실에 앉아 있었다. 이블린 힐링던은 몰리의 침대 옆에 있던 팀의 자리를 차지했고, 럭키도 왔는데, 그녀의 표현을 빌면 나중에 이블린과 '교대하겠다'고 했다. 마플 양도 자원 봉사를 하겠노라고 제안했다. 가련한 팀은 호텔에 대한 책임과 아내 사이에서 오도 가도 못 하고 있었다.

"이해가 안 됩니다. 몰리를 이해할 수가 없어요. 몰리는 변했어요. 제가 알던 그 사람이 아닌 것 같아요."

"부인은 악몽을 꾸고 있었다면서요."

"네, 그 일 때문에 불평도 많이 했지요."

"얼마나 오랫동안 악몽을 꾸었습니까?"

"음, 모르겠습니다. 아마…… 한 달 정도인 것 같은데……. 그보다 오래되었을지도 몰라요. 몰리는…… 저희는…… 그게 그냥…… 악몽이라고 생각했습니다. 아시지요?"

"예, 전적으로 이해합니다. 그러나 훨씬 더 심각한 징후는 부인이 누군가를 두려워하고 있다는 사실입니다. 부인이 그 일에 대해서도 불평한 적이 있나요?"

"네, 한두 번 그 일에 대해 이야기했습니다. 자기를 따라다니는 사람들이 있다고요."

"아! 부인을 엿본다는 건가요?"

"네, 그런 말을 한 적도 있습니다. 자기의 적들이 여기까지 뒤따라왔다고 했지요."

"부인에게 적이 있나요, 켄들 씨?"

"아뇨. 물론 없지요."

"영국에서는 아무 사건도 없었지요? 두 분이 결혼하기 전에 말입니다."

"아, 예. 전혀 없습니다. 몰리가 가족들과 썩 잘 지내지는 못했지요. 그게 전부입니다. 그녀의 어머니는 좀 별난 여자였기 때문에 아마 함께 살기 힘들었을 겁니다. 하지만……."

"부인의 가족 쪽으로는 정신적으로 불안정한 증세가 전혀 없었습니까?"

팀은 충동적으로 입을 열었다가 다시 다물었다. 그는 앞에 있는 책상에 만년필을 이리저리 굴렸다. 의사가 말했다.

"그런 일이 있었다면 내게 말하는 것이 좋다는 사실을 다시 한 번 강조하고 싶군요."

"음, 네. 그랬던 것도 같습니다. 심각한 것은 아니고, 고모인가 누군가 약간 머리가 돈 사람이 있다고 들었어요. 하지만 그런 건 아무것도 아닙니다. 제 말은…… 대부분 가족 중에는 그런 사람들이 한 명씩 있잖아요."

"아, 그럼요. 정말 그렇죠. 그 일로 당신의 신경을 곤두세우려는 것은 아닙니다. 하지만 그런 일이 어떤 경향을 보여 줄 수도 있거든요……. 스트레스를 너무 많이 받으면 무너져 버리거나 어떤 것을 상상해 내는 경향 말입니다."

"사실 저는 잘 알지는 못합니다. 어쨌건 가족사를 전부 다 이야기하고 사는 것은 아니니까요. 그렇죠?"

"그럼요, 그렇고말고요. 부인에게는 예전에 사귀던 친구가 없었나요? 부인을 협박하거나 질투심 때문에 위험한 사람과 얽힌 건 아닌가요? 그런 일은 없었나요?"

"모릅니다. 그런 것 같지는 않아요. 몰리는 저와 만나기 전에 다른 남자와 약혼한 적이 있었죠. 몰리의 부모님은 그 약혼에 크게 반대했다고 들었습니다. 제 생각에 몰리는 부모님의 반대 때문에 반항심으로 그 녀석에게 더 집착했던 것 같아요."

그는 갑자기 씩 웃었다.

"젊었을 때는 어떤지 잘 아시잖습니까. 주위 사람들이 말리고 나서면 상대가 누구든 더욱 집착하게 되지요."

그레이엄 의사도 미소를 지었다.

"아, 예. 종종 그런 일들을 볼 수 있지요. 그러니 자기 아이가 마음에 안 드는 친구를 사귄다고 해도 절대 화를 내면 안 돼요. 아이들은 보통 자연스럽게 그 친구에게서 벗어나니까요. 그 남자가 누구든 간에 그는 몰리에게 어떤 위협도 하지 않았습니까?"

"안 했습니다. 안 했다고 확신해요. 했다면 몰리가 제게 말을 했을 겁니다. 몰리 자신도 자기가 사춘기 감성으로 그 사람에게 열중한 것이었다고 말했습니다. 그가 평판이 아주 나빴기 때문에 끌린 거라고요."

"그래요, 그렇군요. 음, 심각한 것은 아니로군요. 이제 다른 문제를 봅시다. 분명 부인은 '기억이 끊기는' 증세를 갖고 있었습니다……. 자신의 행동을 설명할 수 없는 잠깐 동안의 공백이 있는 거죠. 그 일에 대해서는 알고 있었습니까?"

"아뇨, 몰랐습니다."

팀이 천천히 말했다.

"저는 몰리가 어떻게 그런 간단한 것을 잊어버린 듯한 모습을 보이는지, 왜 때때로 시간이 몇 시인지 모르는 듯이 행동하는지 이해하지 못했습니다. 그냥 몰리가 멍하다고 생각했어요. 그랬지요."

"팀, 결과적으로는 그것이 쌓여서 이렇게 된 겁니다. 부인을 훌륭한 전문의에게 보여야 한다고 충고하고 싶군요."

팀은 화가 나서 얼굴이 붉어졌다.

"정신과 전문의 말씀이신가요, 그렇죠?"

"자, 자, 사소한 명칭 같은 것 때문에 화내지는 말아요. 신경과 의사든 정신과 의사든 문외한들이 신경 쇠약이라고 부르는 것을 전공한 사람 말입니다. 킹스턴에 좋은 의사가 있어요. 뉴욕에도 있지요. 부인에게는 지금 같은 신경 공포증을 유발하는 원인이 있습니다. 아마 부인 자신도 그 이유를 잘 모를 겁니다. 부인에게 진찰을 받게 해요, 팀. 가능한 한 빨리 진찰을 받아야 해요."

그는 젊은이의 어깨를 두드리며 일어섰다.

"지금 당장은 걱정할 것 없어요. 부인에게는 좋은 친구들이 있고, 우리 모두 부인을 지켜볼 테니까요."

"또 하지는 않겠죠……. 몰리가 다시 시도할 거라고 생각하시는 건 아니죠?"

"그럴 것 같지는 않아요."

그레이엄 의사가 말했다.

"확신할 수는 없을 텐데요."

팀이 말했다.

"절대 확신은 못하죠. 내 직업을 갖게 되면 처음에 배우는 게 그거랍니다."

그레이엄 의사는 다시 팀의 어깨에 손을 얹었다.

"너무 걱정하지 말아요."

팀은 의사가 문밖으로 나가자 투덜거렸다.

"말은 쉽지. '걱정하지 말아요.'라니! 다들 내 신경이 뭘로 만들어졌다고 생각하는지 모르겠군!"

잭슨과 화장품

"정말 괜찮으세요, 마플 양?"

이블린 힐링던이 물었다.

"그럼요, 정말이지 내가 어떤 식으로든 도움이 될 수 있어 기쁠 뿐이랍니다."

마플 양이 말했다.

"내 나이가 되면 세상에서 아무 쓸모가 없는 것처럼 느껴지거든요. 특히 이런 장소에서 그냥 편하게 지내기만 할 때는 더욱 그래요. 딱히 할 일이 없으니까요. 나는 몰리와 함께 있게 되어서 기뻐요. 당신은 탐험 여행을 가세요. 펠리칸 포인트였죠, 맞지요?"

"네, 저도 에드워드도 둘 다 그곳을 좋아해요. 물속으로 다이빙해서 물고기들을 낚아 올리는 새들은 아무리 봐도 질리지 않는답니다. 지금은 팀이 몰리와 함께 있어요. 하지만 팀은 해야 할 일들이 많잖아요. 그렇다고 몰리를 혼자 남겨 두고 싶지는 않은 것 같아요."

"당연히 그렇죠. 나라도 그럴 거예요. 무슨 일이 생길지 아무도 모르잖아요. 안 그래요? 일단 그런 일을 한번 시도했다면……. 자, 어서 같이 가 보세요."

이블린은 나가서 그녀를 기다리는 일행에 합류했다. 그녀의 남편과 다이슨 부부와 다른 서너 명의 사람들이었다. 마플 양은 뜨개질 감을 살펴보고, 필요한 것을 다 챙겼는지 점검한 다음 켄들의 방갈로로 걸어갔다.

로지아에 올라갔을 때 반쯤 열린 프랑스 식 창문으로 팀의 목소리가 들렸다.

"몰리, 왜 그랬는지 나한테 이야기해 줘. 도대체 왜 그런 거야? 내가 뭘 잘못한 거야? 뭔가 이유가 있을 거 아냐? 제발 이야기만이라도 해 줘."

마플 양은 걸음을 멈추었다. 약간의 침묵이 흐른 뒤 몰리가 대답했다. 그녀의 목소리는 단조롭고 지쳐 있었다.

"모르겠어, 팀. 정말 모르겠어. 내 생각엔…… 아마 나한테 뭐가 씌었나 봐."

마플 양은 문을 두드리고 안으로 들어갔다.

"오, 오셨군요, 마플 양. 정말 고맙습니다."

"전혀 그럴 필요 없어요. 뭐든 도움이 될 수 있어서 기쁠 뿐인걸요. 내가 이 의자에 앉을까요? 훨씬 몸이 좋아 보이네요, 몰리. 다행이에요."

"난 괜찮아요. 정말 괜찮아요. 그냥…… 아, 그냥 졸려요."

"아무 말도 하지 않을 테니 그냥 조용히 누워서 쉬어요. 나는 뜨개질이나 하고 있을게요."

팀 켄들은 그녀에게 감사의 눈길을 던지고 밖으로 나갔다. 마플양은 의자에 자리를 잡았다.

몰리는 그녀의 왼편에 누워 있었다. 반쯤 멍하고 지칠 대로 지친 표정을 하고 있었다. 그녀는 거의 속삭임에 가까운 작은 목소리로 말했다.

"정말 고마워요, 마플 양. 나…… 나는 잠들 것 같아요."

그녀는 베개 위에서 반쯤 돌아누워 눈을 감았다. 그녀의 숨은 더욱 규칙적으로 변했지만 아직 정상과는 거리가 멀었다. 간호를 해 본 오랜 경험으로 마플 양은 거의 자동적으로 침대 시트를 펴고, 매트리스 아래로 시트를 쑤셔 넣었다. 그러다가 그녀의 손이 매트리스 아래에 놓인 네모지고 단단한 것에 닿았다. 그녀는 약간 놀라서 그것을 잡아 꺼냈다. 책이었다. 마플 양은 침대 위의 아가씨에게 재빨리 시선을 던졌지만, 그녀는 아주 조용히 누워 있을 뿐이었다. 잠든 것이 분명했다. 마플 양은 책을 펼쳤다. 그 책은 신경 질환에 대한 최근 연구 결과를 담은 것이었다. 손을 대자 책은 자연스럽게 피해망상과 정신 분열증과 기타 유사한 병의 징후에 대해 서술하고 있는 부분이 펼쳐졌다.

그것은 아주 전문적인 책이 아니라 일반인들도 쉽게 이해할 수 있는 것이었다. 책을 읽으면서 마플 양의 얼굴은 심각해졌다. 잠시 후 그녀는 책을 덮고 생각에 잠겼다. 그다음 몸을 기울여 그 책을 조심스럽게 매트리스 아래로 도로 돌려놓았다.

그녀는 당황해서 고개를 흔들었다. 그러고는 소리 없이 의자에서 일어나 몇 발짝 창문 쪽으로 걸어가다가 어깨 너머로 홱 고개를 돌렸다. 몰리가 눈을 뜨고 있다가 마플 양이 돌아서자 얼른 눈을 다시 감았다. 잠시 동안 마플 양은 자기가 몰리의 빠르고 날카로운 시선을 느낀 것이 상상이었는지 아닌지 확신할 수가 없었다. 혹시 몰리가 자는 척을 하고 있는 것일까? 충분히 그럴 수 있다. 자기가 깨어 있는 모습을 보이면 마플 양이 말을 걸 것이라고 느꼈을 것이다. 그래, 그것뿐일 수도 있다.

그런데 왜 그녀는 몰리의 시선을 천성적으로 유쾌하지 않은 교활함에서 나온 것으로 여겼을까?

'모르지, 정말 모를 일이야.'

마플 양은 생각했다.

그녀는 될 수 있는 대로 빨리 그레이엄 의사와 이야기를 해 봐야겠다고 결심했다. 그녀는 도로 침대 옆의 의자로 돌아왔다. 5분 정도가 지나자 그녀는 몰리가 진짜로 잠들었다고 판단했다. 그렇지 않다면 저렇게 조용히 숨을 고루 쉬면서 누워 있을 수는 없었다. 마플 양은 다시 자리에서 일어났다. 그녀는 오늘 운동화를 신고 있었다. 썩 우아하지는 않았지만 이 기후에는 잘 어울렸고 발이 편안하고 넉넉했다.

그녀는 살며시 침실을 돌아다니다가 서로 다른 두 방향으로 나

있는 양쪽 창문가에서 잠시 멈추었다.

호텔 구내는 조용하고 사람이 없는 것 같았다. 마플 양은 돌아와서 자리에 다시 앉기 전에 약간 어정쩡하게 서 있다가 바깥에서 나는 희미한 소리를 들은 것 같았다. 로지아에 구두가 긁히는 소리 같았다. 그녀는 잠시 머뭇거리다가 창문 쪽으로 가서 창을 약간 더 열고, 걸어 나가 고개를 방 안으로 돌리고 말 했다.

"잠깐만 나갔다 올게요, 몰리. 패턴 하나를 어디다 놓고 왔는지 모르겠네요. 내 방갈로까지 다녀올게요. 분명히 갖고 온 것 같았는데……. 내가 돌아올 때까지 잘 있겠죠?"

그러다가 머리를 다시 돌리고 혼자 고개를 끄덕였다.

"잠들었네, 가엾은 아가씨. 다행이야."

그녀는 조용히 로지아를 따라 계단을 내려가 휙 오른쪽 길로 돌았다. 히비스커스 덤불의 장막 사이로 지나가는 사람이 있었다면 마플 양이 방향을 급격히 바꿔 화단으로 갔다가 방갈로 뒤로 돌아 다시 두 번째 문으로 들어가는 것을 보고 무슨 일인지 궁금해할 수도 있을 것이다. 그 문은 팀이 가끔 사무실로 쓰는 작은 방으로 곧장 통했고, 그곳에서 거실로도 통했다.

그곳에는 방을 서늘하게 하기 위한 넓은 커튼이 반쯤 쳐져 있었다. 마플 양은 그 커튼 뒤로 미끄러지듯이 들어갔다. 그런 다음 그녀는 기다렸다. 이쪽 창문에서는 몰리의 침실에 접근하는 사람을 잘 볼 수 있었다. 사오 분이 지나자 무엇인가가 보였다.

흰 제복을 단정하게 입은 잭슨이 로지아의 계단을 올라갔다. 그는 그곳 발코니에서 잠시 멈추었다가 조금 열려 있는 창문을 작은 소리로 신중하게 두드리는 것 같았다. 안에서는 아무 응답도 들리지 않았다. 잭슨은 빠르고 은밀한 시선으로 주위를 둘러본 다음 열린 문 안으로 미끄러지듯 들어갔다. 마플 양은 침실 쪽으로 통하는 옆문으로 다가갔다. 마플 양의 눈썹은 약간 놀란 듯이 위로 치켜 올라가 있었다. 그녀는 잠시 생각에 잠겨 있다가 통로로 나가서 다른 문을 통해 욕실로 들어갔다.

잭슨은 세면대 위 선반을 조사하다가 홱 돌아섰다. 그는 움찔한 것 같았는데, 어쩌면 당연한 일인지도 몰랐다.

"아! 나…… 나는……."

그가 말했다.

"잭슨 씨!"

마플 양은 깜짝 놀라며 말했다.

"어디 다른 데 계실 거라고 생각했는데……."

잭슨이 말했다.

"뭐 찾는 게 있나요?"

마플 양이 물었다.

"사실은 켄들 부인의 페이스 크림 상표를 좀 보고 있었어요."

마플 양은 그가 방금 빈틈없이 한 말처럼 손에 페이스 크림 병을 들고 있다는 사실을 깨달았다.

그가 코를 찡긋거리며 말했다.

"좋은 냄새예요. 성분표를 보건대 이 크림은 아주 좋은 물건이에요. 더 싼 상표는 피부에 맞지 않기도 하지요. 뽀루지가 날 수도 있고요. 페이스 파우더도 때로 비슷한 일이 생겨요."

"화장품에 대해서 아주 잘 아시나 봐요."

마플 양이 말했다.

"제약 분야에서 잠깐 일했거든요. 그곳에서는 화장품에 대해서도 많은 것을 배우게 되지요. 멋진 병에 물건을 넣고 값비싼 포장을 하면 여자들이 얼마나 돈을 내놓는지, 정말 놀랄 지경이라니까요."

"그것 때문에⋯⋯?"

마플 양은 신중하게 말을 끊었다.

"아뇨, 여기 화장품 이야기를 하러 온 것은 아닙니다."

잭슨이 시인했다. 마플 양은 속으로 생각했다.

'거짓말을 생각해 낼 시간이 많지는 않았지. 어디 무슨 소리를 하나 보자.'

"사실은 월터스 부인이 며칠 전에 켄들 부인에게 립스틱을 빌려줬어요. 그래서 그 립스틱을 받아서 갖다 주러 왔지요. 창문을 두드렸는데 켄들 부인이 푹 자고 계시더라고요. 그래서 그냥 침실에 들어와서 물건을 찾아가도 괜찮겠다 싶었죠."

"그렇군요. 그래서 립스틱은 찾았나요?"

잭슨은 고개를 흔들며 싹싹하게 말했다.

"아마 핸드백 어딘가에 들어 있나 봐요. 어쩔 수 없죠. 월터스 부인이 꼭 립스틱을 갖고 오라고 하지는 않았으니까요. 그냥 지나가듯이 한 소리였는걸요."

그는 화장실에 놓인 물건들을 살펴보며 말을 계속했다.

"화장품을 그다지 많이 갖고 있지는 않네요, 그렇죠? 하지만 켄들 부인 나이에는 별 필요가 없지요. 자연 그대로 좋은 피부니까요."

"당신은 보통 남자들과는 완전히 다른 시선으로 여자들을 보겠군요."

마플 양은 상냥하게 미소 지으며 말했다.

"네, 직업이 사람의 시각을 바꾸지요."

"약에 대해서도 많이 아시나요?"

"네, 일 때문에 아주 잘 알게 되었지요. 제 소견으로는 최근에는 약들이 너무 많이 쓰이는 것 같아요. 진정제, 흥분제, 기적의 약들, 뭐 그런 것들이 너무 많아요. 처방전에 씌어 있는 약이라면 괜찮지요. 하지만 처방 없이 얻을 수 있는 것도 무척 많지요. 어떤 약들은 위험할 수도 있어요."

"그래요, 맞아요. 나도 그렇게 생각해요."

마플 양이 말했다.

"그런 약들은 행동에도 큰 영향을 미치지요. 10대들의 히스테리 이야기도 종종 듣게 되잖아요. 그건 자연적인 원인에서 나오는 것이 아니랍니다. 아이들이 계속해서 약 같은 것을 먹어서 그래요. 오, 사실 새로운 얘기는 아니죠. 아주 오래전부터 알려진 일인걸요. 저기 동양에서는…… 거기 가 본 적은 없지만…… 온갖 웃기는 일들이 벌어지곤 하지요. 여자들이 남편에게 어떤 물건을 주는지 알면 놀랄 겁니다. 예를 들어 인도에서는…… 옛날 끔찍한 시절에……

가령 나이 든 남편과 결혼한 젊은 아내가 있다 칩시다. 아내는 남편을 없애 버리고 싶지는 않을 겁니다. 관습에 따라 아내도 장례식 화장 장작 위에서 태워질 테니까요. 태워지는 신세를 면한다 해도 가족에게는 폐물 취급을 받지요. 그 시절 인도에서 과부란 멸시 받는 지위였으니까요. 그렇지만 그녀는 나이 든 남편을 약물 중독에 빠뜨린 채로 언제까지나 잡아 둘 수는 있습니다. 남편을 반쯤 정신박약으로 만들어서 환상을 보여 주고, 조만간 남편을 정말로 미쳐 버리게 만드는 거죠."

그는 머리를 흔들었다.

"예, 여러 가지 더러운 일들이 많죠."

그는 말을 계속했다.

"그리고 마녀들 아시죠? 이제는 마녀들에 대해서 흥미로운 사실이 굉장히 많이 알려졌답니다. 그들이 왜 그렇게 기꺼이 자기가 마녀라는 것을 인정했을까요? 마녀의 연회에 빗자루를 타고 날아갔다고도 했지요."

"고문 때문이죠."

마플 양이 말했다.

"언제나 그런 것은 아니랍니다. 물론 고문은 그런 자백 중에서 많은 것을 이끌어 내지만, 마녀들은 고문 이야기를 꺼내기도 전에 자백하기도 했답니다. 자백을 했다기보다 의기양양하게 뽐냈다고 할수 있죠. 그들은 약초를 몸에 스스로 문질렀어요. 성유를 바르는 거죠. 벨라도나나 아트로핀, 뭐 그런 종류의 약물들 있잖아요. 그런 것을 피부에 문지르면 공중에 떠오르는 환각 증세를 느낀답니다. 공중을 나는 것 같은 느낌이 드는 거죠. 그 가엾은 여자들은 그것이 전부 진짜라고 생각했어요. 그리고 아사신들을 좀 보세요……. 시리아 레바논인가, 그런 곳에 있었던 중세의 종족이죠. 그 사람들은 인도 대마를 먹고, 천국에 있는 미녀들과 환락의 시간을 보내는 환상을 즐겼죠. 그들은 죽은 뒤 그런 일을 겪을 것이라고, 하지만 그런 것을 얻기 위해서는 의식에 따라 살해를 해야 한다는 이야기를 듣게 되죠. 아, 내가 멋지게 이야기를 하고 있는 건 아니지만 실제로 그런 일들이 일어났답니다."

"실제로 일어난 일이라는 것은 사람들이란 본질적으로 아주 속기 쉽다는 사실이네요?"

"네, 그렇게 말할 수도 있겠지요."

"사람들은 들은 대로 믿어요. 그래요, 우리 모두가 정말 그러기 쉽지요."

그녀는 그 말을 덧붙이고 날카롭게 말했다.

"당신에게 이 인도 이야기를 해 준 건 누구죠? 남편들을 흰독말풀에 절이는 이야기 말이에요."

그리고 그가 대답하기도 전에 덧붙였다.

"팔그레이브 소령님이었나요?"

잭슨은 좀 놀란 것 같았다.

"어…… 네. 사실은 그랬어요. 소령님이 내게 그런 이야기를 많이 해 주셨죠. 물론 그런 이야기 대부분은 소령님이 태어나기도 전의 이야기겠지만, 그래도 그런 것을 아주 잘 아시는 것 같았어요."

"팔그레이브 소령님이야 자기가 모든 것에 대해 해박하다고 생각했죠. 하지만 사람들에게 이야기를 할 때는 부정확하게 말하는 일이 잦았어요."

마플 양은 생각에 잠겨 고개를 흔들었다.

"팔그레이브 소령님이 답변해야 할 일이 아주 많군요."

옆쪽 침실에서 가벼운 소리가 났다. 마플 양은 급히 돌아보았다. 그녀는 재빨리 욕실에서 나가 침실로 들어갔다. 럭키 다이슨이 창가 옆에 서 있었다.

"나는…… 아! 나는 당신이 여기에 계신 줄 몰랐어요, 마플 양."

"잠깐 욕실에 들어가 있었을 뿐이에요."

마플 양이 빅토리아 왕조의 유물 같은 분위기와 위엄을 풍기며 말했다.

잭슨은 욕실에서 활짝 웃고 있었다. 빅토리아 왕조의 소박함은 언제나 그를 즐겁게 했다.

"내가 몰리와 잠시 앉아 있으면 좋아하지 않을까 해서 일부러 왔어요."

럭키는 그렇게 말하며 침대 쪽을 바라보았다.

"몰리는 자고 있지요, 그렇죠?"

"그런 것 같아요. 하지만 정말 괜찮아요. 가서 즐겁게 지내세요. 당신은 그 탐험 여행에 간 줄 알았는데요?"

"그러려고 했어요. 그런데 지독한 두통 때문에 막판에 가서 포기했답니다. 그래서 뭔가 쓸모 있는 일이라도 해야겠다는 생각이 들었어요."

"참 상냥하기도 하지요. 하지만 난 여기서 아주 잘 지내고 있으니 염려 마요."

마플 양은 침대 옆에 다시 앉아 뜨개질감을 집어 들며 말했다.

럭키는 잠시 머뭇거리더니 돌아서서 나갔다. 마플 양은 잠깐 기다린 다음 다시 살금살금 욕실로 들어갔다. 그러나 잭슨은 가 버리고 없었다. 다른 문으로 나간 모양이었다. 마플 양은 그가 쥐고 있던 페이스 크림 병을 집어 들어 주머니에 슬쩍 넣었다.

그 여자의 남자는?

　그레이엄 의사와 자연스럽게 잠깐 이야기를 나누는 것은 마플 양의 생각만큼 쉽지 않았다. 그녀는 그에게 단도직입적으로 접근하지 않으려고 무척 조심했다. 그에게 물어보게 될 질문들이 쓸데없이 중요해 보일까 봐 그런 것이다.

　팀이 돌아와 몰리를 돌보았고, 마플 양은 그가 식당에 가 있어야 하는 저녁 식사 시간 동안에 그녀가 대신 있어 주겠노라고 그를 안심시켰다. 팀은 다이슨 부인이 기꺼이 몰리와 같이 있어 줄 것이고, 힐링던 부인도 그럴 것이라고 마플 양에게 말했다. 그러나 마플 양은 그 두 사람은 삶을 즐기는 젊은 여자들이고, 그녀는 일찍 조촐하게 먹는 것을 좋아하므로 자기가 몰리를 돌보는 것이 모두에게 편리하지 않겠느냐고 단호히 말했다. 팀은 다시 한 번 그녀에게 따뜻하게 감사를 표했다. 호텔과 여러 방갈로에 이어져 있는 길 위를 조

265

금 불안하게 걸어다니면서 마플 양은 다음 계획을 세우려고 했다. 그 길에는 그레이엄 의사의 방갈로도 있었다.

그녀의 머릿속에는 매우 혼란스럽고 모순된 생각들이 떠돌았다. 마플 양은 그런 것을 그다지 좋아하지 않았다. 이 모든 일의 발단은 명백하게 시작되었다. 팔그레이브 소령은 이야기를 떠벌리는 유감스러운 버릇과 다른 사람에게도 다 들릴 정도로 크게 이야기하는 무분별함을 갖고 있었고, 그 결과 스물네 시간도 지나지 않아 죽어버렸다.

'거기에는 난해한 것이 아무것도 없었어.'

마플 양은 생각했다.

하지만 그다음에는 난해한 것밖에 없었다는 것을 인정해야만 했다. 모든 것이 동시에 너무 많은 방향을 가리키고 있었다. 일단 누가 하는 말을 한 마디도 믿지 않고, 아무도 믿을 수 없다고 치고, 여기서 그녀가 이야기를 나눈 많은 사람들이 세인트 메리 미드의 어떤 사람들과 유감스럽게도 닮은 점을 갖고 있다 치자. 그러면 그 모든 것이 어디로 귀결될 것인가?

그녀의 마음은 점차 희생자에게 초점이 맞추어지고 있었다. 누군가가 살해될 것인데, 그게 누군지 느낌이 강해지고 있었다. 그렇게 생각할 만한 무엇인가가 있었다. 그녀가 들은 것일까? 알아차린 것일까? 혹은 본 것일까?

이번 경우에는 누군가가 그녀에게 말한 것이었다. 조안 프레스콧일까? 조안 프레스콧은 여러 사람들에 대해서 많은 이야기를 했다.

스캔들? 소문? 조안 프레스콧이 정확히 뭐라고 했더라?

그레고리 다이슨, 럭키……. 마플 양의 생각은 럭키에게 머물렀다. '럭키는 그레고리 다이슨의 첫 번째 부인의 죽음에 매우 깊이 관여했어.'

마플 양은 확신했다. 자연스러운 의심에서 생겨난 확신이었다. 모든 증거가 그런 결론을 가리킨다. 그녀가 걱정하고 있는 다음 희생자가 그레고리 다이슨일 수도 있을까? 럭키는 다른 남편과 다시 운을 시험해 보려고 자유뿐만 아니라 그레고리 다이슨의 미망인이 얻게 될 상당한 액수의 유산을 원하는 것일까?

"하지만 이건 모두 추측일 뿐인걸."

마플 양이 혼잣말을 했다.

"나는 바보같이 굴고 있어. 그래, 바보같이 굴고 있다는 것도 잘 알아. 초점을 흐트리는 것들을 깨끗이 치워 내기만 한다면 진실은 분명히 아주 단순할 거야. 하지만 초점을 흐트리는 것들이 너무 많아. 그게 문제야."

"혼잣말을 하고 있군."

라피엘 씨가 말했다. 마플 양은 화들짝 놀랐다. 그녀는 그가 다가오는 것도 알아차리지 못했다. 에스터 월터스가 그의 몸을 부축하고 있었고, 그는 천천히 자기의 방갈로에서 테라스로 내려오고 있었다.

"당신이 오는 줄 전혀 알아채지 못했어요, 라피엘 씨."

"중얼중얼 입술을 움직이고 있던데……. 일이 급하다더니 어떻게 되었소?"

"아직도 급해요. 단지 아주 단순한 무엇인가를 내가 보지 못하는 것뿐이에요."

"그렇게 단순하다니 다행이군. 도움을 원한다면 내게 부탁하도록 하시오."

그는 고개를 돌렸다. 잭슨이 길을 따라 그들 쪽으로 오고 있었다.

"그래, 여기 있군, 잭슨. 도대체 어디 있었지? 꼭 내가 원할 때는 없단 말이야."

"죄송합니다, 라피엘 씨."

그는 솜씨 좋게 라피엘 씨의 어깨 밑으로 자기 어깨를 미끄러뜨렸다.

"테라스로 내려가실까요, 라피엘 씨?"

"바로 데려가 줘. 좋아, 에스터. 자네는 이제 가서 저녁 옷으로 갈아입어도 돼. 1시간 30분 후에 테라스에서 만나자고."

그와 잭슨은 함께 떠났다. 월터스 부인은 마플 양의 옆 의자에 풀썩 앉았다. 그녀는 팔을 부드럽게 문질렀다.

"아주 가벼워 보이지요? 하지만 팔이 완전히 뻣뻣해질 정도예요. 오늘 오후 내내 안 보이시더군요, 마플 양."

"그래요. 몰리 켄들이 있는 방갈로에 가 있었어요. 많이 나아진 것 같더군요."

마플 양이 설명했다.

"뭐 그리 크게 다친 것도 아니잖아요."

에스터 월터스가 말했다. 마플 양은 눈썹을 치켜 올렸다. 에스터 월터스의 어조는 단호하고 무미건조했다.

"당신 말은…… 그 부인의 자살 시도가…….'

"나는 그게 자살 시도였다고도 생각하지 않아요. 그녀가 진짜로 약을 과용했다고는 믿지 않아요. 그레이엄 선생님도 잘 아실걸요."

"지금 그 말은 매우 흥미롭네요. 당신이 왜 그렇게 말하는지 궁금한데요?"

마플 양이 말했다.

"이 사건은 그런 거라고 확신하니까요. 오, 이런 건 자주 일어나는 일이에요. 자기에게 주의를 돌리려는 방법이죠."

"'내가 죽으면 당신은 후회할걸?'"

마플 양이 인용했다. 에스터 월터스는 동의했다.

"뭐 그런 거죠. 이 경우에는 그런 동기는 아닌 것 같지만요. 지금 말씀은 남편이 자기한테 무심한데 자기는 남편을 무척 좋아한다고 느낄 때지요."

"오, 당신은 몰리 켄들이 자기 남편을 좋아한다고 생각하지 않는 군요?"

"네. 당신은 그렇게 생각하세요?"

마플 양은 생각해 보았다.

"나는 그렇다고 생각했어요."

그녀는 잠깐 말을 멈추었다가 덧붙였다.

"아마 내가 틀렸겠지만요."

에스터는 약간 빈정대는 듯한 미소를 지었다.

"몰리에 대해서 좀 들은 것이 있어요. 옛날 일이죠."

"프레스콧 양에게서요?"

"아, 두어 사람에게서요. 남자가 있었다면서요? 몰리가 열을 올리던 남자. 그 집 사람들은 죽어라고 반대했고요."

에스터가 말했다.

"네, 나도 그렇게 들었어요."

"그런 후에 몰리는 팀과 결혼했어요. 어떤 의미로는 팀을 좋아했겠죠. 하지만 예전 남자도 포기하지 않았어요. 한두 번은 그 남자가 여기까지 그녀를 따라오지 않았나 싶어요."

"그럴 수도 있겠군요. 하지만…… 그게 누구죠?"

"누군지는 몰라요. 그리고 그들은 아주 조심스럽게 행동했을 거예요."

에스터가 말했다.

"당신은 그녀가 예전 남자를 더 좋아한다고 생각하세요?"

에스터는 어깨를 움츠렸다.

"감히 말하자면, 나는 그를 나쁜 놈이라고 생각해요. 하지만 그런 남자가 여자 마음을 사로잡고 놔주지 않는 경우가 많죠."

"그 남자가 어떤 사람인지…… 무슨 일을 했는지…… 그런 건 듣지 못했나요?"

에스터는 고개를 흔들었다.

"듣지 못했어요. 추측이야 할 수 있지만, 그런 종류의 일은 알 수가 없잖아요. 아마 유부남이었겠지요. 그래서 그 집에서 그 남자를 싫어했을 거예요. 아니면 진짜 나쁜 놈이었을 수도 있고요. 알코올 중독이었을 수도 있고, 법적인 문제가 얽혔을 수도 있고……. 모르겠어요. 하지만 그녀는 아직도 그를 좋아해요. 그건 분명해요."

"당신은 뭔가 보았거나 들었군요?"

마플 양은 과감하게 물었다.

"나는 내가 무슨 말을 하고 있는지 잘 알아요."

에스터의 목소리는 거칠고 적대적이었다.

"이 살인 사건들은……."

마플 양이 말을 시작했다.

"살인 사건은 좀 잊어버리실 수 없어요? 당신 때문에 라파엘 씨는 완전히 사건에 빠져 버렸어요. 그냥…… 그대로 둘 수 없어요? 당신은 절대로 더 이상은 아무것도 찾아낼 수 없을 거예요. 절대로요."

마플 양은 그녀를 바라보았다.

"당신은 뭔가 알고 있군요, 그렇죠?"

"네, 그렇다고 생각해요. 확신하고 있어요."

"그러면 당신이 아는 것을 말해 줘야 하지 않을까요……. 무슨 조치라도 취하려면요."

"왜 내가 그래야 하죠? 무슨 소용이 있다고? 나는 아무것도 증명할 수 없는걸요. 게다가 내가 말한들 뭐가 달라지겠어요? 요새는 벌도 아주 쉽게 면제되는데요. 한정 책임 능력인가 뭔가, 사람들은 그렇게 부르지요. 감옥에 겨우 몇 년 있다가 빗자루처럼 꼿꼿하게 다시 나오는걸요.”

“만약 당신이 아는 것을 말하지 않아서 누군가가 살해된다면……
다른 희생자가 생긴다면 어떡하죠?”

에스터는 자신 있게 고개를 흔들며 말했다.

“그런 일은 일어나지 않아요.”

“그렇다고 확신할 수는 없잖아요.”

“확신해요. 그리고 어쨌든 나는 누가…….”

그녀는 얼굴을 찌푸리며 말을 제대로 잇지 못하고 덧붙였다.

“하여간 틀림없어요…… 한정 책임 능력. 당신도 어쩔 수 없을 거
예요……. 진짜로 정신적으로 균형이 잡혀 있지 않다면 어쩔 수 없
잖아요. 아, 난 몰라요. 가장 좋은 건 그녀가 그 남자와…… 누구든
간에 그 남자와 함께 떠나 버린다면 우리 모두 이 사건을 잊어버릴
수 있을 거예요.”

그녀는 시계를 흘끔 보더니 당황해서 소리를 지르며 자리에서 일
어섰다.

“아, 가서 옷을 갈아입어야 해요”

마플 양은 앉아서 그녀가 가는 모습을 눈길로 좇았다. 그리고 생
각했다.

‘대명사는 언제나 사람을 어리둥절하게 만들어. 특히 에스터 월
터스 같은 여자는 대명사를 아무렇게나 붙이는 경향이 있지. 에스
터 월터스는 어떤 이유로 팔그레이브 소령과 빅토리아의 죽음에 책
임이 있는 사람이 여자라고 확신했을까?’

에스터 월터스의 말은 그렇게 들렸다. 마플 양은 생각에 잠겼다.

"아, 마플 양, 여기 혼자 앉아 계셨군요⋯⋯. 그런데 뜨개질도 안하고 계시네요?"

그녀가 그토록 오래 찾고 있던 그레이엄 의사였다. 그가 자발적으로 몇 분 동안 이야기를 하러 온 것이다. 오래 머물지는 않을 것이라고 마플 양은 생각했다. 그도 저녁 식사를 위해 옷을 바꿔 입으러 갈 것이고, 그는 보통 저녁 식사를 빨리 했다. 그녀는 자기가 그날 오후 몰리 켄들의 침대 옆에 앉아 있었다고 말했다.

"그렇게 빨리 회복되다니 믿기 힘들 정도예요."

"아, 그건 그리 놀랍지 않아요. 약을 아주 많이 먹은 것은 아니거든요."

그레이엄 의사가 말했다.

"오, 나는 그녀가 알약으로 가득 찬 병을 반 병이나 먹었다고 들었는데요."

그레이엄 의사는 너그럽게 미소 지었다.

"아뇨. 그만큼 먹은 것 같지는 않아요. 그렇게 먹으려고 했다고는 말할 수 있겠죠. 하지만 마지막 순간에 절반 정도는 던져 버렸을 겁니다. 사람들은 자기가 자살하고 싶다고 생각할 때마저도 사실은 그것을 원치 않을 때가 종종 있거든요. 그래서 완전히 죽을 정도로 많이 먹지는 않는답니다. 계획적으로 사람들을 속이려고 그러는 것이 아니라 그저 자신을 돌보려는 무의식의 소산이죠."

"오, 하지만 일부러 그랬을 수도 있다고 생각해요. 내 말은 그렇게 보이려고……."

마플 양이 말을 멈추었다.

"그런 일도 가능하죠."

그레이엄 의사가 말했다.

"예를 들어 그녀와 팀이 싸웠다면요?"

"하지만 아시다시피 그 부부는 잘 싸우지 않잖습니까. 그들은 서로를 아주 사랑하는 것 같아요. 하지만 어쩌다 한 번쯤은 싸울 수도 있겠지요. 아니, 지금은 그녀의 상태가 아주 나쁘다고 생각하지 않습니다. 실제로는 일어나서 평소처럼 돌아다닐 수 있어요. 하지만 하루이틀 정도 지금처럼 두는 편이 더 나을 것 같습니다."

그는 일어서서 쾌활하게 고개를 끄덕이며 호텔 쪽으로 갔다. 마플 양은 그 자리에 약간 더 머물러 있었다.

여러 가지 생각이 그녀의 머릿속을 스치고 지나갔다……. 몰리의 매트리스 아래 있던 책과 몰리가 자는 척하고 있었던 것……. 조안 프레스콧의 말과 나중에 에스터 월터스가 한 이야기…….

다음 순간 그녀의 생각은 그 모든 것의 원점으로 돌아갔다…… 팔그레이브 소령…….

무엇인가가 그녀의 머릿속에서 꿈틀거리고 있었다. 팔그레이브 소령에 대한 무엇인가가…….

만약 기억해 낼 수만 있다면…….

마지막 날

"그리고 저녁이 되고 아침이 되니 마지막 날이었느니라."

마플 양은 혼잣말을 했다.

그런 다음 약간 혼란스러운 채로 다시 의자에 똑바로 앉았다. 깜빡 졸았던 것이다. 믿어지지 않는 일이었다. 스틸 밴드가 연주를 하고 있었고 스틸 밴드의 연주 도중에는 누구도 졸 수 없었다……. 음, 이건 내가 이곳에 익숙해져 간다는 사실을 보여 주는군! 마플 양은 생각했다. 무슨 말을 하고 있었더라? 잘못 인용을 하고 있었는데. 마지막 날? 첫 번째 날이지. 그렇게 말해야 했다. 그날은 첫 번째 날이 아니었다. 마지막 날도 아닐 것이다.

그녀는 다시 똑바로 앉았다. 사실은 엄청나게 지쳐 있었던 것이다. 이 불안함, 부끄러울 정도로 잘못 짚고 있다는 느낌……. 그녀는 다시 한 번 몰리가 반쯤 감은 눈꺼풀 아래에서 보내던 이상하고 교활한 시선을 기억해 내고 불쾌한 기분에 사로잡혔다. 그 아가씨의 머릿속에는 무슨 생각이 있을까? 마플 양은 생각했다. 모든 것이 첫인상과는 얼마나 다른가. 팀 켄들과 몰리는 매우 자연스럽고 행복한 젊은 부부였다. 힐링던 부부는 참으로 유쾌하고 행실 좋고, 이른바 '멋진' 사람들이라고 할 만했다. 명랑하고 스스럼없는 사교적인 사람인 그레고리 다이슨, 명랑하고 귀에 거슬릴 정도로 쉴 새 없이 지껄이며 세상과 자기 자신에 만족해하는 럭키……. 그 네 사람은 참으로 서로 잘 지내고 있었다. 친절하고 다정한 프레스콧 신부, 신랄한 경향이 있긴 하지만 상냥한 조안 프레스콧. 그런데 이렇게 상냥한 여자들도 가끔은 수다로 기분 전환을 해야 했다. 그들은 무슨 일이 일어나고 있는지 늘 알고 있어야 했다. 둘과 둘이 넷이 될 때를 알고, 그러다 다섯이 될 때도 알아야 했다! 그런 여자들에게는 아무 해도 없다. 혓바닥은 계속 움직여도 불운에 빠진 사람을 보면 친절해진다. 괴짜 명사인 라피엘 씨는 한번 보면 절대로 잊을 수 없는 사람이었다. 그러나 마플 양은 자기가 라피엘 씨의 다른 면을 알고 있다고 생각했다.

의사들도 그를 포기했다. 그가 그렇게 말했다. 그러나 그녀는 이번에는 의사들이 자기 소견에 더욱 확신을 가졌을 거라고 생각했다. 라피엘 씨는 자기에게 남은 날이 손으로 꼽을 정도라는 사실을 알고 있었다.

그 사실을 확실히 알고 있을 때, 그는 어떤 행동을 취하려 들까?

마플 양은 그 질문에 대해 생각해 보았다.

'중요한 일일지도 몰라.'

그녀는 생각했다.

그가 정확히 뭐라고 말했더라? 목소리가 좀 어색할 정도로 크고 확실했는데……. 마플 양은 사람의 어조를 듣는 데 아주 숙련되어 있었다. 그녀는 일생 동안 아주 많은 말을 귀 기울여 들었던 것이다. 라피엘 씨는 그녀에게 진실이 아닌 것을 말하고 있었다.

마플 양은 주변을 둘러보았다. 밤공기, 부드러운 꽃향기, 작은 불이 켜진 테이블, 예쁜 옷을 입은 여자들, 짙은 인디고 남색 드레스에 흰 프린트 문양이 있는 옷을 입은 이블린, 금빛 머리를 빛내며 흰 시스(몸에 딱 붙는 여성용 원피스 — 옮긴이)를 입은 럭키. 오늘 밤에는 모두가 즐겁고 생기로 충만한 것 같았다. 팀 켄들마저도 미소를 짓고 있었다. 그는 그녀의 테이블을 지나쳐 가며 말했다.

"이번에 해 주신 일들에 대해서 어떻게 감사드려야 할지 모르겠습니다. 몰리는 이제 평상시로 돌아왔어요. 의사는 내일쯤 자리를 털고 일어날 수 있다고 합니다."

마플 양은 그에게 미소를 짓고 좋은 소식이라고 말했다. 그러나 그녀는 미소를 짓기가 아주 힘들다는 것을 알았다. 확실히 지친 거야…….

그녀는 일어서서 천천히 자기의 방갈로로 걸어서 돌아왔다. 그녀는 계속 생각하고, 수수께끼를 풀고, 기억해 내려고 하고, 여러 가지 사실과 말과 시선을 함께 조합하고 싶었다. 그러나 그럴 수가 없었다. 지친 정신이 반란을 일으켰다. 그 정신은 '자요! 당신은 이제 자러 가야 해요!'라고 말했다.

마플 양은 옷을 벗고 침대로 들어가 침대 옆에 놓아둔 토마스 아 켐피스의 책 몇 구절을 읽다가 불을 껐다. 어둠 속에서 그녀는 기도를 드렸다. 혼자 모든 일을 할 수는 없었다. 누군가의 도움을 받아야 했다.

"오늘 밤에는 아무 일도 일어나지 않기를."

그녀는 간절히 바라며 중얼거렸다.

마플 양은 갑자기 잠이 깨어 침대에서 일어나 앉았다. 가슴이 두근거리고 있었다. 그녀는 불을 켜고 침대 옆에 놓인 작은 시계를 보았다. 새벽 2시였다. 그런데 바깥에서 뭔가 움직이는 소리가 계속 들렸다. 그녀는 일어나서 가운을 입고 슬리퍼를 신은 다음, 모직 스카프를 머리에 두르고 정찰하러 밖으로 나갔다. 밖에서는 횃불을 든 사람들이 이리저리 움직이고 있었다. 그녀는 사람들 사이에서 프레스콧 신부를 보고 그쪽으로 다가갔다.

"무슨 일이지요?"

"오, 마플 양? 켄들 부인 일입니다. 그녀의 남편이 깨어나 보니 켄들 부인이 침대에서 빠져나가 바깥으로 나가고 없더랍니다. 우리는 지금 그녀를 찾고 있습니다."

그는 서둘러 가던 길을 계속 갔다. 마플 양은 느린 속도로 그를 쫓아갔다. 몰리가 어디로 갔을까? 왜? 고의로 계획한 일일까? 그녀를 지키던 사람들이 안심하자마자 남편이 깊이 잠든 동안 빠져나가기로 계획한 것일까? 마플 양은 그럴 수도 있겠다고 생각했다. 하지만 왜? 이유가 뭘까? 에스터 월터스가 강하게 암시한 대로 다른 남자가 얽혀 있는 것일까? 그 남자는 누구일까? 아니면 더 불길한 이유라도 있는 것일까?

마플 양은 주위를 돌아보고 덤불 아래를 들여다보며 계속 걸어갔다. 그러다가 갑자기 그녀는 희미하게 부르는 소리를 들었다.

"여기! 이쪽 길이예요!"

호텔 구내 너머 조금 먼 곳에서 들리는 외침 소리였다.

'바다로 통하는 냇가 근처겠군.'

마플 양은 생각했다. 그녀는 그쪽으로 될 수 있는 한 빠르게 성큼성큼 걸어갔다.

처음에 그녀가 생각했던 만큼 수색하는 사람들이 많은 것은 아니었다. 대부분의 사람들은 아직 방갈로에서 자고 있는 것이 분명했다. 그녀는 시냇가 둑 위에 사람들이 서 있는 것을 보았다. 누군가가 그녀를 쓰러뜨릴 듯이 밀며 그쪽으로 달려갔다. 팀 켄들이었다. 잠시 후 그녀는 크게 울부짖는 팀의 목소리를 들을 수 있었다.

"몰리! 세상에, 몰리!"

일이 분 후 마플 양은 그 몇 명 안 되는 일행에 합류했다. 쿠바 인 웨이터 한 사람, 이블린 힐링던, 원주민 아가씨 두 명으로 된 일행이었다. 그들은 물러서서 팀이 지나갈 길을 내주었다. 팀 켄들이 몸을 구부리고 살펴보고 있을 때 마플 양은 그곳에 도착했다.

"몰리……."

그는 천천히 무릎을 꿇고 앉았다. 마플 양은 시냇가에서 얼굴을 물속에 처박은, 어깨를 덮고 있는 옅은 녹색 숄 위로 금빛 머리가 펼쳐져 있는 젊은 여자의 시체를 똑똑히 보았다. 시냇가의 잎과 골풀들이 어우러진 그 장면은 마치 「햄릿」의 한 장면 같았다. 몰리는 죽은 오필리아였다…….

팀이 한 손을 뻗어 몰리를 만지려고 하자, 마플 양은 상식적으로 조용히 앞으로 나서서 날카롭고 위엄 있게 말했다.

"그녀를 움직이지 마세요, 켄들 씨. 그녀를 움직이면 안 돼요."

팀은 멍한 얼굴로 그녀를 쳐다보았다.

"하지만…… 그래야 해요……. 몰리잖아요. 나는…….'

이블린 힐링던은 그의 어깨를 쓰다듬었다.

"그녀는 죽었어요, 팀. 몸을 움직이지는 않았지만 맥은 짚어보았어요."

"죽었다고?"

팀이 믿을 수 없다는 듯이 말했다.

"죽었다고? 몰리가…… 물에 빠져 자살했다는 거예요?"

"유감이지만 그런 것 같아요. 그렇게 보여요."

"하지만 왜?"

젊은 남편의 입에서 커다란 외침이 터져 나왔다.

"왜? 오늘 아침만 해도 그렇게 행복했는데……. 우리가 내일 무슨 일을 할지 이야기하고 있었다고요. 왜 이런 끔찍한 자살 충동에 다시 휘말린 거지? 왜 살금살금 어둠 속으로 달려 나가서, 여기까지

내려와 물에 빠져 죽었을까? 무슨 절망스러운 심정으로…… 어떤 불행이……. 왜 나한테 한 마디도 하지 못했을까?"

"모를 일이에요, 팀. 정말 모를 일이에요."

이블린이 부드럽게 말했다.

"누군가가 가서 그레이엄 의사를 데려오는 게 좋겠어요. 그리고 누군가가 경찰에 전화를 해야 할 거예요."

마플 양이 말했다. 팀은 쓴웃음을 터뜨렸다.

"경찰? 경찰이 무슨 소용이 있습니까?"

"자살한 경우라도 경찰에 신고해야 해요."

마플 양이 말했다. 팀은 천천히 일어서서 무겁게 말했다.

"내가 그레이엄 선생님을 모셔 오겠습니다. 아마…… 지금이라도…… 무슨 일을 해 주실 수 있을지도……."

그는 비틀거리며 호텔 쪽으로 갔다.

이블린 힐링던과 마플 양은 나란히 서서 죽은 여자를 내려다보고 있었다. 이블린은 고개를 흔들었다.

"너무 늦었어요. 몸이 아주 차가워요. 최소한 한 시간 전에 죽은 게 틀림없어요……. 어쩌면 더 되었는지도 몰라요. 이게 웬 비극이람. 저 둘은 언제나 아주 행복해 보였는데……. 나는 몰리가 정신적으로 불안정했다고 생각해요."

"아뇨. 정신적으로 불안정했다고는 생각하지 않아요."

마플 양이 반박했다. 이블린 힐링던은 호기심을 보이며 그녀를 바라보았다.

"그게 무슨 뜻이죠?"

구름 뒤에 있던 달이 모습을 드러냈다. 달이 몰리의 펼쳐진 머리에 반짝이는 은빛을 비추었다……

마플 양은 갑자기 외마디소리를 질렀다. 그녀는 몸을 숙이고 시체를 들여다본 다음, 손을 펴고 금빛 머리를 쓸어 보았다. 이블린 힐링던에게 말을 건네는 그녀의 목소리는 지금까지와 완전히 달랐다.

"내 생각에는 확실히 하는 게 좋을 것 같아요."

이블린 힐링던은 놀라서 그녀를 빤히 바라보았다.

"하지만 당신 자신이 아무것도 건드리면 안 된다고 팀에게 말했잖아요?"

"알아요. 하지만 그때는 달이 나오지 않았잖아요. 나는 이걸 보지 못했어요……"

그녀의 손가락이 시체를 가리켰다. 그다음 아주 조심스럽게 금발 머리를 쓰다듬으며 머리카락을 갈랐다. 뿌리가 드러나게……

이블린은 날카로운 소리로 외쳤다.

"럭키!"

잠시 후 그녀는 되풀이했다.

"몰리가 아니라…… 럭키야."

마플 양은 고개를 끄덕였다.

"그 둘의 머리카락 색깔은 아주 비슷했어요……. 하지만 럭키의 머리카락은 염색한 것이기 때문에, 뿌리 쪽이 검은 게 당연하지요."

"하지만 몰리의 숄을 입고 있는데요."

"그 숄에 감탄했잖아요. 그런 것을 갖고 싶다고 말하는 걸 들었어요. 그걸 산 게 분명해요."

"그래서 우리가…… 속았군요……."

이블린은 자기를 지켜보고 있는 마플 양의 눈과 마주치자 갑자기 말을 멈추었다.

"누군가가 그녀의 남편에게 말해 줘야 해요."

마플 양이 말했다. 한순간 침묵이 흐른 뒤 이블린이 입을 열었다.

"좋아요. 제가 하죠."

그녀는 돌아서서 야자나무 속으로 걸어갔다.

마플 양은 잠시 꼼짝하지 않고 그곳에 남아 있다가, 고개를 아주 약간 돌리며 말했다.

"힐링던 대령님이신가요?"

에드워드 힐링던은 뒤편의 숲에서 나와 그녀 옆에 섰다.

"내가 저기 있는 걸 어떻게 알았습니까?"

"그림자가 드리워졌어요."

마플 양이 말했다. 그들은 잠시 침묵 속에 서 있었다.

그는 마플 양이 아니라 자기 자신에게 말하는 것처럼 말했다.

"결국 럭키는 자기의 행운을 너무 과신했어……."

"당신은 마치 그녀가 죽은 것을 기뻐하는 것 같군요."

"그게 놀랍습니까? 부인하지는 않겠습니다. 그녀가 죽어서 기쁩니다."

"죽음은 가끔 어떤 문제들의 해결책이 되지요."

에드워드 힐링던은 천천히 고개를 돌렸다. 마플 양은 그의 시선을 차분하고 확고하게 마주보았다.

"당신 생각은……."

그는 갑작스럽게 한 발짝 그녀 쪽으로 다가왔다. 그의 어조에 악의가 깃들었다.

마플 양은 조용히 말했다.

"당신 아내가 다이슨 씨와 함께 잠시 후 돌아올 거예요. 혹은 켄들 씨가 그레이엄 의사와 함께 오든지요."

에드워드 힐링던은 몸에서 힘을 뺐다. 그는 다시 돌아서서 죽은 여자를 내려다보았다.

마플 양은 그 자리에서 조용히 빠져나왔다. 그녀의 걸음걸이는 곧 빨라졌다.

자기가 묵고 있는 방갈로에 닿기 직전, 그녀는 그 자리에 멈추어 섰다. 그녀가 팔그레이브 소령과 이야기를 나누었던 곳이었다. 살인자의 스냅 사진을 찾아 지갑을 뒤졌던 곳도 바로 그곳이었다…….

그녀는 그가 위를 쳐다보고 얼굴을 붉으락푸르락 붉힌 것을 기억했다…….

"너무 추해요."

드 카스페아로가 그렇게 말했지.

"그는 사악한 눈을 가졌어요."

사악한 눈…… 눈…… 눈…….

네메시스

소란과 밤의 행로가 얼마나 컸든지 간에 라피엘 씨는 아무 소리
도 듣지 못했다.

그는 침대에서 완전히 곯아떨어져 있었다. 코에서는 가늘고 희미
한 코골이 소리가 났다. 그때 누군가가 그의 어깨를 잡고 난폭하게
흔들었다.

"에…… 뭐야…… 웬 악마라도 나왔나?"

"그게 나예요."

마플 양이 말했다. 이번만큼은 문법에 맞는 표현을 쓰고 있지 않
았다.

"그보다는 좀 더 강조해서 말해야겠지만요. 그리스 인들은 그것
을 가리키는 단어를 갖고 있었지요. 내 생각이 맞다면 '네메시스'(그
리스 신화에 나오는 복수의 여신 — 옮긴이)예요."

라피엘 씨는 온 힘을 다해 베개에 기대고 일어나 앉았다. 그는 그녀를 노려보았다. 달빛 속에 서서 보풀거리는 옅은 분홍빛 모직 스카프로 머리를 감싸고 있는 마플 양의 모습은 상상할 수 있는 한 네메시스와 가장 동떨어진 모습이었다.

"그럼 당신이 네메시스라는 말이오?"

라피엘 씨가 잠시 말을 하지 못하다가 물었다.

"그랬으면 좋겠어요……. 당신의 도움이 필요해요."

"이 한밤중에 무엇을 하겠다는 건지 분명히 이야기하기는 싫소?"

"우리는 가능한 한 빨리 행동해야 할 거예요. 아주 빨리요. 내가 바보였어요. 정말 바보였어요. 처음부터 이것이 다 무슨 일인지 알았어야 했어요. 너무 간단한 문제였는데……."

"뭐가 간단하다는 건지…… 무슨 이야기를 하는 거요?"

"당신이 자는 동안 아주 많은 사건이 일어났어요. 시체가 하나 발견되었어요. 처음에는 그게 몰리 켄들의 시체라고 생각했어요. 그런데 아니었어요. 그건 럭키 다이슨이었어요. 시내에 빠져 죽었지요."

마플 양이 말했다.

"럭키라고? 시내에 빠져 죽어? 스스로 빠져 죽은 거요, 누가 빠뜨려 죽인 거요?"

라피엘 씨가 말했다.

"누군가가 빠뜨려 죽였어요."

마플 양이 말했다.

"알았소. 최소한 감은 잡겠군. 그래서 당신이 그렇게 '간단하다'

고 말하는 거군, 맞소? 그레고리 다이슨일 가능성이 언제나 가장 높았고, 결국 그가 범인이었소. 그런 거요? 당신 생각은 그거요? 그리고 당신은 그가 잡히지 않고 달아날까 봐 걱정하는 거고?"

마플 양은 숨을 깊이 들이쉬었다.

"라피엘 씨, 나를 믿어 주겠어요? 우리는 살인이 일어나기 전에 막아야 해요."

"아니, 살인이 이미 일어났다고 하지 않았소?"

"그 살인은 실수로 일어난 거예요. 곧 또 하나의 살인이 일어날 수 있어요. 허비할 시간이 없어요. 우리는 그 사건이 일어나는 걸 가능한 한 막아야 해요. 그러니까 우리는 즉시 가야 해요."

"말은 좋구먼. 당신은 '우리'라고 하는데, 내가 어떻게 그럴 수 있다고 생각하시오? 나는 누가 도와주지 않으면 걸을 수도 없소. 당신과 내가 어떻게 살인을 막는단 말이오? 당신은 백 살 가까이 되었고 나도 다 늙은 말이잖소."

"나는 잭슨 생각을 하고 있었어요. 잭슨은 당신의 말이라면 다 듣겠지요, 그렇죠?"

"분명히 그럴 거요. 특히 내가 그 일을 할 만한 가치가 있는 보수를 주겠다고 약속을 하면……. 그게 바로 당신이 원하는 거요?"

"그래요. 나와 함께 가서 내가 내리는 어떤 명령에도 복종하라고 그에게 말해 주세요."

라피엘 씨는 오륙 초간 그녀를 바라보다가 말했다.

"알았소. 지금 인생 최대의 위험을 무릅쓰고 있는 것 같군. 음, 처음 있는 일도 아니오."

그는 목소리를 높여 잭슨을 불렀다.

"잭슨!"

동시에 그는 손 가까이에 놓여 있는 전기 벨을 집어 들고 버튼을 눌렀다.

30초도 안 되어서 잭슨이 옆방의 연결 문에서 나타났다.

"종을 울리셨습니까, 어르신? 무슨 일이 있나요?"

그는 갑자기 말을 멈추고 마플 양을 바라보았다.

"자, 잭슨, 내가 말하는 대로 해. 자네는 이 부인…… 마플 양과 함께 가게. 마플 양이 데려가는 곳으로 가서 그녀가 시키는 대로 해. 그녀가 어떤 명령을 내리든 복종하란 말이야, 알겠나?"

"저는……."

"알았나?"

"예, 어르신."

"그렇게 하면 섭섭치는 않을 거야. 그 일을 할 만한 보람이 있게 만들어 주지."

"고맙습니다, 어르신."

"나를 따라 와요, 잭슨 씨."

마플 양은 그렇게 말하고 어깨 너머로 라피엘 씨에게 말했다.

"도중에 월터스 부인더러 당신에게 가 보라고 말해 둘게요. 월터스 부인에게 당신을 침대에서 부축해서 데려가 달라고 하세요."

"어디로 데려가라고?"

"켄들의 방갈로예요. 나는 몰리가 그곳으로 돌아갈 거라고 생각해요."

마플 양이 말했다.

몰리는 바닷가에서부터 길을 따라 올라왔다. 그녀의 눈은 고정된 듯 앞만 바라보고 있었다. 때때로 그녀는 숨죽인 목소리로 작게 흐느껴 울었다.

그녀는 로지아의 계단을 올라가 잠시 걸음을 멈추었다가, 창문을 밀어 열고 침실로 걸어 들어갔다. 불은 켜져 있었지만 방은 비어 있었다. 몰리는 침대로 가서 앉았다. 손으로 이마를 쓸고 얼굴을 찌푸린 채로 몇 분 동안 가만히 앉아 있었다.

그런 다음, 주위를 은밀하게 재빨리 둘러보고 나서 그녀는 매트리스 아래로 손을 살짝 넣어 그곳에 숨겨 놓았던 책을 꺼냈다. 그녀는 그 위에 몸을 구부리고 찾는 곳이 있는 듯 책장을 넘겼다.

밖에서 달려오는 발소리 때문에 그녀는 고개를 들었다. 그녀는 죄책감에 찬 듯 빠른 동작으로 책을 등 뒤에 숨겼다.

팀 켄들이 숨이 턱에 닿을 듯 헐떡이며 들어왔다. 그는 그녀를 보자 커다랗게 안도의 한숨을 내쉬었다.

"하느님, 고맙습니다. 어디 있었어, 몰리? 당신을 찾아 온갖 곳을 돌아다녔어."

"시냇가에 갔어."

"당신이 시냇가에……."

그가 말을 멈추었다.

"그래. 시냇가로 갔어. 하지만 그곳에서 기다릴 수가 없었어. 그럴 수가 없었어. 누군가가 물 속에 있었어……. 죽은 여자가 있었어."

"당신 말은…… 난 그게 당신이라고 생각했어. 방금에야 럭키라는 걸 알았어."

"나는 그 여자를 죽이지 않았어. 정말이야, 팀. 내가 죽인 게 아니야. 내가 그러지 않았다고 확신해. 내 말은…… 만약 내가 그랬다면 기억할 거야, 안 그래?"

팀은 침대 끝에 무너지듯 천천히 앉았다.

"당신이 하지 않았다…… 확실해……? 아냐. 물론 당신은 그녀를 죽이지 않았어!"

그는 외치다시피 그 말을 했다.

"그런 식으로 생각하지 마, 몰리. 럭키는 스스로 빠져 죽은 거야. 당연히 자살한 거야. 힐링던이 그 여자를 찼거든. 그래서 물에 얼굴을 처박고 죽어 버린 거야……."

"럭키는 그런 일을 할 사람이 아니야. 절대 그럴 사람이 아니야. 하지만 나는 럭키를 죽이지 않았어. 맹세할 수 있어."

"여보, 물론 당신이 그랬을 리가 없지!"

그는 그녀를 껴안았지만 그녀는 그의 팔에서 몸을 빼냈다.

"나는 이곳이 지긋지긋해. 이곳은 온통 햇빛으로 넘쳐나는 곳인 줄 알았어. 그렇게 보이기도 했고. 하지만 그렇지 않았어. 이곳에는 그림자가…… 크고 검은 그림자가…… 그리고 나는 그 안에 갇혀 있어……. 거기서 빠져나갈 수가 없어…….”

그녀의 목소리는 점점 높아져 비명처럼 들렸다.

“쉿, 몰리! 제발 쉿!”

그는 욕실로 들어갔다가 잔 하나를 들고 돌아왔다.

“이것 봐, 이거 마셔. 그러면 진정이 될 거야.”

“나…… 난 아무것도 못 마시겠어. 이가 너무 떨려서.”

“아냐. 마실 수 있어, 여보. 여기 침대 가에 앉아.”

그는 그녀에게 팔을 두르고 그녀의 입술에 잔을 갖다 댔다.

“자, 여기 있어. 이걸 마셔.”

갑자기 창가에서 목소리가 들렸다. 마플 양이 또렷이 말했다.

“잭슨, 가요. 가서 그에게 저 잔을 빼앗아 꼭 쥐고 있어요. 조심해
요. 그는 힘이 세고, 아주 필사적으로 저항할 거예요.”

잭슨에게는 몇 가지 약점이 있었다. 그는 돈을 아주 사랑하는 남
자였고, 지위와 권위를 가진 그의 고용주가 그에게 돈을 약속했다.
또 그는 운동으로 근육을 잘 발달시킨 남자였다. 그의 근육은 왜 그
래야 하냐고 묻지 않고 시키는 대로 했다.

그는 번개처럼 빠르게 방을 가로질렀다. 한쪽 손은 팀이 몰리의
입술에 들이대고 있던 잔으로 향했고, 다른 쪽 팔은 팀을 꽉 죄었다.
그는 손목을 빠르게 한번 휙 움직여 잔을 손에 넣었다. 팀은 그에게
거칠게 반항했으나 잭슨에게 꽉 잡혀 움직이지 못했다.

“도대체 이게…… 날 놔. 놓으라고! 자네 미쳤나? 도대체 뭐 하는
거야?”

팀은 난폭하게 몸부림쳤다.

"그 사람 꼭 잡아요, 잭슨."

마플 양이 말했다.

"무슨 일이야? 여기 지금 무슨 일이 일어나고 있는 거야?"

라피엘 씨가 에스터 월터스에게 부축을 받아 창가로 왔다.

"무슨 일이 일어나고 있느냐고요? 당신 부하가 미쳤어요. 완전히, 아주 돌았어요. 지금 그런 일이 일어나고 있는 겁니다. 절 놔주라고 하세요."

팀이 외쳤다.

"안 돼요."

마플 양이 말했다. 라피엘 씨는 그녀를 보았다.

"이제 이야기해 보시오, 네메시스. 이게 다 무슨 일인지 정확히 듣고 싶으니까."

그가 말했다.

"나는 어리석은 바보였어요. 하지만 이제는 바보가 아니에요. 그가 아내에게 먹이려던 저 잔의 내용물을 분석하면 치사량의 마약이 나올 거예요. 내기해도 좋아요······. 그래요, 내 불멸의 영혼을 걸고 내기해도 좋아요. 아시겠어요? 팔그레이브 소령님의 이야기와 똑같은 패턴이에요. 우울증에 빠진 아내, 그녀는 자살을 기도하고, 남편이 제때 구해 내지요. 그런 다음 그녀는 두 번째 시도에서 성공해요. 예, 바로 그 패턴이에요. 팔그레이브 소령님은 내게 그런 이야기를 하고 스냅 사진을 꺼내다가 쳐다본 거예요······."

"당신 오른쪽 어깨 너머로 말이지……."

라피엘 씨가 말했다. 마플 양은 고개를 흔들었다.

"아니에요. 소령님은 내 오른쪽 어깨 너머로는 아무것도 보지 않았어요."

"무슨 말을 하고 있는 거요? 당신이 내게 말한 건……."

"내가 당신에게 잘못 말한 거예요. 내가 완전히 틀렸어요. 믿을 수 없을 정도로 어리석었어요. 팔그레이브 소령님은 내 오른쪽 어깨를 넘겨 보고 있는 것처럼, 정확히 말하면 무엇인가 노려보는 것처럼 보였죠……. 그렇지만 그는 아무것도 볼 수가 없었어요. 그가 그쪽을 보려면 왼쪽 눈으로 보아야 했는데 그의 왼쪽 눈은 의안이었으니까요."

"기억나는군……. 그의 한쪽 눈은 의안이었지. 잊어버리고 있었어……. 아니면 그걸 그냥 당연하게 받아들였는지도 모르지. 당신 말은 그가 아무것도 볼 수 없었다는 뜻이오?"

라피엘 씨가 말했다.

"물론 그는 볼 수 있지요. 제대로 볼 수 있었어요. 하지만 한 눈으로만 볼 수 있었죠. 그가 볼 수 있는 눈은 오른쪽 눈이었어요. 그러니까 그는 내 오른쪽이 아니라 왼쪽에 있는 무엇인가, 아니 누군가를 본 거예요."

"누가 당신 왼쪽에 있었지?"

"그래요. 팀 켄들과 그의 아내가 멀지 않은 곳에 앉아 있었죠. 커다란 히비스커스 덤불 옆 테이블에요. 그곳에서 회계를 하고 있었죠. 그러면 소령님은 무엇을 보았을까요? 그의 왼쪽 유리 눈은 내 어깨 위를 노려보고 있었지요. 하지만 다른 눈으로 본 것은 히비스커스 덤불 옆에 앉아 있는 사람이었고, 그 얼굴은 조금 더 나이가 들었을 뿐 스냅 사진의 얼굴과 똑같았어요. 또 히비스커스 덤불 옆에서 팀 켄들은 소령님이 하던 이야기를 들었고, 소령님이 자기를 알아보았다는 것을 눈치 채게 되었어요. 그래서 당연히 소령님을 죽여야 했지요. 나중에 그는 그 아가씨…… 빅토리아도 죽여야 했어요. 그 아가씨는 그가 소령님의 방에 약병을 놓는 것을 보았으니까요. 그 아가씨는 처음에는 그 일에 대해서 아무 생각이 없었어요. 팀 켄들이 손님의 방갈로에 들어가는 것은 여러 가지 경우에서 자연스러웠으니까요. 그저 레스토랑 테이블에 놓고 간 것을 그곳에 돌려놓으러 간 것일 수도 있었지요. 그러나 그녀는 그 일에 대해서 곰곰이 생각해 보았고, 그다음 그에게 질문을 던졌어요. 그래서 그는 그녀도 없애야 했지요. 하지만 지금 이건 실제 살인, 그가 내내 계획하고 있던 살인이에요. 아시겠죠, 그는 아내 살해범이에요."

"무슨 말도 안 되는 소리야? 도대체……."

팀 켄들이 외쳤다.

갑작스럽게 고함 소리가 터져 나왔다. 거칠고 화난 고함 소리였다. 에스터 월터스는 라피엘 씨에게서 몸을 떼어 그를 넘어뜨리다시피 하면서 방을 가로질러 달려갔다. 그녀는 잭슨을 잡아당겼지만 헛수고였다.

"그를 놔줘요…… 그를 놔줘. 그건 사실이 아니야. 한 마디도 사실이 아니야. 팀…… 팀, 당신, 그건 사실이 아니에요. 당신은 아무도 못 죽여요. 당신이 그럴 수 없다는 걸 난 알아요. 그러지 않으리라는 걸 알아요. 당신이 결혼한 그 끔찍한 여자가, 그 여자가 당신에 대해 계속 거짓말을 해 온 거예요. 그건 사실이 아니에요. 하나도 사실이 아니에요. 난 당신을 믿어요. 당신을 사랑하고 믿어요. 다른 사람이 하는 말은 하나도 믿지 않을 거예요. 나는…….”

그 순간 팀 켄들은 자제심을 잃었다.

“그만해, 이 망할 년아! 닥치라고! 내가 목 매달리게 만들고 싶어? 닥쳐, 닥치라고! 그 커다랗고 보기 싫은 입 좀 다물어!”

“가엾고 어리석은 여자 같으니라고. 그래, 일이 그렇게 되고 있었던 거구먼, 응?”

라피엘 씨가 부드럽게 말했다.

마플 양의 상상력

"그래, 일이 그렇게 되고 있었던 거요?"

라피엘 씨가 물었다.

그와 마플 양은 은밀하게 함께 앉아 있었다.

"그녀가 팀 켄들과 연애를 하고 있었군, 맞소?"

"연애라고 할 수도 없었을 거예요. 아마 미래에 결혼할 전망에 대한 낭만적인 애착이었겠죠."

마플 양이 점잔을 빼며 말했다.

"뭐라고? 그럼 그의 아내가 죽은 다음에?"

"가엾은 에스터 월터스 부인은 몰리가 죽을 거라고 생각하지 않았을 거예요. 그냥 팀 켄들이 한 이야기를 믿었겠죠. 몰리가 다른 남자를 사랑하고 있고, 그 남자가 여기까지 따라왔다는 이야기요. 그녀는 팀이 이혼할 거라고 믿고 있었다고 생각해요. 그렇게만 된다면야 적절하고 존중 받을 만한 생각이죠. 그렇지만 그녀는 그를 매우 사랑하고 있었어요."

"음, 그야 쉽사리 이해할 수 있지. 그 녀석은 매력적인 놈이었으니까. 하지만 그는 무엇 때문에 그녀에게 끌렸을까……. 그것도 알고 있소?"

"당신이 알죠, 안 그래요?"

마플 양이 말했다.

"썩 그럴듯한 추측이 있다고는 말할 수 있지. 하지만 당신이 그걸 어떻게 알았는지는 모르겠소. 또 팀 켄들이 그 일을 어떻게 알아냈는지도 모르겠소."

"음, 그건 약간의 상상력만 있다면 설명할 수 있어요. 당신이 직접 말한다면 더 간단하겠지만요."

"내가 말하지는 않을 거요. 당신은 영리한 사람이니 당신이 직접 말해 보시오."

라피엘 씨가 말했다.

"음, 이미 당신에게 말한 대로 당신 부하 잭슨이 때때로 당신의 여러 가지 서류를 훔쳐보는 습관이 있다고 생각했어요."

"그렇고말고. 하지만 거기에 그에게 쓸모가 있는 건 전혀 없다고 말했을 거요. 그런 부분은 주의하거든."

"그는 당신의 유언장을 읽었을 거예요."

마플 양이 말했다.

"아, 그렇군. 맞아, 그래. 그곳에 유언장 복사본을 함께 두었소."

"당신은 내게…… 험프티 덤프티처럼 아주 크고 분명하게…… 말했지요. 유언장에는 에스터 월터스에게 아무것도 남기지 않았다고. 당신은 그 사실을 그녀와 잭슨에게 명심시켰어요. 잭슨의 경우에는 사실이었을 거예요. 그에게는 아무것도 남기지 않았겠죠. 하지만 에스터 월터스에게는 돈을 남겼죠. 그녀에게는 그 사실을 전혀 눈치채지 못하게 했겠지만요. 맞지요?"

"그렇소. 다 맞소. 하지만 당신이 그것을 어떻게 알아냈는지 모르겠소."

"음, 당신이 그 부분을 말하는 태도 때문에 알았어요. 나는 사람들이 거짓말을 하는 태도에 대해서는 빤히 알거든요."

마플 양이 말했다.

"항복이오. 좋소. 나는 에스터에게 5만 파운드를 남겼소. 내가 죽으면 그녀에게 깜짝 선물이 되겠지. 그래서 팀 켄들이 그 사실을 알고 현재 아내에게 어떤 약을 치사량 이상으로 먹여 살해하고 에스터 월터스와 5만 파운드 때문에 결혼하기로 한 건 짐작하겠소. 하지만 에스터가 5만 파운드를 갖게 된다는 것을 그가 어떻게 알았을까?"

"물론 잭슨이 그에게 말한 거지요."

마플 양이 말했다.

"그들 둘은 매우 친했어요. 팀 켄들은 잭슨에게 친절했고, 그때는 전혀 다른 속셈이 없었을 거라고 생각해요. 하지만 잭슨이 이런저런 이야기를 흘리다가 그에게 말했을 거예요. 에스터 월터스 자신은 모르지만 아주 많은 돈을 상속 받게 되어 있다고요. 그리고 자기가 에스터 월터스를 꼬여서 결혼하고 싶지만 지금까지는 그녀를 유혹하지 못했다고까지 말했을 수도 있겠죠. 그래요, 일은 그런 식으로 벌어졌을 거예요."

"하, 당신이 상상한 일들은 언제나 완전히 정말인 것처럼 보인다니까."

라피엘 씨가 말했다.

"하지만 나는 어리석었어요. 아주 어리석었어요. 사실 보시다시피 모든 것이 맞아떨어졌어요. 팀 켄들은 사악한 만큼 영리한 남자였어요. 그는 특히 소문을 퍼뜨리는 데도 능했죠. 내가 여기서 들은 소문의 절반쯤은 원래 그에게서 나왔을 거예요. 몰리가 바람직스럽지 못한 젊은이와 결혼하고 싶어 했다는 이야기가 돌았죠. 하지만 나는 그 바람직스럽지 못한 젊은이가 사실은 팀 켄들 자신이었다고 생각해요. 그때는 그 이름을 사용하지 않았겠지만요. 그녀의 가족들은 무슨 소문을 들었을 거예요. 아마 그의 배경이 의심스럽다는 것이었겠죠. 그래서 그는 매우 분개한 척을 하고, 몰리가 그를 데려가 자기 집 사람들에게 '보여 주는' 것을 거부한 다음 작은 계획을 짰어요. 그들 둘 다 그 계획이 아주 재미있다고 생각했겠죠. 그녀는 그 일 때문에 토라져서 그를 애타게 그리워하는 척했지요. 그때 몰리의 가족들의 옛 친구 여러 명의 이름을 알고 있는 팀 켄들 씨라는 사람이 나타나요. 그래서 가족들은 예전의 불한당을 몰리의 머리에서 몰아낼 젊은이로서 그를 두 팔 벌려 환영해요. 몰리와 그는 그 일을 두고 매우 웃었을 거예요. 하여간 그는 그녀와 결혼했고, 그녀의 돈을 갖고 여기로 와서 이곳을 운영하던 사람들에게서 이곳을 넘겨받은 거예요. 그는 그녀의 돈을 대부분 탕진했을 거라고 생각해요. 그때 그는 에스터 월터스 이야기와 마주치게 되고 더 많은 돈을 얻을 수 있다는 매력적인 전망을 본 거죠."

"왜 그가 나를 죽이지는 않았을까?"

라피엘 씨가 말했다. 마플 양은 헛기침을 했다.

"그전에 먼저 월터스 부인과 확실하게 관계를 맺고 싶었겠죠. 게다가…… 내 말은……."

그녀는 약간 당황해서 말을 멈추었다.

"게다가 오래 기다리지 않아도 된다는 것을 깨달았다 이거지. 그리고 내가 자연사하는 쪽이 훨씬 더 좋을 것이고. 나는 아주 부유하니까. 백만장자의 죽음은 보통 아내들의 죽음과 달리 아주 신중하게 조사되니까. 안 그렇소?"

"그래요. 당신 말이 맞아요. 그는 아주 많은 거짓말을 했죠. 몰리 자신까지도 믿게 만든 그 거짓말을 봐요……. 정신 질환을 다룬 책을 그녀의 손에 들어가게 만들었어요. 또 그는 그녀에게 꿈을 꾸고 환영을 보게 하는 약을 먹이고 있었어요. 아시나요? 당신의 부하인 잭슨은 그 일에 꽤 영리했어요. 그는 몰리의 증상 중 어떤 것이 마약 때문이라는 사실을 알아차렸던 것 같아요. 그래서 그는 그날 그 방갈로에 들어가 욕실에서 빈둥거리며 몰리의 페이스 크림을 조사했어요. 벨라돈나가 들어 있는 연고를 스스로 몸에 문질러 바르는 마녀의 오래된 이야기에서 아이디어를 얻었을 거예요. 페이스 크림

안의 벨라돈나는 바로 그런 효과를 만들어 낼 수 있지요. 몰리는 일
시적 기억 상실을 경험했을 거예요. 기억나지 않는 시간이 생기고,
공중을 나는 꿈을 꾸었지요. 그녀가 스스로에 대해서 겁을 먹은 것
은 당연해요. 그녀는 정신 질환의 모든 징후를 갖고 있었어요. 잭
슨이 옳았죠. 아마 그는 그 아이디어를 인도 여자들이 남편에게 흰
독말풀을 사용했다는 팔그레이브 소령님의 이야기에서 얻었을 거
예요."

"팔그레이브 소령! 정말 그 작자는!"

라피엘 씨가 말했다.

"그는 자기 자신의 죽음을 불러들였죠. 그 가엾은 아가씨 빅토리
아의 살해도요. 그리고 몰리도 살해될 뻔했어요. 하지만 그는 살인
범을 제대로 알아보았어요."

"당신은 무엇 때문에 갑자기 그의 유리 눈알 이야기를 생각해 내
게 된 거요?"

라피엘 씨가 호기심에 차서 물었다.

"드 카스페아로 부인의 말에서요. 그녀는 그가 추할 뿐만 아니라
사악한 눈을 가졌다고 말도 안 되는 소리들을 했어요. 나는 그것이
그냥 유리 눈알일 뿐이고, 그 가엾은 분이 어쩔 수 있는 일은 아니
었다고 했지요. 그러자 그녀가 그의 눈이 사시라서 서로 다른 쪽을
바라본다고 하지 뭐예요……. 물론 그랬죠. 그녀는 그런 눈이 불운
을 가져온다고 했어요. 나는 그날 내가 중요한 말을 들었다는 사실
을 알았어요. 간밤에 럭키가 죽은 직후, 그것이 무엇이었는지 떠올

랐지요! 그런 다음 내가 허비할 시간이 없다는 것을 깨달았죠……."

"팀 켄들은 어쩌다가 다른 여자를 죽이게 됐지?"

"순전히 우연이죠. 그의 계획은 이랬을 거예요. 모두에게…… 몰리까지 포함해서…… 몰리가 정신적으로 균형을 잃고 있다고 확신시킨 뒤 그가 사용하던 마약을 상당히 먹인 다음 둘이서만 살인 사건의 수수께끼들을 풀어 보자고 말했을 거예요. 그렇지만 그녀가 그를 도와야 한다고. 모든 사람이 잠든 다음 그들은 각자 나가서 시냇가 옆 약속 장소에서 만나기로 했어요.

그는 살인자가 누구인지 밝혀낼 아주 좋은 생각이 있다고, 살인자에게 덫을 놓자고 했어요. 몰리는 고분고분하게 약속 장소로 나갔죠……. 그러나 그녀는 자기가 먹은 약 때문에 혼란스럽고 멍했어요. 그래서 느릿느릿 갔지요. 팀은 그곳에 먼저 가서 금빛 머리에 엷은 녹색 숄을 걸친 사람을 보고 몰리라고 생각했어요. 그는 그녀 뒤로 다가가 손으로 입을 막고, 그녀를 물속에 밀어 넣은 채 그대로 잡고 있었죠."

"대단한 놈이군! 하지만 그녀에게 마취제를 과용시키는 게 더 쉽지 않았을까?"

"물론 더 쉬웠죠. 하지만 그랬으면 의심을 불러일으켰을 거예요. 기억하시겠지만 마취제와 진정제는 모두 몰리의 손에 닿지 않게 주의해서 치워 놓았으니까요. 그리고 그녀가 새로 약을 손에 넣었다면, 그 약을 주었을 만한 사람으로 남편만큼 그럴듯한 사람이 어디 있겠어요? 하지만 몰리가 절망감이 발작적으로 일어나는 바람에 결백한 남편이 자는 동안 나가서 물에 빠져죽었다면 사건 전체는 낭만적인 비극이 되겠지요. 아무도 그녀가 살해당했다고는 생각하지 않을 거예요."

마플 양이 한 마디 덧붙였다.

"게다가 살인자들은 언제나 일을 단순하게 처리하지 못한답니다. 계속 정교하게 만들어야만 해요."

"당신은 살인자들에 대해서 알아야 할 모든 것을 알고 있다고 확신하나 보군! 그래, 당신 생각에는 팀이 자기가 다른 여자를 죽였다는 것을 몰랐던 것 같소?"

마플 양은 고개를 끄덕였다.

"그는 서두르느라 그녀의 얼굴을 보지도 않고 될 수 있는 대로 빨리 거기서 멀어졌어요. 그러고는 한 시간쯤 흐른 뒤 넋이 나간 남편 역할을 하면서 수색대를 조직하기 시작했죠."

"하지만 도대체 럭키는 왜 그 한밤중에 시냇가 옆에서 돌아다니고 있었을까?"

마플 양은 당황해서 작은 소리로 헛기침을 했다.

"이런 일도 가능해요. 내 생각에는 그녀가…… 음…… 누군가를 만나려고 기다린 거예요."

"에드워드 힐링던?"

"아뇨. 그와는 다 끝났어요. 나는 그녀가…… 그냥 가능성일 뿐이지만…… 잭슨을 기다리지 않았을까 생각해요."

"잭슨을 기다렸다고?"

"나는 럭키가…… 그를 한두 번 바라보는 것을 알아챘어요."

마플 양이 눈길을 돌리며 중얼거렸다. 라피엘 씨는 휘파람을 불었다.

"바람둥이 잭슨 같으니! 충분히 있을 법한 일이지! 팀은 자기가 다른 여자를 죽였다는 것을 나중에 알고 분명히 충격을 받았겠지?"

"예, 그래요. 그는 자포자기하는 심정이었을 게 틀림없어요. 몰리가 살아서 돌아다니고 있었으니까요. 몰리의 정신 상태에 대해서 그렇게 애써 퍼뜨린 이야기는 몰리가 유능한 정신과 전문의를 만나게 되면 잠시도 버티지 못하고 거짓임이 드러날 이야기였어요. 그리고 일단 몰리가, 그가 그녀에게 시냇가에서 만나자고 했다는 이야기를 하면, 팀 켄들은 어떻게 되겠어요? 파멸이죠. 그에게는 단 하나의 희망밖에 없었어요……. 가능한 한 빨리 몰리를 죽이는 거죠. 그러면 몰리가 광기의 발작으로 럭키를 물에 빠뜨려 죽인 다음 자기가 한 일 때문에 겁에 질려 자살했다는 것을 모두에게 믿게 할 수 있었으니까요."

"그래서 그때 당신이 네메시스 역할을 하기로 한 거군, 응?"

라피엘 씨는 갑자기 뒤로 기대며 큰 소리로 웃음을 터뜨렸다.

"정말이지 대단한 웃음거리였소. 만약 당신이 지난밤에 어떤 모습이었는지 안다면! 머리에 그 복슬복슬한 분홍빛 모직 스카프를 두르고 그곳에 서서 자기가 네메시스라고 말하던 모습을 나는 절대로 잊지 못할 거요!"

에필로그

 시간이 되어 마플 양은 공항에서 비행기를 기다리고 있었다. 많은
사람들이 그녀를 전송하러 나왔다. 힐링던 부부는 이미 떠났다. 그
레고리 다이슨은 다른 섬으로 날아가서 아르헨티나 과부에게 푹 빠
져 있다는 소문이 돌았다. 드 카스페아로 부인은 남미로 돌아갔다.
 몰리는 마플 양이 떠나는 것을 전송하러 나왔다. 그녀는 창백하
고 말랐으나 밝혀진 진상에 대한 충격을 용감하게 견뎌 냈고, 라피
엘 씨가 추천하고 영국에 전보를 쳐서 불러온 사람의 도움으로 호
텔 운영을 계속하고 있었다.
 "당신은 바쁜 게 좋아. 쓸데없는 생각을 하지 마시오. 여기 할 일
이 있으니까."
 라피엘 씨가 한마디했다.
 "그 살인 사건을 생각하면……."

"사람들은 살인 사건이 다 해결되면 오히려 살인 사건이 있었던 곳을 아주 좋아한다오."

라피엘 씨는 그녀를 안심시켰다.

"계속하시오, 아가씨. 용기를 잃지 말고. 나쁜 놈 하나 만났다고 모든 남자들을 불신하지도 말고."

"마플 양처럼 말씀하시네요. 마플 양도 늘 제게 언젠가는 정의가 실현된다고 말씀하신답니다."

몰리가 말했다. 라피엘 씨는 이 감상적인 말에 씩 웃었다.

그래서 그곳에는 몰리와 프레스콧 남매, 라피엘 씨와 에스터 월터스가 있었다. 에스터는 더 나이 들고 슬퍼 보였고, 라피엘 씨는 그런 그녀에게 가끔씩 예상 외로 친절하게 대했다. 잭슨도 맨 앞에서 마플 양의 짐을 보살피는 척을 하고 있었다. 그는 요즘 내내 미소를 지으며 자기가 돈을 받게 되었다는 티를 내고 다녔다.

하늘에서 엔진 소리가 들렸다. 비행기가 도착하고 있었다. 이곳에서는 모든 일이 비공식적이었다. '8번 출구'나 '9번 출구 옆으로 가십시오.' 같은 안내 방송도 없었다. 그냥 꽃으로 덮인 작은 천막에서 걸어 나가 활주로로 나가면 되었다.

"안녕히 가세요, 마플 양."

몰리가 그녀에게 키스했다.

"안녕, 언제든 우리를 다시 방문해 줘요."

프레스콧 양이 따뜻하게 악수했다.

"당신을 알게 되어서 정말 기쁩니다. 누이의 초대에 진심으로 찬

성합니다."

프레스콧 신부가 말했다.

"행운을 빕니다, 마담. 언제든 마사지를 공짜로 받고 싶으면 한 마디만 하세요. 약속을 잡아 드릴게요."

잭슨이 말했다.

작별을 고할 시간이 되었을 때 에스터 월터스만이 슬쩍 고개를 돌렸다. 마플 양은 억지로 작별 인사를 받고 싶지는 않았다. 라피엘 씨가 마지막으로 다가와 그녀의 손을 잡았다.

"아베 카이사르, 노스 모리투리 테 살루타무스.(황제 만세, 죽을 운명의 우리들이 폐하께 경의를 표합니다. 고대 로마의 검투사들이 시합 전에 했던 말 — 옮긴이)"

"제가 라틴 어를 잘 몰라서 유감이네요."

"하지만 이 말은 무슨 뜻인지 알지요?"

"예."

그녀는 더 이상 말하지 않았다. 그녀는 그가 무슨 말을 하고 있는지 잘 알고 있었던 것이다.

"당신을 알게 되어 매우 기뻤어요."

그녀는 그렇게 말하고 활주로 위로 걸어가 비행기에 탔다.

〈끝〉

옮긴이 | 송경아

1971년생. 연세대학교 전산학과를 졸업하고 1994년부터 소설을 발표했다. 대표작으로 『성교가 두 인간의 관계에 미치는 영향에 대한 문학적 고찰 중 사례 연구 부분 인용』, 『책』, 『테러리스트』, 역서로 『철학자의 돌』, 『불사 판매 주식회사』, 『제인 에어 납치 사건』, 『에드워드 고리 걸작선』등이 있다. 현재 연세대학교 국어국문학과 박사과정을 밟고 있으며 웹진과 일간지에 칼럼과 서평을 다수 썼다.

애거서 크리스티 전집

카리브 해의 미스터리

2판 1쇄 펴냄 2017년 1월 18일
2판 2쇄 펴냄 2020년 8월 12일

지은이 | 애거서 크리스티
발행인 | 박근섭
편집인 | 김준혁
책임편집 | 최고운
펴낸곳 | 황금가지

출판등록 | 2009. 10. 8 (제2009-000273호)
주소 | 06027 서울 강남구 도산대로 1길 62 강남출판문화센터 5층
전화 | 영업부 515-2000 **편집부** 3446-8774 **팩시밀리** 515-2007
홈페이지 | www.goldenbough.co.kr

도서 파본 등의 이유로 반송이 필요할 경우에는 구매처에서 교환하시고
출판사 교환이 필요할 경우에는 아래 주소로 반송 사유를 적어 도서와 함께 보내주세요.
06027 서울 강남구 도산대로 1길 62 강남출판문화센터 6층 민음인 마케팅부

© ㈜민음인, 2013. Printed in Seoul, Korea

ISBN 978-89-8273-758-9 04840
ISBN 978-89-8273-700-8 (set)

㈜민음인은 민음사 출판 그룹의 자회사입니다.
황금가지는 ㈜민음인의 픽션 전문 출간 브랜드입니다.